[新装版] ビート
警視庁強行犯係・樋口顕

今野　敏

幻冬舎文庫

〔新装版〕ビート

警視庁強行犯係・樋口顕

ダンサーのQさんへ。

1

東京地検の水谷登《みずたにのぼる》検事は、家宅捜索の令状を掲げて、捜査員たちに発破をかけていた。地検、警視庁捜査二課、合わせて捜査員は、四十名を超えている。

警視庁四階の刑事部捜査二課は、梅雨時のどんよりとした空気に包まれているが、若い水谷検事のワイシャツだけが、真っ白く光って見える。

水谷検事は、ワイシャツを腕まくりしていかにも張り切っている様子だ。

その高揚感は、捜査員たちにも充分伝わっているようだった。寝不足で、眼を赤くし、顔に脂を浮かせている捜査員たちだが、試合に赴く格闘技の選手のような顔つきをしている。すでに資料押収用の段ボール箱を抱えている者もいた。

島崎洋平《しまざきようへい》警部補は、その中にいて、いたたまれない気分だった。

「六月二十三日、午前八時三十分。これより、日和《にちわ》銀行本店の家宅捜索に向かいます」

水谷検事の号令で、捜査員たちは出発した。外へ出ると、雲が重苦しくたれ込めており、煙るような雨が降っていた。桜田門から見る皇居の緑がくすんでおり、湿ったにおいが満ちている。

捜査員たちの足取りは力強い。島崎は無理に合わせるように胸を張って歩いていた。表情が曇ってしまうのはどうしようもない。暗い顔つきを他の捜査員たちに気づかれたくなかった。

数台のバンやワゴン車に分乗して、大手町の日和銀行本店に向かう。車窓に水滴がついて、それが集まってある程度の大きさになると、流れ落ちた。

水滴は斜めに流れ、その向こうに灰色の町並みがあった。街を行く人々が皆暗い表情をしているように見える。

そびえ立つ日和銀行本店は威圧的で、その前に着いたときには、島崎洋平は逃げ出したい気分になっていた。白っぽい灰色のビルで、正面には太い柱をあしらった広いポーチがある。その周囲が車寄せになっていた。

自動ドアを入ると、床も壁も大理石張りになっていた。受付には、五人もの受付嬢が並んでいる。

家宅捜索は、まったく混乱なく進んだ。暴力団などへの家宅捜索《ウチコミ》とはわけが違う。一般の行員の多くは困惑の表情だ。中には、薄笑いを浮かべている者もいるが、強がりだろうと島崎は思った。

対応にやってきたのは、総務部長だ。紺色の背広を隙なく着こなしている。髪をオールバックに固めており、このご時世ではずいぶんと保守的な恰好だ。いかにも銀行員らしい。

役員たちも落ち着いていた。緊張の色は隠せないが、大声を上げる者は一人もおらず、捜査員たちの手荒い捜索に、文句を言う者すらいなかった。

役員たちは、捜査員を見下しているようでもあった。グレーの分厚い絨毯《じゅうたん》が敷かれた役員たちの部屋は、たしかに特権階級の居場所にふさわしい。彼らのどっしりとした机の巨大さは、そのまま権力を象徴している。

朝の九時から、夕方までかかって押収した書類は、段ボール箱で十箱以上になった。これから、捜査員たちは徹夜でその書類を調べることになる。

水谷検事も捜査二課の捜査員たちも、自信に満ちている。日和銀行の、不良債権「飛ばし」による粉飾決算の容疑は固いと信じているのだ。法律上は、「有価証券報告書の虚偽記載」で、証券取引法違反ということになる。

この日のために、捜査員たちは半年以上も粘り強く内偵を進めていたのだ。

だが、この家宅捜索が失敗に終わることを島崎は予想していた。

水谷検事以下捜査員たちは、獲物を持ち帰る狩人のように意気揚々と警視庁に引き上げた。もし、あの日の出来事がなければ、島崎も彼らとまったく同じ気持ちでいられたはずだ。

あの日のことさえなければ……。

2

それは、十日ほど前の出来事だ。日付ははっきりと覚えている。六月十二日のことだ。今日と同じく、気を滅入らせる雨が降っていた。

島崎は、路肩に寄せて駐車したバンの中から、日和銀行の玄関にカメラの望遠レンズを向けていた。どんな人間が出入りしているかチェックしていたのだ。

島崎は尿意を覚えて、撮影を仲間に代わってもらい、バンを降りて地下鉄の駅に向かった。用を足して、覆面のバンに戻ろうと駅の階段を昇り、地上に出たところで声を掛けられた。

体格のいい男だった。島崎は、相手のことをよく知っていた。近所の柔道教室の指導員で、二人の息子が世話になっていた。さらに、彼は、長男の丈太郎《じょうたろう》が所属している大学柔道部のOBでもあった。島崎自身が、その大学の柔道部出身だから、彼は後輩ということになる。

富岡和夫《とみおかかずお》という名で、学生時代に柔道の選手だっただけあり、いい体格をしている。年齢は、三十代の半ばだ。

富岡和夫は、気さくな笑顔を島崎に向けている。しかし、島崎は、しまったと思っていた。

富岡は、今島崎が内偵を続けている日和銀行の行員だった。たしか、運用計画課という部署の課長代理という立場だった。

「先輩、お仕事ですか？」

富岡は、話しかけてきた。

ＯＢたちは、どんなに年代が違っても、先輩、後輩という間柄で話をする。それが、島崎がいた柔道部の伝統だった。そして、この関係は、長男の丈太郎と富岡の間でも続いていくのだ。

島崎の口から、日和銀行を内偵しているとは言えない。もし、相手がそれを知っていても、白《しら》を切らなければならないのだ。

「ああ、ちょっとね……」

島崎は、曖昧《あいまい》にこたえ、なるべく覆面車のほうを見ないようにした。

「ここで会ったのも何かの縁ですね。どうです、今夜あたり、一杯……」

内偵中に日和銀行の行員と個人的に飲みに行くというのは、どう考えてもまずい。

「いや、ここんとこ、仕事が詰まっていてな。付き合えそうもない」

「丈太郎君、この間の都大会で個人戦第三位でしたね。当たった相手が悪かった。本来なら決勝で当たる相手でしたよ。結局、そいつが優勝したんですからね」

「ああ、残念だったよ」

島崎は、心底そう思っていた。丈太郎の柔道の話になると、つい引き込まれてしまう。

「でも、引退まではまだ間があります。秋の全国大会は充分に狙えますよ」

「私も期待しているんだ」

「実は、丈太郎君から、銀行のことをいろいろと訊かれましてね。私でよければ、と、相談に乗っておるんですが……」

島崎は、思わず富岡の顔を見ていた。

「それは、就職の相談ということか？」

「ええ。そうです。私としてもぜひお力になりたいんです。そのことについても、ちょっとお話ししたいんですが……」

息子の就職のことと聞いて、島崎は迷った。親としてできることがあれば、してやりたいと思った。

さまざまなことを、頭の中で天秤にかけた結果、島崎は言った。

「八時くらいなら、なんとかなるかもしれない」

富岡は笑顔でうなずいた。

「私も、毎日残業でしてね。八時ならこちらもありがたい。京橋に『葉月』という店があります。そこでお待ちしています」

富岡から『葉月』の詳しい場所を聞いて別れた。

その日の夜、島崎は、約束の時間に十分ほど遅れて教えられた場所にやってきたが、なかなか店を見つけられなかった。焼鳥屋か大衆酒場を予想していたせいだ。そのあたりには、赤提灯も縄暖簾《のれん》も見当たらない。

目立つ看板すらなく、路地を掃いていた前掛け姿の男に声を掛けると、『葉月』はここだ、という。たしかに、見ると灯籠のような小さな看板が出ている。柔らかな明かりが和紙にしたためられた葉月という墨跡を照らし出していた。

それは、全室個室の高級料亭だった。着物をぴしっと着こなした仲居に案内され、その物静かで丁寧な物腰に、すっかり気圧《けお》されていた。香《こう》のにおいだろうか、廊下にはほのかにいい香りが漂っている。

「やあ、先輩。お待ちしていました」

富岡は、下座で茶を飲んでいた。すぐにビールが運ばれてきて、仲居が注いでくれた。仲居は、すぐに席を外し、会話を妨げるようなことはなかった。

「急なお誘いに、お付き合いくださってありがとうございます」

富岡がビールの入ったグラスを差し出した。島崎は、それに軽く合わせた。ビールを一口すすると、島崎は言った。

「富岡、困るよ……」

「何がです？」

「刑事は、銀行員と違って給料が安いんだ。こんな店、とても払えそうにない」

「気にせんでください。ここはよく接待で使う店なんです」

島崎は、苛立ちを覚えた。

「君にごちそうになるわけにはいかない」

「そう言わんでください。こちらからお誘いしたんですから……」

島崎は、これが水谷検事に知られたらえらいことだと思っていた。内偵を進めている対象の銀行の従業員から接待を受けたことになる。どんな申し開きもできない。

「今日は持ち合わせがない。今度会ったときに、きっちり返すから、割り勘ということにしてくれ」

「いや、それでは、自分の顔が立ちません。私だって自腹を切るわけではありません。これくらいの店は自由に使える立場にあるんです」

銀行本店の課長代理というのは、それほどの立場なのかと、島崎はあらためて驚いた。捜査を進めているとはいえ、銀行員の日常に対する実感はなかなかわかない。

料理が運ばれてきて、島崎は席を立つ機会を失った気分だった。こいつらは、毎日のようにこんな料理を食っているのか。そう思うと、自分を慕う後輩であり、息子が世話になっているにもかかわらず、富岡のことが腹立たしくさえ思えた。

料理は、絶妙なタイミングで運ばれてくる。時間が経つにつれて酒も進みはじめた。もともと、島崎は酒が嫌いなほうではない。

酔って気が大きくなると、島崎は思った。

なに、これは情報収集だと思えばいい。内偵中の銀行に、個人的な知り合いがいたのは、むしろ幸運なことだ。

捜査本部の思いも寄らない情報が聞き出せるかもしれない。

島崎と富岡は、大学時代の思い出や、最近の柔道事情などについて語り合った。

しかし、情けない。あのブルーの柔道着は何だ？　日本の武道を何だと思ってるんだ？　それを覆《くつがえ》せない、日本の柔道界もどうかしている。嘉納治五郎《かのうじごろう》先生は、草葉の陰で泣いておられるぞ。それに、あの幅広の襟はどういうことだ？　そんなことまでして勝ってうれしいのか？

島崎は、声高にまくしたてた。酒で気分がよくなっている。富岡も同調して、座は盛り上がった。

「ところで、先輩は、うちの銀行に興味がおありのようですね」

その一言で、さっと気分が冷めた。

こいつ。知っていたのか……。

「誰から聞いた？」

「丈太郎君が教えてくれましたよ」

「丈太郎が……？」

家で、仕事のことをしゃべった記憶はない。

「ええ。いろいろと教えてもらいましたよ。今日、先輩が張り込みをやる予定になっていることも……」

一瞬、相手が何を言っているのかわからなかった。いや、頭が理解することを拒んでいたと言ったほうがいい。

富岡は、丈太郎が島崎の捜査情報をどこかから手に入れ、それを富岡に洩らしたと言っているのだ。

島崎は、富岡を見つめたまましばらく呆然としていた。

富岡は、額から汗を流しはじめている。さきほどまで愛想笑いを浮かべていたのだが、今は違う。切実な表情をしていた。今にも泣き出しそうな顔だった。

「先輩……。自分も銀行のために必死なんです。銀行は今、生きるか死ぬかの瀬戸際です。

なんとかしなくちゃならんのです。悪く思わんでください」

島崎は戸惑っていた。

丈太郎がいったいどうやって……。

もしかしたら、家に持ち帰っていた捜査メモを見たのかもしれない。自宅で使っているノートパソコンに、いくらかの資料が入っている。それを覗き見ることも不可能ではないだろう。

島崎は、家族を信頼してプロテクトなどかけていなかった。もし、その必要性を感じたとしても、島崎はその方法を知らなかったのだが……。

猛然と怒りがこみ上げてきた。

「きさま……。丈太郎を利用したな。いや、柔道部や、この俺との関係も利用したんだ」

「島崎先輩」

富岡は、悲愴な眼差しを向けた。「私だってこんなことはやりたくはありませんでした。しかし、しかたがないんです。銀行のためには、あらゆる手を使わなければなりません」

「帰るぞ」

島崎は立ち上がった。

「待ってください」

富岡は、島崎の足に取りすがって言った。「丈太郎君は、たった一度だけ、先輩の仕事について教えてくれました。一度だけです。それ以上は、教えてくれようとしません。何もわからないんだと言っています」

「あたりまえだ」

島崎は怒鳴った。「息子に捜査情報をぺらぺらしゃべる刑事がいるか！」

「上司から、コネを利用して情報を聞き出すように言われました。でないと、私はクビになります」

「知ったことか」

「わかってください、先輩。銀行は、私のすべてなんです」

「俺だって警察が大切なんだ。手を離せ」

富岡は、手を離し、さっと出入り口の前に回り込み、土下座した。

「このとおりです。何か一つでいいから、具体的なことを教えてください。警察は、いったいどこまでつかんでいるのか……」

「ばかやろう。そんなことができるはずがないだろう」

富岡はゆっくりと顔を上げた。

酒が醒めてきたのか、顔に赤いまだらができており、額から汗が噴き出ている。その汗が頬を伝って顎《あご》からしたたっていた。

道場にいるときの富岡と同一人物とは思えなかった。富岡はいつもにこやかに子供たちに柔道の指導をしている。

その眼に凄味があった。まさに必死の形相だった。

「先輩、もし、情報をいただけないのなら、丈太郎君のことが、捜査本部に知られることになるかもしれませんよ」

景色が歪《ゆが》むほどの怒りを覚えた。

ほの暗い照明に浮かぶ床の間の、掛け軸の水墨画が、なぜかそのときひどく印象に残っていた。

「きさまは、この俺を脅迫しようというのか？」

「そうしたくはありませんが……。それに、この店には、あらかじめ警視庁の島崎という刑事を接待すると言ってあります。今なら、それも口止めできます」

島崎ははめられようとしている。

日和銀行の前で、出会ったときに気づくべきだったのだ。あれは偶然ではなかった。富岡は、丈太郎から得た情報で、その日島崎が張り込みにやってくることを知っており、チャンスをうかがっていたに違いない。

自分だけのことなら、なんとかできる。しかし、息子のことを出されては……。

「刑事を脅迫するとはいい度胸だな。ただじゃ済まんぞ」

「どうせ、このままではただじゃ済みません。何も情報を持ち帰らなかったら、私は本当にクビを切られるかもしれないのです。私は自分のためならこんなことは絶対にしません。銀行のためなんです。私の意志ではないんですよ」

相手の言い分に、耳を貸す気などない。しかし、息子のことだけはなんとかしなければならない。

来年は就職を控えている。

まるで、島崎の心を読んだように、富岡が言った。

「私も恩には報《むく》いるつもりでおります。丈太郎君は、私のために情報を持ってきてくれました。来年の就職のことは……」

「よさんか。俺はそんな取引には応じない」

島崎は、つっぱねようとしたが、その口調は、幾分力を失っていた。

頭の中でさまざまなことを計算していた。不良債権の「飛ばし」の件が立証され、証券取引法違反で幹部が逮捕されれば、日和銀行の経営は窮地に陥るだろう。

そんな銀行に、就職してもしかたがない。第一、来年には破綻《はたん》しているかもしれないのだ。

だが、一方で、銀行というものがなかなかしたたかであることを島崎は知っていた。今回の捜査をなんとかしのげば、合併などの策を講じるに違いない。

そして、世間は事件のことを忘れる。銀行は日常の業務を続けるのだ。そのときまで、富岡の約束が生きていれば、丈太郎の就職は……。

もし、丈太郎が富岡に情報を売ったことが知れたら、島崎自身はおろか丈太郎にまで累が及ぶ。

振り返ってテーブルの上を見ると、箸置きから箸が転がっていた。最後に出された雑炊が、すっかり煮詰まってしまっている。なんだか、無性に悲しくなってきた。

目の前で、顔面を汗まみれにして、今にも泣き出しそうな顔をしている富岡も哀れだった。こんな時代でなければ、この男もこれほどばかな真似はしなかったに違いない。日和銀行に入社したときは、彼なりの希望もあったのだろう。

島崎は、急に疲れ果てた気分になった。

「近いうちに、ガサがある」

島崎がそう言うと、富岡ははっと顔を上げた。

「言えるのはそれだけだ」

島崎は、相変わらず畳に這いつくばっている富岡の脇を通り、襖を開けた。

「あ、先輩。待ってください。ハイヤーを呼びます」

その声を背中で聞いて、島崎は唸《うな》るような声で言い返していた。

「ばかやろう。なめるな」


その夜、自宅に戻るとすぐに丈太郎の部屋へ行き、叱りつけた。丈太郎を叱ってもどうしようもないことはわかっていた。しかし、怒りをどこかにぶつけずにはいられなかったのだ。

丈太郎は、うろたえていた。百八十センチ、九十キロの巨体を小さくして、表情をこわばらせた。

OBの富岡には逆らえなかったのだと、泣きそうな顔で訴えた。さらに、就職のことを話題にされ、どうしようもなかったのだと言った。就職難で、学生は極端に弱気になっている。

島崎も、大学柔道部のOBというものがどういうものかよく知っている。現役学生でも上級生の言うことには逆らえないが、OBとなるとまさに絶対だ。

それが、よくも悪《あ》しくも伝統なのだ。その伝統のおかげで、島崎自身も大学に顔を出すたびに、いい気分になったものだ。大学の柔道部に顔を出したOBはまさに、雲上人《うんじょうびと》だ。

それを知っているだけに、島崎は許し難い気がした。富岡はその伝統を汚したことにもなるのだ。

丈太郎が悪いわけではない。悪いのは、富岡なのだ。そして、富岡にそんな真似をさせた日和銀行が悪い。

丈太郎と島崎が洩らした情報のせいで、この捜査が失敗に終わりでもしたら……。

そう思うと、いたたまれず、その夜は、ほとんど一睡もできなかった。


翌日、朝からひどく憂鬱な気分だった。その気分がそのまま天気になったような雨模様だ。

警視庁にいるとさらにいたたまれなくなるので、午前中に抜け出した。そういえば、昨日は、金を払わぬまま『葉月』を飛び出してしまった。

どのくらいかかったのかはわからない。だが、飲食代の半分は叩き返さなければならないと思い、金を下ろしに近くの銀行に行った。

残高を見ると、妙に多い。

不審に思って自宅に電話を掛け、妻に尋ねてみた。妻の好子《よしこ》は何も知らないと言う。

「妙だな。ちょっと、銀行に行って記帳してきてくれないか」

好子はすぐに行くと言った。

喫茶店で時間をつぶし、一時間後に電話してみると、妻は言った。

「日和銀行から五十万円、振り込まれていましたよ。何でしょう、これ」

その瞬間、後頭部が冷たくなった。

衝撃が去ると、猛然と腹が立ちはじめた。

やろう、なめやがって……。

再び、銀行に行って五十万円下ろし、富岡に電話を掛けた。

「やあ、島崎先輩。昨日はどうも……」

島崎は嚙みつくように言った。

「俺の名前を口に出すな」

「どうしてです？」

「まわりに人がいるだろう？」

「ええ。職場ですから……」

「ふざけた真似、しやがって」

「何のことです？」

「うちの口座に五十万、振り込んだのはおまえだな？」

「ああ、昨日のお礼ですよ。先輩には無理言いましたからね」

「俺を買収する気か。こいつは立派な犯罪だぞ。てめえ、ぶちこんでやる」

「落ち着いてください」

「今から、この五十万、耳をそろえて叩き返しに行く」

「返すって……。銀行にいらっしゃるということですか？　そりゃ、まずくないですか？」

たしかに、日和銀行に乗り込むわけにはいかない。今も、仲間が張り込みを続けて、銀行に出入りする人間のチェックをしている。

「とにかく、会って話がしたい」

島崎は言った。「どこかで待ち合わせをしよう」

「先輩にそう言われては、断れません」

二人は、赤坂東急ホテルの喫茶室で会うことにした。

午後二時に待ち合わせをして、島崎が出かけると、富岡はすでに来ていた。鉢植えのそばの人目に付きにくい席に座っていた。

島崎は、五十万円が入った銀行のマーク入りの封筒をテーブルに置いて言った。

「こういうなめた真似は、二度と許さんぞ。今度、こういうことをするとしょっぴくからな」

富岡は、前回同様、ひどくおどおどしていた。顔色は悪く、肌がかさついている。眼が赤く、何日もろくに寝ていないような顔をしていた。

「先輩。買収とか、そういうことではないんです」

「俺が金を受け取ったら、そういうことになるんだよ」

「申し訳ありません」

富岡は言った。「お返しいただいても、銀行の口座に振り込みの記録が残っています」

富岡はひどく恐縮しているように見えるが、彼の言ったことは、その態度とは裏腹に、島崎を窮地に追い込むには充分だった。

「てめえの目的は、それだったのか……。俺の口を封じたつもりか……」

富岡は、思い詰めたようにテーブルの上のコーヒーを見つめていたが、やがて意を決したように顔を上げて、島崎の眼を見つめた。

その眼はまたしても、悲愴感に満ちていた。

「先輩。その五十万円のことは、なしにしてもいいです。銀行の記録もなんとか消すことができると思います。その代わり、もう一つだけ教えてください」

富岡の口調も態度もそうは見えないが、これは明らかに脅迫だった。しかし、どんどん外堀を埋められていき、すでに島崎は突っぱねることができなくなっているような気がしていた。

島崎は、今の立場を失いたくはなかった。苦労して警部補まで登り詰めたのだ。しかも、本庁勤めで刑事部の中では出世コースと言われる捜査二課に所属している。

その他、いろいろなことが頭をよぎる。将来の年金暮らしをふいにもしたくない。警察官は、福利厚生の面で、驚くほど優遇されている。

定年まで勤め上げれば、退官後の就職先にも苦労はしない。

とりわけ、丈太郎のことが気になった。丈太郎は、人一倍努力を重ねてきた。大学柔道部に所属して、その中で選手として頭角を現すというのは、並大抵のことではないのだ。

その肉体精神両方の苦労を知っているだけに、丈太郎の将来を危うくすることなどできなかった。

「俺が情報を与えなければ、おまえは、丈太郎のことや、二人で『葉月』に行ったことや、この五十万という材料をそろえて、俺の人生をめちゃくちゃにするというわけか？」

富岡の顔色はますます悪くなり、またしても額に汗が浮かびはじめた。

「私だって、こんなことはしたくないんです。先輩、本当に今回限りです」

「もう、遅いんだよ」

島崎はそっぽを向いて言った。それは、富岡に、というより自分自身に向けて言った言葉だった。

もう、遅い。すでに、島崎は買収されたも同然だ。もし、この件に関して捜査が始まれば、島崎は言い逃れはできない。

今さら突っぱねても、始まらないのだ。

「何が知りたいんだ？」

富岡はすがりつくような眼で言った。

「家宅捜索の日取りです」

それは、決定的な情報だった。検事と捜査員は、その日のために長い間内偵を進め、準備を整えていたのだ。

島崎は、店内を見回した。この時間帯、客はまばらで、商談をしているらしいビジネスマンが一組、何かの集まりの後の和服の中年女性のグループ、そして、一目で極道とわかる二人組がいた。

外はまだ、雨が降っているに違いない。

例年より早い梅雨入りだ。重苦しい雨雲が喫茶室の中にまでたれ込めているような気がした。

やがて、島崎は言った。

「二十三日だ」

富岡は、口を真一文字に結び、目を見開いて島崎をしばらく見つめていた。

それからテーブルに手をついて、深々と頭を下げた。

「先輩、済みません」

島崎は、立ち上がった。

「五十万の件、ちゃんと処理しておけ」

そして、家宅捜索の日がやってきた。検事も捜査員たちも、捜索の結果を露ほども疑っていなかった。

持ち帰った資料をつぶさに調べる捜査員たちの間に、時間が経つにつれて、困惑が広がっていった。

やがて、それは落胆に変わっていった。「飛ばし」、つまり、関連子会社などに、不良債権を移す、違法な債権隠しの証拠は、どこを探しても、見つからなかった。

不良債権そのものすら、どこかに巧妙に隠蔽《いんぺい》されていた。帳簿などは、専門家を依頼して徹底的に調べていたが、その専門家も違法性を発見することはできなかった。

水谷検事は苛立ちを露《あら》わにしていた。その様子を見て、島崎は身の置き所がない思いをしていた。

この家宅捜索は失敗だった。日和銀行では、こちらが家宅捜索に踏み切ることを知り、事前にすべての証拠をどこかに巧妙に隠したに違いない。

それは、いつかは探り出せるかもしれない。しかし、また膨大な時間と労力がかかるのだ。

重苦しい雰囲気で、捜査会議が開かれた。

その席上で、捜査員の一人が言った。

「どうやら、日和銀行では、こちらの家宅捜索の時期を見計らって、手を打ったようですね」

水谷検事は、不機嫌を隠そうともしなかった。

「なんで、やつらは家宅捜索のことを知っていたんだ？」

ベテランの捜査員が言った。

「あっちだって、用心しているでしょうからね。こっちが内偵していることを、察知したのかもしれません」

その捜査員を睨《にら》み付けるように、検事は言った。

「これは完全な隠蔽工作だ。とんでもない手間暇がかかっているはずだ。こちらの動きを読んでいないと、とてもできるものではない。私は、捜査情報が洩れたんじゃないかと思っている」

捜査員たちは、ざわめき、互いに顔を見合った。

島崎は、いっそのこと、この場ですべて打ち明けてしまおうかと思った。そうすれば、少なくとも、この苦しみからは解放される。しかし、それは、彼の人生の終わりを意味している。同時に、丈太郎の将来を閉ざすことにもなるのだ。

とても仲間たちや検事の顔を正視できず、下を向いていた。なぜか小学校時代のことを思い出した。教師にクラス全員が叱られている。そのときの気持ちがよみがえる。

検事の声が響き渡った。

「こんなことは二度と起こすな。情報の漏洩《ろうえい》などもってのほかだ。警視庁に出入りするマスコミ関係者に決して気を許すな。大切な情報が、いつもそこから洩れる。気を引き締めろ」

島崎は、いつ犯人探しが始まるか気が気ではなかった。だが、検事はどこから情報が洩れたかは追及しない様子だ。

このまま会議が終わってくれるよう、神に祈っていた。

「どんなに隠蔽工作を行おうと、それは時間稼ぎに過ぎない。いいか。とことん追いつめろ。次は失敗するな」

捜査員たちが声に出して返事をした。

どうやら、これが会議の締めくくりのようだ。

今日のところは、追及を免れたようだ。島崎は、安堵《あんど》していた。

だが、次の検事の一言で、再び緊張と不安の中に叩き込まれた。

「今回のことについては、警務部に働きかけて調査する。よもやと思うが、捜査員の中に内通者がいないとも限らん。以上だ」

3

六月十二日の夜。

英次《えいじ》は、父親が帰ってきてすぐに二階に上がってくるのを、すべて音で感じ取っていた。玄関のドアが開くと、その風圧で必ず部屋のドアがきしむ。それから父親のぼそぼそとした声。やがて、階段を上がる足音が聞こえてきた。ラジカセからドーベルマンが唸るような声のラップが流れているが、それでも部屋に一人でいると、そういう音を感じ取ってしまう。

また、兄貴と何か話をするのだろうと、英次は思った。兄の丈太郎は、父親のお気に入りだ。父が出た大学に入り、父と同じく柔道部に入った。

まじめに柔道に打ち込み、一年生のときは新人戦で個人戦優勝を果たした。家族の期待はすべて丈太郎にかかっている。

小学生のときは、丈太郎とともに英次も近所の柔道教室に通わされた。通いはじめた頃は、兄と楽しく練習をしていた。差が現れたのは、小学校の高学年になってからだ。

問題は体格だった。兄は、同学年でも体が大きいほうだったが、英次は小柄で、いくら食べても体重が増えなかった。兄は父の体質を受け継ぎ、英次は母の体質を受け継いだようだった。柔道は、体格差がものをいう。特に、その年代の体格差は試合では決定的だ。英次は子供なりに、挫折を味わったというわけだ。兄のトロフィーだけがリビングルームに増えていく。それを見ながら、家族が柔道の話をするのがたまらなく苦痛になった。

中学生になると部屋に引きこもりがちになった。何かにつけて兄と比較されることが我慢ならず、家にいることさえも嫌になってきた。自分の居場所がないような気がしてきたのだ。高校受験ではさらに差が開いた。丈太郎は進学校に合格したが、英次は市内の最も入試のハードルが低い高校に進学した。中学校時代にすっかり素行が悪くなった英次は、その高校に進むしかなかった。

かつて柔道をやっていたこともあり、多少腕に覚えのあった英次は、高校に入ってさらに街中を遊び歩くようになった。家に居場所がない英次は、町の路地やファーストフードに居場所を見つけようとしたのだ。

英次は、街のにおいが好きだった。

街のざわめきが好きだった。

女性たちの華やかな装いを見るのが好きだった。

そして、仲間たちとばかを言い合うのが好きだった。

ただそれだけのことだ。

別に、悪いことをするわけではない。街で仲間といると、時折他のグループと喧嘩にもなるが、刃物を持ち出すわけではない。相手が刃物をちらつかせることもあるが、それは稀《まれ》で、たいていは、他愛もない小競り合いだ。

誰かが刺されたとか、ボコにされて病院送りになったとかいう話はしょっちゅう聞いていた。しかし、大半は話だけで、実際にそういう現場を目撃することも滅多になかった。

夜の街は、ただ危険な雰囲気が充満しているだけだ。たしかに、悪事を重ねているグループはある。それはきわめて危険な連中だ。英次たちと、刃物やスタンガンを持った危険な連中とは、棲み分けができていた。

危険な連中がうろつくエリアや時間帯というのはだいたい決まっていて、英次たちの仲間や、その他大勢の街の若者たちは、そこに近づいてはいけないことを知っている。

英次は、ただ、家で家族といるより、街で仲間といるほうが楽しかったに過ぎない。しかし、親や教師から見れば、英次は荒れた少年ということになってしまう。

見た目もそうだった。髪を茶色に染めて、整髪ジェルで逆立てている。耳にピアスをして、迷彩のカーゴパンツなどを身につけている。

　そうした恰好が本当に好きなのかどうかは、自分でもわからない。ただ、そういう恰好をしていたほうが、夜の街中では居心地がいい。周りがみんなそうだからだ。

　せっかく仲間と楽しい時を過ごすのに、自分だけ浮いた恰好をするのが嫌だった。

　中学生の頃は、父親に何度も説教をされた。父親は、大学の柔道部出身で、しかも警察官だ。英次から見ても、ばりばりの硬派で、小さい頃は恐ろしかったものだ。ひっぱたかれたこともある。

　しかし、高校に入る頃から、父親も何も言わなくなった。中学三年のときに一度、我慢できなくなって、家の中で暴れたのだ。

　みんなで俺のことをハブにしておいて、遊び歩くなという。俺はこの家のどこにいればいいんだ。

　そんな気持ちで父親の説教を聞いていると、どうしても自分を抑えきれなくなった。泣きながらテーブルをひっくり返し、手元にあった灰皿をテレビに向かって投げつけた。

　父親がつかみかかってきたので、身をかわして殴った。

　拳にがつんという手応えを感じたときは、あ、なんてことをしちまったんだ、と思った。

　しかし、もう止まらない。

　おまえらが悪いんだ。おまえらのせいだ。

心の中でそう叫びながら、椅子を蹴倒し、ドアを蹴って外に飛び出した。テレビがオシャカになってしまった。そして、父親を殴り倒したのだ。

家に戻るのが怖かったので、その日は友達の家に泊まった。おそるおそる翌日の昼間に自宅に帰り、様子をうかがった。家には誰もいなかった。母親も買い物か何かに出かけていた。そっと自分の部屋に戻り、それから家族とはなるべく顔を合わせないようにしていた。

父親も母親も何も言わなくなったのは、それからだった。

父を殴った感触だけが残り、悲しくてしかたがなかった。強かった父が、一発で尻餅《しりもち》をついてしまったのだ。

それを思い出すと、今でもときどき泣きたくなる。

英次は、ジブラのラップを聞いていた。大好きな日本人のラッパーだった。噛みつくような声の出し方がいい。詞もしゃれている。ラップやヒップホップというのも、雰囲気に染まって聞きはじめたのだが、今ではなくてはならないものになっている。

父の大きな声が聞こえて、英次はラジカセのボリュームを絞った。ベッドから下りて兄の部屋と自室を隔てている壁に近づく。どうやら、父親は丈太郎を怒鳴りつけているようだ。珍しいこともある。丈太郎は常に両親とそつなく暮らしている。

何があったのだろう？

英次は気になって壁に耳を押し当てた。古い家で、隣の部屋の声は、はっきりと聞こえてくる。

父親が言った。

「まったく、大学生にもなってやっていいことと、悪いことの分別もつかんのか」

兄の丈太郎は、無言だ。

「おまえは、父さんが免職になってもいいのか？　そればかりじゃない。おまえの将来にも影響するかもしれないんだぞ。おまえは、犯罪に手を貸したことになるんだ」

「わかってるよ……」

丈太郎の声が聞こえた。ひどくうろたえているようだ。いつも自信たっぷりの丈太郎からは想像もつかない声音だった。「でも、富岡さんに言われたら、どうしようもないじゃないか」

富岡……？

あの柔道の先生のことか……？

「富岡に言われたら何でもするのか？　父さんの捜査情報を、捜査対象の行員に渡したんだぞ。それがどういうことなのかわかってるのか？」

「父さんだって、大学のＯＢがどんなもんか知ってるでしょう？　僕ら、何を言われても逆らえないんだ」

　父は押し黙った。

　ばかじゃねえの？

　英次は、心の中で唾《つば》を吐いていた。

「もういい。わかった」

　父の声が聞こえてきた。「悪いのは、おまえじゃない。あの富岡だ」

「僕、就職のこととか言われて……。就職難だってこと、知っているでしょう？　今の学生は就職のことを言われると弱いんだよ。だから……」

「もう、わかったと言ってるんだ。二度と、こんなことをするな」

　そう言うと、父は丈太郎の部屋を出て階段を降りていった。

　英次は、無性に兄の顔を見てやりたくなった。兄の部屋の戸をノックする。返事がない。

「俺だ。入るぞ」

　戸を開けると、兄はベッドに腰掛けて背を丸めていた。丈太郎の部屋は、いつも湿布薬や、筋肉痛のためのスプレーのにおいがした。家の中にいるとうっとうしいほどたくましい体が小さく見える。

「何があったんだよ？」

英次が尋ねると、丈太郎は英次のほうを見ぬままに言った。

「おまえには関係ない」

英次は、ワルを気取ってほくそ笑んで見せた。皮肉な口調で言う。

「富岡に、何か渡したのか？」

丈太郎は何も言わない。

「オヤジが富岡の銀行の捜査をしていて、その情報をオヤジから盗んで、富岡に教えた……。そういうわけか？」

丈太郎が英次を見た。その眼は、怒りと自己嫌悪に満ちている。

「おまえには関係ないと言ってるだろう」

英次は肩をすくめた。

「そうだよな。関係ねえよな」

兄は、見るに耐えないほどしょげかえっている。その姿が見たくてやってきたのだ。家族や柔道部の期待を背負っている兄が落ち込んでいる姿を見たくて……。

だが、英次はすぐに後悔した。

丈太郎は、あまりに哀れだった。耐え難い苦しみを味わっているのがすぐにわかった。

何か優しい言葉をかけてやりたいと、一瞬思った。しかし、何を言っていいのかわからない。こんな思いをするのなら来なければよかった。

そして、英次は、傷ついた家族に優しい声をかけてやるのは、自分の役割ではないと気づいた。落ちこぼれのお荷物が何を言ったところで、家族が癒されるはずがない。

「関係ねえ、関係ねえ……」

おどけた調子でそう言うしかなかった。英次は、丈太郎の部屋の戸を閉めて自室に戻った。しばし、立ち尽くしていた英次は、いたたまれない気分でベッドに倒れ込んだ。うつぶせのまま枕を抱いた。

どうしたんだよ。元気出せよ。

その一言が言えない。

英次は自分が、家族の嫌われ者でしかないと思っている。自らそうしむけたのだ。家族の賞賛と期待はすべて兄に集まっている。自分には、何の取り柄もない。

家の中で、どんな顔をしていればいいのかわからない。部屋に引きこもり、せいぜいワルぶるしかないのだ。

そうだ。俺は家では余計者だ。高校も中退してしまった。休みがちで単位が不足し、留年が決まった。その翌年は、学校に行かなかった。

そんな自分は両親からとっくに愛想を尽かされていると思っている。

また、兄の落ち込んだ姿が目に浮かんだ。英次は、勢いよくベッドから起きあがると、腕立て伏せを始めた。始めた当初は、十回もできなかったが、最近では三十回までできるようになっていた。

腹筋運動もやった。やはり、三十回までやれるようになっていた。それから、スクワットをやはり三十回。

筋肉が熱を帯びてきて、梅雨時の蒸し暑さの中でたちまち汗が吹き出してきた。小学校時代に柔道教室で無理やりやらされたものだ。あの当時は、筋トレが嫌で嫌でたまらなかった。だが、今は違う。ダンスをやるために筋力が必要だということを痛感しているのだ。

スクワットを終えると、ダンスの基本練習を始めた。

まず、首を前後、左右に動かす。それから、前、右、後ろ、左と順番に動かす。首で宙に四角を描く要領だ。腰、胸も同様に動かす。ダンサーたちは、これをアイソレーションと呼ぶ。簡単なようだが、なかなかうまくできない。きちんと四角を描けないのだ。

アイソレーションを終えると、肩を上下させ、次に前後させた。

それから、前回やった振りをやってみた。部屋が狭いので、ちゃんと動けるわけではない。流れだけを追うのだ。

思いっきり汗をかきたい。

英次は、切実にそう思いながら、ベッドに座り込んだ。

いつもは、昼近くまで寝ているのだが、昨日のことがあったせいか、少しばかり早く目覚めてしまった。

英次は、水を飲みに階段を降りた。電話が鳴っていた。いつの頃からか、英次は、自宅の電話が鳴っても自分とは関係ないと思うようになっていた。

英次の知り合いならば、携帯にかけてくるはずだ。

母親が電話に出た。どうやら、相手は父のようだ。

「残高が多い？　どういうことです？」

そう言う母親の声が聞こえてきて、英次は聞き耳を立てた。

「私に心当たりがあるはずないじゃないですか。……ええ、わかりましたよ。すぐに記帳に行ってきます」

母親は、身支度を整えるとそそくさと出かけていった。英次は台所にいたが、それに気づかぬようだった。

残高が多いってどういうことだ？

英次は考えた。銀行の預金が知らないうちに増えたってことか？

それなら、けっこうなことじゃないか。まあ、このうちのことは、俺には関係ないけどな……。

洗面所で歯を磨き顔を洗った。このところ、顔の色つやがいい。学校に通っていた頃よりずっといきいきしている。

あの頃は、何の目的もなく街を深夜までうろついていた。朝まで街で過ごすことも少なくなかった。夜が明けてから家に戻り、ベッドに潜り込む。

そんな生活をしていたのだから、疲れるのはあたりまえだ。何に関してもまったくやる気が起きなかった。

今はそうではない。定期的に体を動かしているし、将来の夢と呼べるようなものもある。まるで、柔道を始めた小学校時代に戻ったような気分だった。

おそらく、家族はそんな英次の変化に気づいていない。顔の色つやや目の輝きよりも、外見で判断するのが世間というものだ。それは家族も同じだった。

英次は、それをいやというほど知っていた。髪を茶色に染めており、ピアスをしているだけで、バイトがなかなか見つからない。コンビニやファミリーレストランの深夜枠は、比較的基準が緩やかだが、それでも身なりのいいやつから決まっていく。

部屋に戻り、CDをかけた。かつては、何となく聴いていた音楽も、今では目的を持って聴いている。リズム感を養うために、一日中音楽に浸っている必要を感じていたのだ。

音楽は何でもいい。アイドルの歌謡曲でもかまわない。そのリズムを体で感じることが大切だと思っていた。

部屋のドアがきしんで、玄関のドアが開いたことがわかった。母親が帰ってきたのだ。記帳するとか言っていたから、銀行まで行ってきたのだろう。

英次は、気になってそっとドアを開けて下の様子をうかがった。やがて、電話が鳴った。

「ああ、お父さんですか?」

母親の声が聞こえてくる。

「日和銀行から五十万円、振り込まれていましたよ。何でしょう、これ……」

母は父の話を聞いていたらしく、それきりほとんどしゃべらず、電話を切った。

日和銀行から五十万円……。

どうやら、母も父も心当たりがない金のようだ。

何が起きているかは、だいたい想像がついた。だてに、街をうろついていたわけではない。それなりに、世の中というものがわかっていた。

日和銀行といえば、富岡が働いているところだ。おそらく、情報提供料として支払われたのだろうと、英次は考えた。

父親の捜査情報を、兄が盗み見て富岡に洩らし、その報酬として五十万円の金をもらう。これは父親にとって、ひどくやっかいな出来事に違いない。

表沙汰になったら、父親は警察をクビになり、兄も何らかの処分を受けるかもしれない。そうなったら、この家はどうなるんだろう？　両親が期待を掛ける丈太郎が問題を起こした。その問題によって、父が警察をクビになる。おそらく、家庭はめちゃくちゃだ。

富岡はたしか、オヤジの大学の後輩に当たるんだったな……。

英次は思った。

柔道部のつながりが、この島崎家をめちゃくちゃにしようとしている。いい気味だ。そう感じて当然のはずだった。

だが、実際はそうではなかった。家族といっしょに時間を過ごすなんて、冗談じゃないと、常日頃思っている。

父親も気にくわなければ、母親も気にくわない。しかし、家族がひどい目にあうのがうれしいかというと、決してそうではないのだ。

自分を認めない家族が腹立たしいだけなのだ。

関係ねえ……。

そう心の中でつぶやきながら、気になってしかたがなかった。

家族が平穏に暮らしているから、それに抵抗する気も起きる。彼らの幸福がねたましいのだ。だが、抵抗する対象である家庭が崩壊してしまっては、英次はますますどうしていいのかわからなくなる。

英次だってこのままでいいとは思っていない。ただ、今はどうしていいかわからないだけなのだ。

そして、富岡に腹が立った。やることが汚い。兄は富岡には絶対に逆らえない。小学校時代からの柔道の先生だし、富岡は大学柔道部のOBだ。

柔道部のしきたりに、黙って従わなければならない兄を、哀れだと思ったこともある。尊敬などできない先輩やOBがきっといるはずだ。にもかかわらず、下級生は絶対服従なのだ。

兄は、三年になり、現役の学生の中ではそこそこ大きな顔ができるようになった。しかし、OBの呪縛は永遠につきまとう。

富岡は、その関係を利用したのだ。兄には何の罪もない。ただ、父親が刑事だったというだけだ。日和銀行の不正について捜査していたのだろう。

ぶっとばしてやろうか……。

だが、富岡は柔道の先生だ。たしか、三段だとか言っていた。まともに戦って勝てるとは思えなかった。

俺は何を考えてるんだ？　家族のことなんて、知ったこっちゃないだろう。

英次は携帯電話を取り出した。

短縮の一番最初に入っている番号に電話する。五回呼び出し音が鳴って相手が出た。

「あ、タエか？　俺、英次だけど、今何してる？」

「今起きたとこだよ」

相手の声は不機嫌そうだった。

「わりー。起こしちまったか？」

「昨夜、アフター付き合わされてさ。朝八時までだよ。勘弁してよって感じ」

タエは渋谷のキャバクラで働いている。正直に言うと、英次はキャバクラというところがどういうところなのかよく知らない。ランパブや、エッチ系の店ではないということだけを、何となく知っているに過ぎない。

タエがどこで働いていようと、気にしないつもりだった。だいたい、知り合ったときには、すでに水商売をやっていたのだから、英次がそのことについて、あれこれ言う資格はないと考えることにしている。

それでも、朝まで客とどこかで飲んでいたと聞けば、心中穏やかではなかった。

気持ちの乱れを声に出すまいとして、つとめて明るく言った。

「よう、スクール行く前にメシでも食わねえか？」

「今、何時？」

「もうじき昼だよ」

「あたし、もう少し寝る。三時になったら、もう一度電話ちょうだい」

「わかった」

こんな時間に電話して、悪かったかな……。英次は思った。

後で謝っておこう。

英次とタエの力関係は、明らかにタエのほうが上だ。タエは英次より一つ年上で、その年齢差以上にしっかりしているような気がする。そして、惚《ほ》れた者の弱みということもある。

英次とタエは付き合っているというほどの間柄ではない。もちろん、そういう関係になりたいと思う。だが、その一歩を踏み出したら、今の関係も壊れてしまいそうで恐ろしいのだ。

電話で話をしたり、たまに食事をしたり、単にそれだけの関係だが、英次はそれでも有頂天だった。タエは英次にとってそれほどすばらしい女性なのだ。

約束どおり、三時に電話をした。タエの機嫌は、さっきよりは少しましになっているようだった。

「あんな時間に電話して悪かったよ」

「いいんだよ。いつもなら起きてんだ。アフターなんて、滅多に付き合わないからね。んで、ごはん食べるの？」

「ああ。そうしようぜ」

「じゃあ、急がなきゃ。食べてすぐスクールじゃ、ゲロ吐いちゃうよ」

二人は渋谷センター街にあるファーストフードの店で、待ち合わせをした。タエと知り合って、渋谷へ行くことが多くなった。それまでは、自宅が西武池袋線沿線にあるので池袋で遊ぶことが多かった。

英次は、スポーツバッグに着替えを詰めて家を出た。食事の後はタエといっしょにダンスのスクールに行くのだ。英次は池尻大橋にあるスタジオに週に一回通っている。

タエは週にもう一日、別のスクールに通っていた。

二人で通っているのは、一九七〇年代にはやった、いわゆるオールドスクール系だが、タエがもう一日習っているのはジャズだった。

タエによると、ジャズダンスは地味だが基礎を学ぶのにいいという。将来、応用が利くのもジャズダンスなのだそうだ。

彼女はしっかりと自分の将来を見つめ、そのために努力している。いつしか、英次もその影響を受けてしまったというわけだった。

タエは約束の時間どおりにやってきた。五分と遅れない。それを習慣にしているのだという。例えば、オーディションを受ける場合、遅刻は致命的だ。タエは、常にダンサーになることを前提としてものを考えるようだ。

今でも、クラブなどのイベントでは、オーガナイザーから声を掛けられる。しかし、そうしたイベントは、ギャラもほとんどないに等しく、逆にチケットのノルマを課せられたりする。

食えるダンサーというのは、ほんの一握りなのだ。スクールの授業料も必要だ。タエは、一流ダンサーになる日を夢見て、キャバクラでバイトをしながら、レッスンに通っているのだ。

ファーストフードでデートというのも、なんだか情けなく、そのうちに立派なレストランでごちそうしてやりたいと思うのだが、タエは別に不満はなさそうだった。ハンバーガーでも牛丼でもタエは満足の様子だ。彼女は無駄な金を使いたくないのだ。贅沢な食事をするくらいなら、ダンスのために使う。

タエは、黒いTシャツの上にスウェットのラフな上着を着ている。ぴったりとしたジーパンにナイキのシューズだ。

そうしたさりげない恰好が驚くほど決まる。長い髪を軽く脱色している。脚はすらりと長く、ヒップがきゅっと上がっている。メリハリが利いた体つきだ。筋肉質だが、女性的なラインを保っている。タエを見て、英次は誇らしい気分になっていた。この店にいる誰よりもきれいだ。

「よ、どうした。しょぼい顔して」

タエは、向かいの席に腰を下ろすと言った。英次は、ストローをくわえ、コーラをすっていた。

「別に……」

「あたし、何も食べてないんだ。こういうの、体によくないって知ってんだけどね。ああ、腹へった。食べよ」

タエは、カウンターに向かった。英次は、彼女の勢いに気圧され、慌ててそのあとを追った。

牡羊座でO型か……。すっげえ、マイペースだよな。

英次は、心の中でつぶやいたが、それが不愉快なわけではなかった。タエはいつ会ってもイキがいい。

彼女は、ハンバーガーを二つとコーヒーを注文した。英次は、ハンバーガーにポテトがついたセットだ。焼きたての肉と刻んだタマネギのにおいが漂う。

タエのほうがよく食べる。おそらく、英次よりも運動量が多いのだろう。

ウェイトコントロールをしているとは思えないのだが、彼女はものすごく引き締まって見える。

「何かあった？」

タエは、ハンバーガーを頬張り、じっと英次を見つめて言った。

「何でさ」

「あんた、顔に出るんだよ」

英次は、ふてくされたように眼をそらした。

「ガキだって言いてえのかよ」

「純粋なのさ」

タエは照れもせず、こういうことを言う。英次はさらに照れくさくなった。

「やっぱ、俺のこと、ガキだと思ってる」

「むくれんなよ。何があったのさ」

英次は、家庭の問題をタエに話したくはなかった。タエと自分は家族とは別の世界で暮らしていると感じていたかったのかもしれない。

そして、街に出るときは家庭のことなど忘れたかったのだ。どうせ自分には関係ない。これから、タエといっしょにダンスの練習にでかけるのだ。

そのことだけを考えていたかった。

「何でもねえよ。関係ねえ……」

そう言ってしまって英次は、はっとした。タエは、この「関係ない」という言葉が大嫌いなのだ。

英次が口癖のように言っていたら、一度、本気で意見されたことがある。

関係ないってことはないでしょう。あたし、その言葉、大っ嫌い。あんたがそう思っていなくても、人と人とは何かの関係があって出会ったり、付き合ったりするんだからね。そういうの、甘えだよ。関係から逃げたいだけじゃん。

英次はそのとき、ひどくしょげかえった。タエが言った内容にショックを受けたわけではなかった。タエを怒らせたことがショックだったのだ。

タエが、英次を睨んだ。そして、次の瞬間、英次の心の中を読んだかのようにほほえんだ。

「英次がそういう言い方するときって、家族のことなんだよねえ」

英次はなんだか、申し訳ないような気分になった。小学生のときに、タエの両親は離婚した。今時珍しくもない話だが、タエの口からそのことを聞くと、気分が重くなった。

妹とともに、母親に育てられたのだが、今はその母のもとを離れて、一人で生活している。もう、ずいぶん母親にも妹にも会っていないということだ。

ほとんど家出同然に家を出てきたようで、将来の目処《めど》が立たない限り、家には戻らないつもりだと言っていた。

それに比べて、自分はずいぶんと恵まれていると思う。だが、同時に家族と離れて暮らせたらどんなに楽かとも思うのだ。

「話してみなよ」

タエは軽い調子で言う。だが、タエが本気で心配しているのがわかる。

だが、英次は話せなかった。丈太郎が父親の捜査情報を盗んで、捜査されている相手に教えた。そんなみっともない話をするのは、恥ずかしかった。

英次が黙っていると、タエは言った。

「ま、いいか……。話したくないなら、別にいいよ」

そう言われると、話さなかったことが間違いだったような気がしてくる。

こんなにうじうじしていたら、いつかは嫌われてしまうな……。

タエは瞬く間に二つのハンバーガーを平らげた。英次は、あわてて残りのハンバーガーを頬張った。

急にハンバーガーが味気なくなったような気がして、コーラで飲み下さねばならなかった。

池尻大橋の駅に着く頃から、緊張が高まってきた。ダンススクールの練習に来るときはいつもそうだった。わくわくする気持ちと、不安が入り交じる。体中にアドレナリンが行き渡るのがわかる。

タエはリラックスしているように見えるが、それは彼女が自分のダンスに自信を持っているからだろう。

英次は、まず基礎からしっかりと学ばねばならない。

レッスンは、午後五時半から始まる。トレーニングパンツとTシャツに着替えてフロアに出ると、時間どおりに先生がやってきた。

先生といっても、まだ二十五歳だ。年齢がそれほど離れていないし、話もわかるので、親しみが持てる。それに、抜群にダンスがうまいので、無条件に尊敬できる。

英次は人にものを教わるのが別に嫌いではなかった。小学校時代は、柔道を習っており、当初はけっこう楽しんで通っていたものだ。

ただ、学校の先生だけには馴染《なじ》めなかった。もし、学校の先生が、ダンスの先生のように何か感動させてくれたり、無条件に尊敬できるものがあれば、英次はそれから学ぼうとしただろう。

学校の先生は、まったく感動を与えてくれなかった。それは、中学校、高校を通じて、英次が不思議に思うほどだった。みんな、出来合いの教科書や問題集を使って、ただ淡々と授業を進めるだけだ。

部活にも熱心な先生はいなかった。放課後、生徒と時間を過ごそうとする先生などいない。生徒と話をしようともしなかった。それでいて、校則を押しつけてくる。

そして、必ずえこひいきをする。中学校時代は、有名私立を受験する成績のいい生徒を特別扱いする。英次たちの仲間が先生に何か言おうとしても、あからさまに迷惑そうな顔をするのだ。

先生たちと教頭は仲が悪く、教頭は校長の顔色をうかがっている。そして、校長はＰＴＡに頭が上がらない。

英次たちは、そういう雰囲気を敏感に感じ取っていた。そして、学校内でそういった大人たちの諍《いさか》いがあるのが、とてもいやだった。

少なくとも、ダンススクールにはそういう雰囲気がない。

フロアには、すでに、大音響でリズム＆ブルースのＣＤが流れている。これから先は、タエとは話もできない。だいたい、カップルでスクールに通ってくる者などほとんどいない。

一時間半の間、生徒同士で会話できる時間などない。

先生の名前は、K。アルファベット一文字のKだ。本名が、慶太《けいた》というらしい。ストリートダンスの世界もそうだが、だいたい、皆愛称で呼び合う。ダンサー・ネイムというのだろうか。

英次も街に出るときは、島崎英次ではなく、エージと呼ばれている。

K先生の号令でストレッチが始まる。ストレッチもCDのリズムに乗って進められる。これは、基本や振りのレッスンのときとまったく同じだ。

エイトカウント、つまり、二小節を単位ですべてのレッスンが進められる。かかる曲がアップテンポでもスローでもこれはまったく同じだ。

最初、英次はそのカウントに戸惑ったが、慣れるとそれが一番やりやすいことがわかった。先生のカウントが、五から始まろうと、一から始まろうと、八まで待って、次の一から動き出すのだ。

ストレッチで、体中の筋肉をゆっくりと伸ばしていく。ストレッチには十五分ほどかける。腹に響くドラムとベースのリズム。甘く、緩やかに波打つメロディーライン。

フロアには、生徒が五人いる。皆二十歳前後だ。前に三人、後ろに二人。タエは、英次の右斜め前にいる。前列の一番右側だ。オレンジのTシャツに、白いラインが入った黒のトレーニングパンツという恰好だ。長い髪はきりっと後ろで束ねている。

タエの体型や動きは美しいが、それに見とれている余裕はない。自分の体を動かすだけで精一杯なのだ。

ストレッチに続いて、基本練習が始まる。アイソレーションだ。肩を片方ずつ上下させたり、前後させたりする。首を前後、左右に動かす。次に、右、前、左、後ろと空中に四角を描くように動かす。次は腰。腰も首と同じように、前後左右に自在に動かせるように練習する。最後は胸だ。胸を回すというのはなかなか難しい。

それを、流れる音楽のリズムに合わせてやらなければならない。英次は、習いはじめた当初、どうしてもリズムに乗ることができなかった。

体の形を気にしていると、どうしてもリズムから遅れてしまう。遅れまいとすると、体の動きがいい加減になる。リズムを食ってしまったり、遅れたり、もうてんでばらばらだ。

だが、このところ、ようやくリズムに乗って動くことができるようになった。

Kのアドバイスが役だったのだ。Kは、英次に言った。

とにかく、体でリズムを感じることが大切だ。音楽を聴いていると、自然に手足が動くことがあるだろう？　それが大切なんだ。だから、音楽に親しみ、音楽を好きになることが第一だ。音楽に合わせて踊りたくなる。それが、ダンスの第一歩なんだ。

英次は、言われたことを実行し、今ではことさらにリズムを気にすることなく、それに乗ることができるようになった。

基本練習が終わったところで、今日の振りに入る。Kがまず、手本を見せてくれる。最初の動作は、音楽に合わせて体をアップダウンさせるだけだ。

膝を柔らかく使って、体を上下させるだけなのだが、こうした単純な動きでうまい人とそうでない人の差がでる。

膝だけで体を上下させようとすると、ひどくぎこちなくなる。英次は、体全体のうねりが大切なのだということに、最近気づいた。Kの動きを見ているとよくわかる。

だが、Kの動きをよく見るという、ごく簡単なことができるようになったのも、最近のことだ。自分の体を動かすことに夢中で、先生の動きを見る余裕がなかったのだ。

Kは首もうまく使っている。リズムを体全体で受け止めている。それが、見た目の恰好よさにつながるのだ。

タエは、そんな段階はとっくに卒業している。英次とはレベルが違うのだ。このフロアで、Kの次にうまいのはタエだ。

才能もあるのだろうが、タエはそれだけ努力している。一日のうち、ダンスのことを考える時間がどれだけあるかが勝負だと、タエが言ったことがある。

タエは、首までどっぷりとダンスに浸かっている。彼女にとってはダンスが何より大切なのだ。そう、恋愛なんかよりも……。

Kは、体のアップ・アンド・ダウンに、ウォーキングを加える。歩くようにその場で足を出す。その足を引きつけてすぐに膝と足先を開いて体を沈める。ウォーク・アンド・ダウン。エイトカウントを何度か繰り返す。英次は、足に気を取られて、体全体のリズムを忘れていた。正面は一面、鏡張りになっており、自分の姿がよく見える。みっともない。

何のために音楽があるんだ。もっと、体全体でリズムを感じなきゃ……。

タエは、すっかりリズムを自分のものにしている。Kは、皆の動きが滑らかになるまで、何度も同じ動きを繰り返す。

ただのウォーク・アンド・ダウンを繰り返すだけで、額から汗が流れはじめた。すでに胸と背中がじっとりとしている。タエにそんな様子は見られない。

きっと俺は無駄な力が入っているんだ。

英次は、なるべく力を抜くようにした。みんなの動きがそろってくると、今度は、それにキックが加わった。右足で膝くらいの高さを蹴り、その足をすぐに下ろしてダウン。

新しい動きが加わるたびに、英次は戸惑う。リズムに乗ることを忘れそうになる。Kはそれをよく知っているので、何度も繰り返し同じ動きを続けてくれる。

キック・アンド・ウォークの動きがそろったら、今度は、次の動きだ。四歩、後ろに下がる。そのときに、Kはちょっとしたコツを教えてくれた。

足を後ろに下げる際に、そちら側の腰を上げ、同時に同じ側の肩は下げる。脇腹の筋肉を使うのだ。同じ側の腰を上げ、肩は下げる……。それだけで、ぐっとダンスらしくなる。

動きはなるべく滑らかに。かちり、かちりと動きを止めたら、ヒップホップ系のダンスになってしまい、ロッキングっぽくなくなるとKが言っていた。

キック・アンド・ウォークを、ツー・エイト、つまりエイトカウント二つ分。これは、楽譜の上では四小節にあたる。

それから、後ろに、下がる動作をエイトカウント。

それから、両手でツエルして、威嚇《いかく》するように両肘を張って、ロック。動きをぴたりと止めるのだ。この動作がロッキングと呼ばれるこのダンスの特徴だ。

すぐにまた、片手ずつのツエル。足を開いて体を沈め、すぐにアップして右手で左斜め上を指さす。その手を右斜め上にすぐ移動して、またロック。

ツエルというのは、手首をくるりと返す動きなのだが、これがなかなか恰好よく決まってくれない。

だんだん、複雑な動きが加わってきて、英次は、ついていくのに必死だった。英次の隣には、髪を金色に染めた若者がいる。彼は、アイソレーションなどの基本の動作はそれほどうまくないが、音楽に乗ることを知っている。ノリがいいだけで、ずいぶんと恰好よく見えるのだ。彼は、アッキーと呼ばれている。アッキーは、渋谷のストリートでチームを組んで練習している。彼も根っからダンスが好きなのだ。

英次は、汗が流れ息が弾んでくるのを感じていた。気分がよかった。ビートに乗って汗をかいているときは、余計なことを考えずに済む。

皆の動きがそろってくると、Kはいったんストップし、ラジカセのところへ行って、別のCDをセットした。これから、今まで学んだ動きを使って、本番のダンスの練習が始まるのだ。

振りの練習のときより、アップテンポの曲だ。

「ファイブ、シックス、セーブン、エイト……」

Kのカウントを聞き、全員次のワンで動き出す。

英次は、まだ振りが完全に体に染み込むまでいっていない。だが、何度かKについて動いているうちに、独特の高揚感を感じてきた。体が音楽を捉《とら》え始めた。

重低音のドラムとベースにステップが完全に一致しはじめる。背骨や首がリズムを捉えていく。

そうなると、細かな動きは気にならなくなってくる。汗が流れ、体全体が躍動してくる。瞬く間に時間が過ぎた。

レッスンが始まってから、一時間が経過していた。Kは、十分間の休憩を挟んで、今度は、フォーメーションをやろうと言いだした。Kを入れて、全員で六人。ツー・エイト分を使って、前後左右に場所を入れ替わる。そのフォーメーションをやった後に、今日覚えた振りに入る。

フォーメーションのときは、ステップやらターンやら自由に動いていいことになっている。英次は、教えられた場所に移動するだけで精一杯だが、タエやアッキーは、すれ違いざまに見事なターンを決めたりしている。

フォーメーションと振りを何度も繰り返した。リズム&ブルースに乗り、ダンスをやっているという実感が湧いてくる。

フォーメーションをやると、音楽と一体になるだけでなく、他人との一体感も味わうことができる。

英次の気分はさらに高揚した。やがて、鏡の上にある時計の針が七時を指した。Kが、ぱんぱんと手を叩き合わせて、レッスンの終了を告げた。

チャパツにニット帽のKは、人なつこい笑顔で、「お疲れさまでした」と言った。英次はその笑顔が好きだった。

タオルで汗を拭き、着替えてロビーでタエを待つ。そのときに飲む、缶入りのスポーツドリンクが抜群にうまい。

ロビーにKがやってきて、英次に声をかけた。英次は、立ち上がって挨拶《あいさつ》した。長い間、こうした礼儀は忘れていた。学校や家ではやったことなどない。街で遊んでいるときも、こうした礼儀とは無縁だった。

先生が来たら、ちゃんと立って挨拶をする。それは、小学校時代に柔道の道場で教わったことだ。

不思議なことに、ダンススクールでは、こういう挨拶が自然とできる。また、それが不自然ではない雰囲気がある。

「いい感じになってきたじゃない」

Kが椅子に腰掛けながら言う。「今日なんか、なかなか決まってたよ」

英次は、素直にうれしいと思った。街をうろついている時代には、他人に褒《ほ》められることなどなかった。

「エージは、基礎体力がありそうだからな。本気でダンスやろうとしたら、筋力が必要なんだ。みんな、体トレ、面倒くさがるけどさ……」

「小学校のときにやってた、柔道のおかげですかね」

「ああ、そうだったな。柔道、好きだったのか？」

「わかんないっす」

「自分からやりたいって言ったんじゃないの？」

「親に習わされたんです。オヤジ、ずっと柔道やってましたから……」

「へえ。どこで何が役に立つかわかんないね。オヤジさんに感謝しなくちゃな」

「はあ……」

家族の話になって、気分が暗くなった。

「若いんだから、いろんなダンス、やってみるといいよ。テレビやビデオで研究するといい。テクニックが身に付いてきたら、ニュースクールとかにも挑戦してみたりさ」

Kとは、こういう話がしたいのだ。

「ええ。でも、まだダンスのこととか、よくわかんないし……。ただ、やってるだけで……」

「タエに教わればいいじゃん。彼女、すっごい勉強してるんだろう？」

「はい。今度、頼んでみます」

「エージ、まじで上達早いよ。そのうち、発表会にも出てみなよ」

Kは立ち上がり、彼特有の人なつこい笑顔を残して更衣室のほうに歩き去った。入れ替わりに、タエがやってきた。

「お・ま・た・せ」

タエは、髪をひっつめにしたままだったが、英次の前に来るとゴムの髪留めを取り、さっと長い髪を振った。いい匂いがした。

「店、行くのか？」

「あたりまえじゃん。やば、大急ぎで家帰ってシャワー浴びなきゃ」

遅刻したりすると、罰金を取られるのだそうだ。二人はあわただしくスクールを後にした。

タエは渋谷の駅で、「じゃあね」と手を振ると、駆けていった。

英次は取り残されたような淋しさを覚えた。別れ際にキスすることを夢見ていた。それには、まだまだ時間が必要なような気がした。時間の問題ではないという友達もいる。そういうことは、踏ん切り一つなのだ、と……。

女は待っているんだと言う友達もいる。だが、タエがそんなことを期待しているとは思えなかった。

池袋で西武線に乗り換える頃から、憂鬱な気分になってきた。いつの頃からか、家が近づくにつれてそういう気持ちになるようになった。

中学生の頃からだったかもしれない。ありふれた古い小さな一戸建て。英次は生まれたときからそこに住んでいる。

瓦屋根の木造だ。狭い庭は、駐車場に半分近くが占領されている。一階にはあまり日が当たらない。

二階に一部屋を与えられたのは、中学生になってからのことだ。父親はそのために、自分の書斎を諦《あきら》めなければならなかった。

小学生時代は、兄と同じ部屋だった。狭い部屋に二人でいると、よく喧嘩したものだった。些細なことで二人とも腹を立てた。

そんなとき、両親は兄を叱ったものだ。お兄さんなんだから、しっかりしなさい。兄なんだから、我慢しなさい……。

その瞬間は、ざまあみろと思う。だが、じきに申し訳ないと思ってしまうのだった。そんな出来事も、すでにはるか過去のことだ。

今の家はあの頃の家ではない。

英次は、ただいまも言わず、玄関から自分の部屋へ行こうとした。どうせ、英次に声をかける家族はいない。彼はそう思いこんでいる。そう思ったほうが楽なのだ。

突然、リビングルームのほうから父親の大きな声が聞こえてきた。それに続いて、母親のぶつぶつ言う声。また、父の声が聞こえる。

「何でもないと言っているだろう。仕事のことにいちいち口出しするな」

今度は、母の声も大きくなった。

「丈太郎の様子が変なのはわかっているんですよ。何があったのか知ってるなら、教えてくれてもいいじゃないですか」

父は声を落としてぼそぼそと何か言った。また、母の声が聞こえてきた。

「あなたは、ずっと外にいるから気も紛れるでしょうけど、ずっとこの家にいる者の身にもなってください。いつから、この家はこんなふうになってしまったんです？　この上、丈太郎までおかしくなったら……」

父親は何も言わない。

こんなふうだって？

英次は、ふんと鼻で笑いたい気分だった。それは、俺のことを言ってるのか？　だったら、そんなふうにしたのはおまえたちじゃないか。

英次は、階段を昇り自分の部屋に行こうとした。突然、丈太郎の部屋の戸が開いて、英次はびっくりした。

思い詰めた様子の丈太郎が戸口に立っていた。

英次は無視して通り過ぎようとした。

「ちょっといいか？」

丈太郎が言った。

こんな言い方をする丈太郎は珍しかった。部屋に引きこもるようになって、丈太郎ともあまり話をしなくなった。とはいえ、やはり家族の中で一番接する機会が多いのは丈太郎だった。

「何だよ」

英次は、わざと挑戦的に言った。

「昨日のことだ」

「関係ねえって言ったのは、そっちだろう」

丈太郎は、眉間《みけん》に深く皺《しわ》を刻んでいる。英次は眼をそらした。

「いいから、ちょっと来い」

兄のこういう言い方が気に入らなかった。いつも、他人より優位に立って話しているような気がする。

「何だよ、面倒くせえなあ」

そう言いながらも、英次は、兄の部屋に行かずにはいられなかった。

家族のことは無視しようと思っていても、やはり気になるのだ。

部屋にはいると、丈太郎はどさりとベッドに腰を下ろした。ベッドがきしんだ。英次は、ベッドが壊れてしまうのではないかと、つまらぬことを心配していた。湿布薬のにおいがする。

丈太郎は、首を垂れて床を見つめていた。太い首だ。肩は筋肉で丸々と盛り上がり、スポーツウェアの太腿にもはち切れそうに筋肉が浮かび上がっている。

その巨体を情けなく丸めている。英次を部屋に呼び入れておいて、何も言おうとしない。

英次は苛立ち、言った。

「話があるんじゃねえのかよ」

丈太郎は、英次に苦しげな顔を向けた。

「昼間、何があったか知らないか？」

「昼間？」

日和銀行から振り込みがあった件だろうと思った。だが、英次は慎重になっていた。

「何のことだよ？」

「オヤジとオフクロが何か言い合っていただろう？」

「へえ、そうか？」

「金が振り込まれたって……。おまえ、昼間、家にいただろう？　何か知らないか？」

英次は、しばらく何も言わずにいた。実は迷っていたのだが、それが丈太郎には、もったいぶっているように映ったらしい。丈太郎は、苛立たしげに言った。

「知ってるんだろう。何があったんだよ」

「日和銀行から五十万円、振り込まれてたんだってよ。けっこうなことじゃねえか」

丈太郎は、目を見開いて英次を見つめた。その一瞬、まるで小学生時代に戻ったような錯覚を起こした。丈太郎は、子供の頃よくそういう表情をしたものだ。

どうしていいかわからないことに直面したときの顔だ。

「五十万……」

丈太郎は、つぶやいた。まるで何も考えていないようだった。間抜け面だ。

英次は、それ以上何も言う必要はないと思った。丈太郎の部屋はしんと静まりかえっている。英次の部屋はいつも音楽が鳴っているので、落ち着かない気分になった。

ささやくような雨音が聞こえている。先ほどまで、何とか持ちこたえていたのだが、また降り出したようだ。部屋の中の空気もじっとりと湿っている。

「日和銀行から……」

丈太郎は、またつぶやいた。だが、今度は何かを考えてるようだ。確認するような口調だった。

英次は、何も言わない。実は、何を言っていいのかわからなかったのだ。だが、そんなそぶりは見せたくない。嘲《あざけ》るような笑いを浮かべて見せた。

「おまえ……」

丈太郎は言った。「昨日の話、聞いてたんだろう?」

「聞きたかなかったけどな」

「俺は、言われたとおりにやっただけだ」

丈太郎は、また首を垂れた。

「兄貴の問題だ。俺には関係ない。どうせ、オヤジが何とかしてくれるんだろう」

後半は皮肉たっぷりに言った。

オヤジは俺には何にもしてくれないけど、兄貴のことになると一所懸命だからな……。

そんな気持ちを込めたのだ。

だが、丈太郎はそんな皮肉に付き合う余裕もなさそうだった。

「オヤジだって困ってるんだ」

「そりゃ、困ってるだろうな。兄貴が秘密を洩らして、その情報料として五十万円もらったんだからな」

「五十万円は、俺がしゃべったことに対する金じゃない」

英次は、思わず眉をひそめていた。

こんな話を聞く必要はない。何も知らずにいたほうがいい。どうせ、俺以外の家族の問題だ。

そう自分に言い聞かせなければならなかった。実を言うと、英次は何が起きているのか正確に知りたかった。

この家のことなんてどうなったっていいという態度をとり続けている。だが、本気でそう思っているかどうかは自分でもわからない。丈太郎と父親に何が起きているのか、知らずにはいられないと感じていた。

英次は、つとめてさりげなく言った。

「それ、どういうことだよ？」

「オヤジが、脅迫されたらしい」

「脅迫？」

「俺がしゃべったことなんて、ほんの些細なことだ。父さんがいつ、日和銀行に行くかとか……。だけど、問題は内容じゃなくて、しゃべったということ自体なんだ」

「なるほどね」

英次は言った。「それをネタに脅されたってわけか？　何かためになる情報を寄こさないと、息子が捜査情報を洩らしたことを、警察に教えるぞってなわけか？」

「そういうことだと思う。父さんは断り切れなかった。そして、父さんが教えた内容について、五十万円が振り込まれたに違いない」

「それって、泥沼じゃねえか」

英次は、腹が立ちはじめた。

丈太郎や父親がどんなに窮地に立とうと、知ったことではない。むしろ、いい気味だ。英次はそう思っていた。いや、そう思っているつもりでいた。

だが、なぜか、父親がはめられたという話を聞いて腹が立ってきたのだ。

英次は、丈太郎から眼をそらした。古い机が眼に入った。その脇に鉄アレイが二つ。机の上はきれいに片づいている。丈太郎は、小学校時代と同じ机を今でも使っていた。木製のがっしりした古い机だ。

父親は、二人に決してはやりの学習机など買ってくれなかった。そんなものは、いずれ役に立たなくなる。机というのは、この先長い間付き合っていくものだから、最初からしっかりしたものを選ばなければならない。そう言って二人には、およそ子供には似つかわしくない机を買い与えた。

いかにも父親らしいこだわりだった。

たしかに、丈太郎の場合、父親の考えたとおりだった。傷だらけの机だが、その傷の一つ一つに思い出があるはずだった。

英次の場合、机はただの物を置く台でしかなかった。

丈太郎の机を眺めているうちに、ひどく切なくなってきた。

父親にも母親にもむかつくことばかりだ。この家に、英次の居場所はない。しかし、父親が追い込まれていると聞くと、心が騒いだ。

「オヤジをはめたのは、富岡の野郎なんだな？」

そう言うと、丈太郎がはっと英次のほうを見た。

「悪いのは俺なんだ」

「そのとおり。くだらねえ、先輩だ後輩だっていうやつにがんじがらめになっているからな……」

丈太郎が、むっとした顔つきになった。

「おまえに、何がわかる。くだらなかろうが何だろうが、その世界で頑張るしかないんだ」

「そうだろうな。小さな頃から、柔道、柔道で、気がついたらその世界から抜けられなくなっちまった」

「別に後悔はしていないさ」

「そのあげくが、このざまか？」

「これと柔道は関係ない」

「けど、柔道部のつながりなんだろう？　富岡のやつは、柔道のつながりを利用したんだ。汚えやつだ。それでも、先輩だ何だと立ててやらなきゃなんねえのかよ」

丈太郎は、英次を睨み付けた。

「おまえにはわからない」

英次はさっと肩をすくめて見せた。

「ああ、わかんねえな」

「おまえみたいに、何も努力しないでその日その日を暮らしているやつに、何も言う資格はない。たしかに柔道部の上下関係は厳しい。でも、それに耐えなきゃならない。我慢することを覚えなきゃならないんだ」

「富岡みたいなやつに、何言われても我慢しなきゃならねえのか？　間違ったこと言われても、言うこときかなきゃならねえのか？」

丈太郎は、開き直ったように言った。

「そうだ。そういう世界なんだ」

「ばっかじゃねえの」

英次は本気で腹が立った。「そんなのくだらねえって、どうして気がつかねえんだ？　みんな、ばかかよ？」

「ばかにならなきゃ、やってられないこともある。利口に立ち回っていちゃ、柔道の試合なんて勝てない。ばかになって、練習に打ち込まなきゃ……」

「逆じゃねえの？」

「逆？」

丈太郎が不意をつかれたように、英次の顔を見た。

「頭使って、納得できる練習をしたほうが、ずっといいと思わねえのかよ？」

「経験のない者が頭を使ったってしょうがない。経験を積んだ先輩が頭を使い、後輩はそれに従うんだ。それで強くなれるんだ」

「先輩がいなくなったら、どうすんだよ。そんなの、本当の実力じゃねえじゃん」

「だから……」

丈太郎は、半ば腹を立て、半ば驚いたように英次を見ていた。英次がまっとうな反論をしたことに驚いたのかもしれない。

「だから、先輩やＯＢは大切なんだ」

「そんなの、理屈になってねえよ」

「理屈だけで、世の中渡っていけると思っているのか？　たしかに、大学柔道部の体質は理不尽なところもある。だがな、社会に出れば、もっと理不尽なことがいっぱいあるんだ」

「リフジンって何だよ」

「理屈に合わないってことさ」

英次はふんと鼻で笑った。

「たしかにな。銀行員が後輩の大学生利用したり、その親父の刑事に脅しかけたりしてんだからな。こりゃ、そのリフジンってやつだな」

丈太郎は、とたんに元気がなくなった。

英次から眼をそらすと、力なく言った。

「そうさ。理不尽さ。富岡先輩だって、銀行に言われてしかたなくやったんだ」

「ほんっと、くだらねえ」

「何がだ？」

「俺はたしかに、学校やめちまったしよ、仕事もしてねえよ。でも、それがくだらねえことだってくらいはわかる」

丈太郎は何も言わない。

おそらく、丈太郎にも英次が言っていることはわかっているのだ。だが、自分でもどうしようもないに違いない。

なんだか、それが腹立たしかった。くだらないとわかっていながら、皮肉な笑いを浮かべてみたり、せいぜい酒を飲んでぐちを言うことしかできない。それが社会ってもんだとしたら、社会なんてくそくらえだ。

丈太郎は下を向いたまま、かぶりを振っていた。

「おまえの生活こそくだらない。街をほっつき歩いたり、毎日音楽を聞いてぶらぶらしているおまえの生活こそ……」

「へ、そうかい」

「おまえには、何もわかっていない」

丈太郎は同じようなことを繰り返した。

「そうさ。俺は何にもわかっていない。そんな俺と話をしようって言ったのは誰だ」

英次は、丈太郎の部屋を出た。自分の部屋に入ると、勢いよく引き戸を閉めた。

ひどくむかついた。

俺だって、一所懸命やってるんだ。そりゃ、学校にいる頃はたしかにどうしようもなかった。でも、今は違う。

丈太郎にそう言ってやりたかった。だが、言っても無駄であることはわかりきっていた。丈太郎はダンスなど理解しないだろう。父や母にいたっては、ますます英次のことを見放すに違いない。

この家の者たちは、ダンスなど認めるはずがない。

だいたい、英次がダンスをやってみようかと思ったきっかけは、父の一言だった。

ずいぶん前のことだ。外から帰ってくると、家族三人で夕食をとっていた。普段帰りが遅い父親が珍しく早く帰ってきており、家族団らんというやつの真似事をやっていた。英次は、その様子を階段へ向かう途中、戸の隙間から覗き見ていた。

テレビがついていて、ジャニーズ系の若いグループが踊っていた。それに必死で声援を送る若い娘たちが映し出された。

「まったく、どうなってるんだ」

父が吐き捨てるように言った。「腰振って踊るあんな軽薄な男どもが、きゃーきゃー騒がれるなんて、世の中本当に狂ってる」

兄も母も何も言わない。おそらく、同意しているのだろう。柔道一筋の兄も、ダンスをやる男など軽蔑《けいべつ》しているに違いない。

そのときに、英次はダンスをやってやろうと決心した。

4

兄や父の嫌がることをやってやろうと思ったのだ。当初は真面目に取り組むつもりなどなかった。

ちょうど、街をうろついていた仲間たちと何かやりたいと話し合っていた時期だった。最初はバンドでもやってみようかと言っていたのだが、困ったことに誰も楽器ができなかった。音楽といえば、時折カラオケで大声を張り上げる程度のもので、とてもバンドは無理そうだった。英次の年頃では、何かをやろうとするとき女の子の人気が問題になる。バンドはなかなかポイントが高いのだが、諦めねばならなかった。

父親の一言を聞いた翌日、英次はさっそく仲間たちに話をした。いつもつるんでいるのは、英次を含めて三人だ。一人は、中学時代からの知り合いで、名前は小山悟《こやまさとる》。彼も高校へは行っていなかった。

悟は、背が低く太り気味で、いつもその体型を気にしていた。長髪《ロンゲ》が似合わないので、髪を坊主刈りにして金色に染めている。

もう一人は、ゲーセンで知り合ったやつだった。大野昭一《おおのしょういち》といい、やはり学校へは行かずに、コンビニのバイトで暮らしている。三人とも同年代だった。

昭一は、悟とは対照的で背が高く痩せている。頬骨が出ていて、ちょっと見ると怖そうなのだが、言うことがけっこう間抜けで、そのギャップが笑える。昭一は、髪は染めずに長くしている。

悟も昭一もすぐに同意した。楽器はできないけれど、ダンスならすぐにできそうな気がした。何より金がかからないのがいい。

手始めにクラブに行ってみようということになった。雑誌で調べて、池袋のクラブに行った。最初は勝手がわからず、入り口で金を払ってぼうっとしていると、何か様子が違う。真っ黒に肌を焼いて、白いアイシャドウと口紅を塗りたくった派手な女の子たちが、みんな同じ振りで踊っていた。

英次たちは、あっけにとられてそれを眺めているしかなかった。近くにいた女の子たちに胡散《うさん》くさげな眼で見られて、初めて自分たちが場違いだということに気づいた。

「これって、パラパラってやつか……？」

長髪で長身の昭一がフロアにあふれる音楽に負けじと英次に耳元で叫んだ。

英次たちは、そそくさと店を後にした。そんな失敗があった後、昭一が先輩と称する人を連れてきた。クラブの達人だという。その先輩に渋谷の有名なクラブに連れて行ってもらった。

そのクラブは三階まであり、一階がダンスフロア、二階がバー、三階がゆったりとしたカフェになっている。壁は黒く塗ってあり照明も薄暗い。

英次は、メインフロアで踊る人々を見て気後れしていた。ここでも、パラパラの店ほどではないが、何となく場違いな気がした。耳が痛くなるほどの大音響で次々とヒップホップやラップがかかる。

ＤＪはほとんど何も言わず、黙々と曲をかける。時折スクラッチなどの技を見せるが、それもあまり頻繁ではない。あくまでもダンスがメインなのだ。

英次たち三人はそれなりに服装に気合いを入れていた。しかし、気合いの入れすぎでかえって浮いているような気がした。

皆、はき古したジーパンや洗いざらしのカーゴパンツなどをさりげなく着こなしている。中には、トレーニングパンツにＴシャツという恰好の男もいる。

女の子たちも、特に奇抜な恰好ではなかった。街で見かけるちょっとおしゃれな女の子たちだ。

後で「先輩」に聞いたところによると、クラブというのは、普段着でぶらりと遊びに行くのが恰好いいのだそうだ。だが、一見《いちげん》の客がそれをやっても恰好よくない。あくまでも、遊び慣れている人だからそういうのが決まるのだという。

英次たちには遠い道のりのように思えた。第一、フロアで踊る気になれない。人に見られていると思うと、ひどく気後れしてしまう。こういうときに、度胸がいいのが悟だ。

もともと三枚目だという開き直りがある。フロアのはじっこで踊りはじめた。驚いたことに、それがけっこう様になっていた。小さな体でゴム鞠《まり》のように飛び跳ねている。

それを見て、昭一がいっしょに踊りだした。昭一は、動きが小さく、明らかに自信なさげだ。それでも、リズムに合わせて手足を動かしていると、なんだかクラブのムードに溶け込んで見える。

英次も、踊ってみることにした。ダンスはまったく初めてというわけではない。真似事はやったことがあったし、テレビなどでよく見ていた。

それでも自分の動きがぎこちないのがわかる。英次は誰かの真似をしてみようと思った。DJブースのすぐ下のあたりで、ものすごくうまい男が踊っていた。

軽々とステップを踏み、体を沈めたり横に振ったりしている。その体は、まるでゴムでできているように柔軟だ。

動きは完全にリズムに乗っていた。英次は、その動きを真似してみることにした。今考えると、それはボディダウン系のジャイヴで、難しいテクニックを要したのだが、英次は持ち前の運動神経で何とか、いくつかの動きを真似することができた。

一つか二つ、決めの形があれば、ダンスを踊るのが楽になる。音楽に合わせて体を上下させ、時折、膝を折って体を沈めるようにして踊った。

大音響のドラムとベースが、体に直接響いてくる。心臓を叩かれているような気がしてきた。その衝撃が心地よい。体を動かすだけで、気分が高まってきた。

その夜は、三人でしたたか汗を流した。「先輩」がバーから飲み物を持ってきてくれた。ビールだった。ビールは苦かったが、何だか一人前扱いされているようで心地よかったのを覚えている。

後で、昭一から聞いたのだが、その「先輩」はそれから間もなく、大麻と覚醒剤の所持で捕まったという。

その後、三人は渋谷の児童会館前などで、練習をはじめた。児童会館の大きなガラスに、姿が映る。それを鏡の代わりにして練習するのだ。

いくつものグループが練習をしている。いい場所はすぐに取られてしまう。早くから場所取りが必要だった。英次はラジカセをかかえて、渋谷へ何度か通った。

タエと知り合ったのも、児童会館の前だった。十時頃に練習を終えて、帰ろうとすると、後ろから声をかけられた。若い女性の声だったので、三人は即座に振り返った。

声をかけたのがタエだった。

英次は、あまりにかわいいのでびっくりしていた。スタイルがよく、顎はほっそりとしている。さらさらの長い髪。眼が大きいのが印象的だった。

だが、その表情は厳しく、決して彼らに好意的とは言えなかった。

「ちょっと、あれはないでしょう」

タエは、ラジカセが置いてあったあたりの地面を指さした。そこには、英次たちが飲んだジュースやスポーツドリンクの空き缶が転がっていた。

英次は一瞬、何を言われたのかわからなかった。タエは、一歩近づいてきた。蛍光灯のほのかな明かりがタエの美しさをはっきりと照らし出した。英次はどきどきした。

タエは言った。

「自分たちが出したゴミは持って帰る。みんなそうしてるんだよ」

英次は急に恥ずかしくなった。

街で遊んでいるときは、空き缶もガムも読んだマンガ雑誌もそのへんに捨てていた。それで何とも思わなかったのだ。

だが、そのときはものすごく恥ずかしいことをしたと感じた。悟も昭一も、呆然と立ち尽くしていた。英次は、あわてて空き缶を拾いに行った。悟と昭一がそれに気づいて同じことをした。

「すいません」

英次は言った。「これから気をつけます」

「ここはみんなの場所なんだからね」

タエは、厳しい表情のままそういうと、急ににっこりとほほえんだ。そのとき英次はこれまでにそんなほほえみを見たことがないと感じていた。本当に、その場が明るくなったような気がした。

「ダンス楽しい？」

「あ……」

英次は空き缶を片手に、こたえた。「はい……」

「ちゃんと勉強すると、もっと楽しくなるよ」

タエはそれだけ言うと、くるりと英次たちに背を向けた。

昭一と悟は呆然と立ち尽くしている。突然のことに驚いていただけかもしれないし、見とれていたのかもしれない。

そのとき、英次は、どうしてもこのままタエを行かせたくなかった。

「あの……」

英次はタエの後ろ姿に思い切って声をかけていた。昭一と悟が驚いた顔で英次を見た。

タエが立ち止まり、振り返った。

「なあに？」

「どうやったら、ちゃんと勉強できるか、教えてくれませんか？」

それが、タエとの出会いだった。

昭一と悟は今でも、英次の度胸に脱帽すると言っている。自分でもそう思う。でも、あのときは、どうしても声をかけなくてはいけないような気がしたのだ。

あのとき、もしタメグチをきいたり、生意気な態度だったら、ぜったいに口なんかきいてやらなかった。

ずいぶんと経ってから、タエはそう言って笑ったことがある。

ほんのちょっとの勇気と、誠実な態度が幸運を逃さぬコツであることを、このときたしかに英次は学んだのだった。

5

相変わらず雨が降り続いている。柱も床も壁も湿気を含んでじっとりとしていた。

英次は、家の中がだんだん険悪になるのを敏感に感じ取っていた。落ち着かない気分だった。

父親と母親は、何かにつけて言い争うようになった。父親が極度に苛立っているせいだということがわかった。

丈太郎は、どんどん落ち込んでいくようだ。柔道に身が入らないらしい。焦りを感じるのか、丈太郎も両親に八つ当たりをするようになった。家の中の会話が少なくなった。

これは英次が望んでいた状態ではない。

みんな滅茶苦茶になってしまえばいいと思ったこともあった。だが、いざ、家の中が荒れはじめると、よけいに気分が落ち込むのだ。

そして、六月二十三日の夜が来た。

水を飲みに降りた英次は、遅く帰宅した父親と顔を合わせてしまった。父親は、玄関を開けると、そこに立っていた英次を驚いたように見つめた。

英次も父の様子に驚いた。

父の顔色は、生きた人間とは思えないくらいに青ざめていた。眼の下にくまができており、頬がこけている。

急に顔に皺が増えたような気がした。白髪も増えたように見える。その眼から精気が失せていた。眼が赤い。それでいて、どこかおどおどしている。

そんな父親を見るのは嫌だった。気の毒とか、心配だとかいうのではない。生理的にたまらなく嫌だった。

父は、すぐに眼をそらした。何も言わない。英次も何も言わずに、階段を昇った。部屋に入ると、なぜか心臓が高鳴っているのに気づいた。

父親の様子が明らかに普通ではない。ただならぬことが起きているのがわかった。

階段を誰かが昇ってくる。隣の部屋の戸を開ける音が聞こえた。丈太郎に違いない。英次は、しばらく躊躇《ちゅうちょ》していたが、部屋を出ると、兄の部屋の戸をノックした。

「おい、いるんだろう？」

戸が開いた。

丈太郎の顔色も悪かった。

英次は、わざと面白がっているような口調で言った。

「何かあったのかよ」

丈太郎は、厳しい顔つきで英次を見つめていた。英次は、兄の暗い表情に少しばかりたじろいでいた。

「日和銀行の家宅捜索がうまくいかなかったそうだ」

丈太郎が言った。

「それって、オヤジのせいなのか？」

「俺のせいだ」

「まんまと富岡の思いどおりになったたってわけだ」

ついい、皮肉なことを言ってしまう。

「オヤジは責任を感じている。俺もそうだ」

「どうってこと、ねえだろう。家宅捜索を一度や二度失敗したって……」

「二回目はないんだそうだ」

「どういうことだ？」

「裁判所がもう令状を発行しないらしい」

英次は、ふんと鼻で笑って見せた。だが、心中は穏やかではなかった。

詳しいことはわからない。しかし、丈太郎と父親のせいで、たいへんなことが起きたのは明らかだった。

「それで……」

英次は言った。「オヤジはどうするつもりだよ」

「わからん」

丈太郎は、不安げな顔で言った。「オヤジにもどうしていいかわからないんだ」

「兄貴はどうするつもりなんだ？」

「俺にはどうしようもないよ」

英次は腹が立った。

「もとはといえば、兄貴のせいなんだろう。自分でそう言ったじゃねえか。だったら、何とかしろよ」

「何とか……？」

丈太郎は怪訝《けげん》そうに英次を見た。「俺に何ができるというんだ？」

「富岡だよ」

「富岡先輩……？」

英次は、にやにやと笑いを浮かべていた。本心から面白がっているわけではない。真面目な顔で話をするのが照れくさいので、つい、こうしたポーズを取ってしまうのだ。

丈太郎にわざと憎まれようとしているのかもしれない。家族に好かれようと努力するよりも、そのほうが楽なのだ。自分の立場をはっきりとさせることができる。

「話をつけるんだよ。おまえのせいで、うちは滅茶苦茶になろうとしている。何とかしろってな」

「俺にそんなことができるはずがない」

「どうしてできないんだよ。富岡がOBだからか？」

丈太郎は眼をそらした。

「そうだよ」

小さな声で言った。

「しがらみってやつに、勝てねえわけだな。そうまでして守りたいものって、何なんだよ？」

「わからない」

丈太郎は、目を伏せたまま言った。「俺にもわからない。でも、俺は……」

「富岡にだって弱みがあるわけだろう？　汚《きたね》えことやって、捜査情報を聞き出したんだ。やつだって、それが明るみに出たら警察に捕まるかもしれねえ」

「富岡先輩だって、やりたくてやったわけじゃないと思う」

「あきれたね。弁護するわけだ」

「銀行に命令されてやったんだ」

「ほんと、ばっかかじゃねえの？」

英次が言った。「兄貴もオヤジもその銀行を守る手助けをしたことになるんだぜ」

「わかってる。けど……」

「情けねえな」

英次は吐き捨てるように言った。「兄貴もオヤジも情けねえ。富岡のやつにいいようにあしらわれちまって、それで黙ってるのかよ」

丈太郎は何も言わない。

英次は、もう一度、情けねえと言って自分の部屋に引き上げた。

タエに借りたコモドアーズのカセットをかけた。三十年以上前の古いアルバムだそうだが、ダンスをやる連中にはいまだに人気があり、英次も気に入っていた。音楽を聴いてみても、気分が晴れない。腹が立った。兄の煮え切らない態度に腹が立つ。父親の情けなさにも腹が立つ。何もかもが面白くなかった。

だが、一番腹が立つのは、富岡に対してだった。

善人面をして柔道を教えていた富岡。いや、本当に善人なのかもしれない。丈太郎は、富岡が銀行に命令されてやったのだと言った。それは事実だろう。

しかし、だからといって富岡が許されるとは思えなかった。富岡は、兄と父を利用した。兄にも父にも、富岡の申し出を突っぱねてほしかった。

まんまと言いなりになったことに、腹が立つ。そして、兄はどうしようもなかったと暗い顔でつぶやいた。

そんな言い草があるか、と英次は思った。

父親もただ思い悩んでいるだけに見える。あの様子だと、何も手を打ってはいないに違いない。

そうして、苛立ちや怒りを家族同士でぶつけあっているだけだ。この家族はいつでもそうだ。英次が、部屋に引きこもるようになっても、何か具体的なことを言ってきたわけではない。

見て見ぬふりをするだけだ。英次はそんな家族をなめきっていた。こちらがちょっと抵抗するだけで、何も言えなくなってしまう父や母。

父はもしかしたら、優秀な警察官なのかもしれない。しかし、家庭で起きた問題には対処できない。家のことは母に任せきりなのだが、その母は、父を頼り切っていて自分ではなにもできない。

問題を先延ばしにするだけだ。今日何事も起こらなければそれでいいのだ。いつか何か起きるかもしれないとびくびくしながら、毎日暮らしている。何とかしなければいけないと、心の中で思いながら、日々が過ぎていく。

この家はそういう家だ。

兄は、大学柔道部での立場を重んじている。監督やコーチ、ＯＢには決して逆らわない。父も警察での立場を何より大切に考えている。つまり、彼らにはこの問題は解決できないということだ。

それを見越して、利用しようとした富岡に、心底怒りを覚えた。偉そうに柔道を教えていた富岡を思い出し、英次は我慢できなくなってきた。

兄や父が話をしないというのなら、この俺が話をつけてやろうじゃないか。この家で、それができるのは、俺しかいない。

英次がそう決意するまで、それほど時間はかからなかった。

翌々日の日曜日、英次は、かつて通っていた柔道場に行った。アパートの一階が道場になっている。

近づくと、互いに投げ合う威勢のいい音が聞こえてくる。子供たちが練習しており、中は汗の臭いがした。練習生が着ている道衣、壁際に干してある年長者の道衣、畳、壁、そのすべてに汗が染みついている。

英次は懐かしさを感じた。

出入り口近くには、父兄が座って練習を眺めていた。昔、父親もここに座って英次と丈太郎の稽古を眺めていたものだ。

正面の神棚の近くに、道衣姿の指導員がいた。

それは、富岡ではなかった。柔道衣を着ていると、年齢がよくわからないが、たぶん三十歳くらいだろう。富岡より若い男だ。

英次が戸口で立ち尽くしていると、父兄たちが、胡散くさげな視線をちらちらと投げかけてきた。英次が一睨みすると、母親たちは、あわてて視線をそらした。

指導員が英次に気づいた。彼の顔つきも好意的とはいえない。迷彩のカーゴパンツに黒いTシャツ、その上にシャツをボタンをとめずにはおっている。シャツの裾は外にたらしていた。おまけに髪を茶色にそめてピアスをしている。柔道場には場違いな恰好だ。

指導員は、英次を気にしながら稽古をしていた。やがて、休憩時間になり、指導員が警戒心を露わに近づいてきた。

「入門したいのかい？」

指導員は言った。近くで見ると、さらに若い印象があった。たぶん、三十歳にはなっていない。

「富岡に会いに来たんだけど……」

指導員は、さらに警戒心をつのらせた様子だった。

「富岡先輩は、仕事が忙しくてこのところ指導には来られないんだ。代わりに私が来ている。君は？」

相手の眼に反感が見て取れる。

英次の見た目のせいだ。英次はその反感に、鋭敏に反応して腹を立てた。

「誰だっていいだろう。富岡の家、教えてくれよ」

「用があるなら、私が聞いておこう」

「富岡に直接話すよ。家、どこだよ」

「私が伝えておくと言ってるんだ。どんな用だ？　君の名前は？」

英次は、こちらを見下した挑戦的な相手の態度にますます腹を立てた。

丁寧な態度を取ることもできたし、そのほうが得であることは知っている。しかし、そうするのがくやしかった。

「……ざけんなよ。おまえじゃ役に立たねえって言ってんだよ」

相手も態度を硬化させた。

「突然やってきて、その言い方はないだろう。何者だ？　名前を言え」

英次は、戸口の外の地面にぺっと唾を吐いた。これはいきがっているポーズに過ぎないので、さすがに道場の中に唾を吐く気にはなれなかった。

「島崎だよ。島崎英次だ」

その名前が、なにがしかの効果を持っていることを願っていた。

案の定の反応だった。

相手は、島崎と、口の中で繰り返すと、ふと考え込むような顔つきになった。

「島崎英次……？　ひょっとして、島崎丈太郎の……？」

「弟だよ」

「じゃあ、島崎先輩の息子さんか……」

指導員は、驚きの表情になった。反感は消えたが、今度は戸惑いの顔つきになった。

島崎の息子、丈太郎の弟が何でこんな不良なんだ？　その顔はあからさまにそう語っていた。

「富岡の家、教えろよ」

「丈太郎君に聞けばいいだろう。彼なら知っているはずだ」

「その兄貴のことで話があるんだよ」

富岡の後輩らしい指導員は、またしても訝しげに眉間《みけん》に皺を寄せ何か考えていた。

やはり、見かけで損をする。英次は思っていた。もし、英次が丈太郎のような恰好をして、折り目正しく尋ねたなら、富岡の家くらいすぐに教えてくれたはずだ。

だからこそ、英次は今の恰好をやめる気になれなかった。見せかけの世界の上っ面を剥《は》がせるような気がするのだ。

やがて、指導員は言った。

「この先、二つ目の角を左に曲がったところにあるマンションだ。白い壁のマンションだからすぐにわかる。部屋は、三〇二」

英次は、なぜ指導員が教える気になったのか考えながら、しばらく見つめていた。指導員も見返していた。

結局、相手の心は読めず英次はぺこりと礼をした。相手は驚いたように、礼を返した。まさか、英次のような風貌の少年が頭を下げるとは思ってもいなかったのだろう。

おそらく、指導員はこれ以上の面倒を避けたいと考えたのだろう。休憩時間が終わり稽古を再開しなければならない。父兄たちも注目している。一番手っ取り早いのは、富岡の家を教えて英次を追っ払うことだ。

大人の考えることはいつもそうだ。英次はほくそえみながら、教えられたマンションに向かった。

指導員は、単に「白い壁のマンション」と言ったが、その説明は充分ではなかった。「真っ白い壁のおそろしく高級そうなマンション」と言うべきだった。

ポーチには三段の階段があり、太い円柱が両側に立っている。もちろん飾りだろうが、重厚な造りに見えた。一階は大きなガラス張りだ。中は広いロビーになっており、ソファとテーブルがあった。まるでホテルのようだ。

そのガラスを鏡にしてダンスの練習ができる。英次はそんなことを考えていた。

並んだ郵便受けで、三〇二号室が富岡の部屋であることを確かめた。しかし、彼にできるのはそこまでだった。

オートロックで、部屋に連絡を取るか暗証番号がわからないと玄関のドアが開かない。インターホンで三〇二をコールしてみたが、何度か試しても返事がなかった。誰もいないようだ。

どうしようか迷っていると、管理人らしい白髪の男が出てきて、玄関ドアの向こうからこちらを見ていた。

英次は、そこから立ち去るしかなかった。出直そうと思い、自宅に向かった。

英次の家は、古い木造だ。父の両親が住んでいた家で、祖父も祖母もすでに亡くなっていた。でなければ、父親の給料で今時一軒家などには住めないかもしれない。

一方、富岡は、驚くほどの高級マンションに住んでいる。ローンを組んでいるに違いないが、銀行員というのは、ずいぶんと裕福なものだと思った。

人の家庭を危機に追いやり、自分は高級マンションでのうのうと暮らしている。それを思うと、怒りがさらに募った。

これまでは、単に怒りだけだったが、住んでいるマンションを見て憎しみが芽生えた。汚いことをして、いい暮らしをしてやがる……。

世間で銀行のことをとやかく言うのを聞いてはいた。貸し渋りだの、公的資金の導入だの……。

英次はそんなことはどうでもいいと思っていた。実際、それがどういうことなのかよくわからなかったし、汚いのは銀行だけじゃない。

しかし、身近な人間が汚い方法で利用されれば話は別だ。英次の中で、富岡に対する怒りと憎しみは徐々にはっきりとしたものになっていった。


夜にもう一度、マンションを訪ねた。インターホンで呼び出したが、やはり返事はない。玄関から離れ、マンションを見上げた。大きなベランダが張り出しており、下から部屋の様子はわからなかった。

どうせ、どこが富岡の部屋なのかわからないのだが、ついそういうことをやってしまう。

背後から足音と話し声が近づいてきて、英次ははっと振り返った。若い夫婦が小さな子供の手を引いて歩いてくるところだった。

英次を見て、若い母親があきらかに緊張するのがわかった。父親は、威嚇するように英次を見ている。

やはり、恰好のせいだと英次は思った。

彼らは、警戒心露わに英次の脇を通り過ぎ、マンションに入っていった。玄関を通るとき、若い父親が振り返って英次を見た。

「けっ。なめんなよ」

英次はわけもなく、その親子連れに対してそっと毒づいていた。

英次は、開き直って待つことにした。別に悪いことをしているわけではない。富岡に会って話をしようというだけだ。

空は相変わらずどんよりと曇っており、空気は湿っている。今は、雨は降っていないがアスファルトの地面は濡れていた。

静かな住宅街だ。マンションの向かい側には、古い一戸建てが並んでいる。破れた板塀の向こうが、ちらちらと光っていた。その光はさまざまに色を変えるので、テレビであることがわかった。

突然、笑い声が聞こえた。家族でお笑い番組でも見ているのだろう。今でもそんな家庭があるのだ。そう思うと、英次はほほえましさと淋しさを同時に感じた。

その二つの感情が同居できることに、彼自身驚いていた。

やがて、静かに雨が降り出した。冷たい雨だ。英次は、雨宿りをするために玄関のポーチに上がった。だが、また管理人に見られるといやだと思い、端に寄った。

雨の季節は独特のにおいがする。さまざまなものが、雨に濡れることで特有のにおいを発するのだ。

板塀が濡れるにおい、アスファルトが濡れるにおい、コンクリートの壁が濡れるにおい、そして、木々の葉や生け垣の緑が息づくにおい。

英次はそうしたにおいが嫌いではなかった。そして、それが嫌いでないことを久しぶりに思い出していた。

繁華街の雨は、生活のにおいを封じ込めるような気がする。人いきれや、飲食店のにおいが低くたれ込めた雲や、降り注ぐ雨のせいで、地表近くに漂っている。

そして、電車の中には湿った衣服や髪、傘のにおいが満ちている。

それは憂鬱な気分を誘うが、こうした郊外の住宅地の雨はまったく別だった。家々からは夕食のにおいも漂ってくる。どこかでカレーライスを食べているようだ。

そういえば、小学生の頃は、日曜日はカレーが多かった。丈太郎と二人で、先を争っておかわりをしたものだ。

俺は、あの当時のような家庭を求めているのだろうか。

英次は自問した。だが、わからなかった。今、そんな生活を強いられても、苦痛でしかない。だが、この先永遠にそれが失われているのだと考えると、それは淋しかった。

時折、車がマンションの前を通り過ぎる。雨足は強くはなく、細い道なのでスピードを出してはおらず、水を跳ね上げるようなことはない。

その代わり、運転している人が英次に気づいてちらりと見ていく。雨の日にマンションの前でたたずんでいる人間は気になるのかもしれない。

しばらくして、またヘッドライトが近づいてきた。英次はそれをぼんやりと眺めていたが、スピードを落とすのがわかり、ふとそちらを見つめた。タクシーだった。

やがて、タクシーはマンションの前に停まった。

中から二人の男が降りてきた。二人とも背広姿だ。その一人に見覚えがあった。富岡だ。英次が知っている富岡より少しばかり年を取り、太ってはいたが、間違いない。

もう一人はおそらく、同じ職場の人間だろう。富岡より年上だ。四角い顔に眼鏡をかけている。髪はきちっと刈ってあるが、前髪が少し乱れていた。その前髪に白髪が混じっている。

二人とも疲れ果てた顔をしていた。先日見た父親と変わりない。

二人は、英次に気づかずに目の前を通り過ぎようとした。彼らは言葉を交わそうともしない。思い詰めたように足元を見ながら、英次の前を通り、暗証番号を打ち込むキーの前で立ち止まった。

無視されて、余計に腹が立った。

「富岡さん」

英次は呼びかけた。

富岡は、驚いて振り返った。その動きはあまりに鋭く、英次のほうも驚いてしまった。過剰反応というやつだ。

目を見開き、英次を見つめた。

「話があるんだよ」

それでも、富岡は驚きと緊張の表情のまま無言で英次を見つめていた。

「俺だよ。わかんねえのかよ。英次だよ」

「エイジ……？」

富岡の表情はまだ変わらない。「エイジ……」

やがて、思い出した様子で言った。

「英次って、丈太郎の弟の？」

「そうだよ」

「久しぶりだな……」

富岡はそう言ったが、とても再会を喜んでいるようには見えない。まず、困惑し、それから英次の頭の先からつま先までを見た。

言いたいことはわかっている。どうしてそんな恰好をしているんだと説教の一つもしたいところだろう。

だが、そんな話に付き合うつもりはなかった。

「兄貴とオヤジのことで話があるんだ。どういう話だか想像つくだろう」

富岡は英次を見つめていた。隠そうとしているが、うろたえているのがわかる。

もう一人の男が声をかけた。

「富岡君、何だね」

質問というよりとがめるような口調だった。英次は言った。

「おっさん。ちょっと引っ込んでてくれよ。俺と富岡が話をしてんだ」

「何だって？」

白髪混じりの眼鏡の男は、気色《けしき》ばんだ。こういう口のきき方をされるのに慣れていないようだ。まあ、たいていのオヤジがそうだ。

富岡があわててそのオヤジを制した。

「あの、課長……。この子とは、その、ちょっと訳ありでして……」

「訳あり……？」

課長と呼ばれた男は、迷惑そうに顔をしかめた。

「話があるというのなら、早く済ませてしまいなさい」

そのオヤジの口調に、英次はまたしても猛烈に腹を立てた。

「英次君。今日はちょっと取り込んでいる」

富岡は言った。「またにしてくれないかな。こちらから連絡してもいい」

「……ざけんなよ。自分の立場、わかってんのかよ」

「立場は……」

富岡は、英次を見据えて言った。「わかっているつもりだ」

開き直ったような態度だった。

「俺、すんげえ、むかついてんだよ。汚えことやりやがって」

「勘違いしないでほしいんだが、私が立場をわかっているというのは、銀行内での立場のことだ」

富岡は強気な態度に出た。英次を見下している。

「何言ってんだよ。てめえ、自分のやったこと、わかってんのかよ。犯罪者のくせしやがって……」

富岡は大きく息を吸った。

「私は犯罪者ではない。もし、私が犯罪者となるときは、君のお父さんや丈太郎君もいっしょだ」

この一言は、英次の怒りの炎に揮発性の油をぶちまけたようなものだった。瞬間的に、英次は臨界点まで達した。

「なめんなよ、……んのやろう」

怒りに駆られ、英次は拳を握りしめて富岡に殴りかかった。富岡はそれを予想していたかのように、体を開いてかわした。

同時に、英次は足を払われていた。出足払いだ。

英次はポーチに転がった。玄関のガラスのドアに頭をぶつけ、大きな音がした。

「やろう……」

英次は、痛みを押してしゃにむに立ち上がった。怒りがダメージを消してくれる。

今度は、つかみかかった。襟首をつかまえておいて殴るつもりだった。

富岡の襟をつかまえたとたん、やつは体をひねった。強く引かれた感じはしなかった。しかし、ふわりと体が宙に浮いていた。

景色がぐるりと回る。

背中と腰にしたたかな衝撃があった。激しい痛みに息が止まる。

体落としを食らったのだ。

英次は、ポーチの下まで飛ばされていた。アスファルトの地面に強く腰を打ち付けて、今度は起きあがれなかった。体の自由が利かない。

「くそっ……」

英次は、地面でもがいていた。衝撃がなかなか去ろうとしない。

玄関の向こうから声が聞こえた。

「富岡さん、どうかしましたか？」

英次は、なんとか顔をそちらに向けた。白髪の管理人が顔を出していた。

「何でもありません」

富岡が言った。「ちょっと柔道の手ほどきをしていたんですよ」

管理人は英次を見て言った。

「そいつ、昼間もこのあたりをうろついてましたよ。警察を呼びますか？」

「いや、いいんです。もう済みました」

もう済みましただと……？　話は終わっちゃいねえ。

英次はそう言おうとしたが、しゃべろうとして体に力を入れたとたん、腰がずきんと痛んで、思わずあえいでいた。

「英次君」

富岡が言った。「君も柔道を続けていれば、そんなにみっともないことにはならなかったかもしれない。見たところ、まともな生活をしているようには見えない。お父さんのためにも、心を入れ替えることだな」

「てめえ……」

英次の声があまりの怒りにかすれていた。「そんな説教ができる立場かよ……」

「君なんぞにはわからない。きっと、丈太郎君も島崎先輩もいつかは理解してくれる」

富岡は、英次の怒りを買うようなことばかりを言う。

はらわたが煮えくりかえるというのは、このことだと思った。まだ、背中と腰が痛んで起きあがれない。起きあがったところで、とても柔道三段の富岡にはかないそうにない。それがいやというほどよくわかった。

怒りをどうすることもできない。知らず知らずのうちに涙がにじんできた。悔し涙だ。富岡の姿が涙で霞んだ。

そのぼやけた影が玄関の向こうに消えていった。富岡は振り向きもしなかった。濡れたアスファルトの上に転がり、シャツもカーゴパンツもずぶ濡れだった。

水が下着まで染み込んできている。今は、雨音も近所のテレビの音も聞こえない。きりっと妙な音がした。

それが自分の歯ぎしりの音だと気づいたのは、ややあってからだ。

ヘッドライトが近づいてきた。それでも英次は動く気になれなかった。車が停まり、運転手がじっと英次を見ていた。声をかけようとはしない。

やがて、車はゆっくりと英次をよけて走り去った。英次はようやく立ち上がった。怒りのせいで感じなかった痛みがどっとやってきた。

一歩進むごとに、ぶつけた背中、腰、頭、肩、そのすべてが痛む。暗い道を歩きながら、英次は、心の中でつぶやいていた。

殺してやる……。

それは、悔し紛れの決まり文句のようなものだ。腹が立ったときに、誰でもつぶやく類《たぐい》の言葉だ。

しかし、何度か繰り返しているうちに、それが次第にはっきりとした意味を持ち始めた。

殺してやる……。

殺してやる……。

殺してやる……。

英次は、痛みをこらえて自宅までなんとかたどりついた。普通に歩けば、十五分ほどの距離だが、倍も時間がかかっていた。

部屋に戻って、濡れた服のままベッドにひっくりかえった。痛みよりも、やりどころのない怒りに苛《さいな》まれていた。

殺してやる……。

殺してやる……。

殺してやる……。

英次は、そのことしか考えられなくなっていた。これまで、生きてきた十七年間で、これほど明確に殺意を抱いたことはなかった。

英次は、その夜、怒りと憎しみのために眠る気にもなれなかった。

翌朝になると、背中の痛みはやわらいでいたが、腰と肩に痛みが残っていた。ベッドから起きあがるとき、特にひどく痛んだ。こういう痛みは、朝起きるときが一番つらいことを思い出していた。

小学校時代、柔道の練習の翌日は、筋肉痛や打ち身でつらかった。街で喧嘩したときも、翌日の痛みのほうがこたえた。

昨夜は、朝方まで眠れなかった。起きたときには、すでに家の中には誰もいなかった。いつものことだ。

母は専業主婦だが何かと用事を作って出かけるようになっていた。英次が部屋にこもるようになってから、家でじっとしているのがいたたまれない様子だった。

また雨が降っていた。

英次が起きたのは、昼近くだが、どんよりと暗かった。

体の痛みよりも、静かに崩壊していく家庭を見ているのが辛かった。

家庭など俺がぶち壊してやる。そう思っていた時期もある。だが、今本当に危機に直面すると、それが本気でなかったことがわかる。

オヤジは警察をくびになるのだろうか？

兄貴は、警察に捕まるのだろうか？

捜査情報を洩らすということが、どの程度の罪になるのか英次にはわからない。たいしたことはないようにも思えるし、重い罪のような気もする。

このところ、家庭内の会話は極端に少なくなっている。おそらく、誰も解決策を見いだせずにいるのだろうと英次は思った。いや、解決しようなどとは考えていないのかもしれない。臭いものに蓋《ふた》、というやつだ。

兄と父の問題に、英次が首を突っ込むのは理屈に合わない。しかし、昨日富岡に会って、英次自身の問題になった。

英次は、富岡を憎んでいた。

そして、富岡をなんとかできるのは、自分しかいないと思うようになった。

どうせ、俺は家族の余計者だ。そして、余計者にしかできないことがある。

富岡に対する怒りと憎しみは、一晩経ってもいっこうにやわらぎはしなかった。眠れぬままにいろいろなことを考え、かえって憎しみが助長された気がする。

小学校時代、富岡が兄をひいきしていてくやしい思いをしたことも思い出した。富岡は、兄と比較して英次を傷つけた。そういう傷はいくつになっても消えないものだ。

だが、俺に何ができる？

昨日は、富岡に軽くあしらわれてしまった。さすがに柔道三段だ。正面切ってかかっていってもとてもかなうものではない。

法的な裁きを受けさせることはできるだろうか？　英次にはその方策がわからない。おそらく、昨夜富岡が言ったとおりで、彼の罪が公《おおやけ》になれば、父親も兄の丈太郎も無傷では済まない。

だめだ。そんなんじゃ、この気持ちはおさまらない。

英次は思った。

ならば、どうする……。

英次は、心に渦巻いている気持ちが殺意であることを自覚した。

富岡を殺す。それが、この怒りと憎しみにケリをつける唯一の方法のような気がした。それが恐ろしいことだとは感じていない。当然、富岡が受けるべき報いだと思っていた。

英次は窓から雨空を見上げた。空は暗く、その暗さを地面のすべてのものに投げ与えているように見える。まわりの家も道路も濡れて黒ずんでいた。

もし、殺人で捕まったら、どうなるだろう？　家族は悲しむだろうか？　それとも、余計者が片づいてほっとするだろうか？　英次は後者のような気がした。すでに、両親は、英次がいないものと考えているかもしれない。

ふと、タエのことが頭に浮かんだ。そして、ダンスのこと……。

捕まったら、その両方を諦めなければならない。タエとダンスは、今の英次にとってすべてだ。

そのすべてを失う。

英次は、わざと笑ってみた。嘲笑《ちょうしょう》のような笑いだ。世の中すべてを嘲笑してやりたいと思ったのだ。

タエとはまだ付き合っているとはいえない。まだキスもしていないし、将来のことを話し合ったわけでもない。そして、自分のダンスがものになるかどうかもわからない。

タエと英次のダンスの差は歴然だ。そして、Kたちプロのダンサーはさらにその上にいる。英次がそこにたどり着けるのは、はるかな先のような気がした。

両方ともまるで不確かなのだ。だが、富岡への憎しみは、現実に目の前にある。

英次は、そうすることで大切なものが諦められるかのように、再び嘲笑を浮かべていた。

6

島崎洋平はとことん追いつめられた気分だった。

捜査が完全に振り出しに戻ったわけではない。これまでに内偵で集めた材料はかなり豊富だったし、参考人も何人かいる。日和銀行の外堀は埋めたも同然だ。

だが、やはり、家宅捜索・押収の失敗は大きかった。捜査員たちの士気が目に見えて下がっていた。その責任は自分にあると痛感していた。

水谷検事は、警務部と相談して内通者の調査をすると言っていた。警務部が実際にそのことで動いているのかどうか、島崎にはわからない。警務の連中は当然ながら、いつも秘密で動く。

島崎は、控えめに仕事をしていた。他の捜査員と少しでも違うことをしたら、たちまち疑われてしまうような気がして、ひとときも気が休まらない。

午後九時頃、島崎は、肉体も神経もぼろぼろに疲れ果てて警視庁を出た。雨は降っていないが、空はやはりどんよりと曇っており、空気は湿っている。

雨は小康状態に過ぎない。すぐにまた降り出すだろう。雨のにおいが満ちている。

後ろから声をかけられて、島崎はどきりとした。このところ、些細なことにもそういう反応をしてしまう。

島崎が振り返ると、捜査一課の天童隆一《てんどうりゅういち》が穏やかな笑みをうかべていた。その隣には、樋《ひ》口顕《ぐちあきら》がいる。

天童は、捜査一課第一強行犯係の係長だ。樋口は、同じく捜査一課の第三強行犯係の係長だった。

天童は、にこやかにほほえんでいる。樋口は生真面目でおとなしい男だ。猛者《もさ》ぞろいの捜査一課では珍しく、どこかインテリ臭いタイプだった。

「天童さんか……」

島崎は、警戒していた。課が違うので、普段はあまり話をする機会はないが、天童との付き合いは古い。初任科を卒業して、世田谷署警ら課に配属になったとき、天童が二年先輩でそこにいた。いっしょにハコ番をやった仲だ。

あれから長い年月が経ち、警ら課は今では地域課と呼ばれている。島崎と天童も本庁勤めだ。

樋口は、折り目正しく礼をした。彼は、島崎より五歳ほど年下のはずだ。年相応の落ち着きを持っている。

天童が笑顔のままで島崎の隣に並び、二人は歩きだした。樋口は後ろにいる。

「だいぶ、参っているようじゃないか？」

天童が言った。

島崎は警戒した。

「参っている？　何のことだ？」

「ガサ、しくじったんだって？　このところ、二課の連中の顔を見るのが気の毒だよ」

「ああ……」

島崎は、警戒を緩めぬまま言った。「あの失敗は痛かったよ」

「私ら、一杯引っかけていこうかと言っていたんだ。どうだ？　付き合わないか？」

天童が酒に誘うのは珍しい。

まさか、警務部の差し金ではあるまいな……。

捜査一課が警務部に協力することがあるのだろうか？　過去にそういう事例があったかどうか、考えてみた。わからなかった。

だが、そういうことがあってもおかしくはない。天童は、今では捜査一課にいるが、もともとは公安畑の出だ。内偵や秘密捜査はお手の物のはずだ。油断はならない。

「疲れているんだ」

島崎は言った。

「疲れていない刑事がどこにいる」

天童は言った。「だから、英気を養いに行くんじゃないか。愚痴の一つもこぼしたい気分なんじゃないのか？」

島崎は天童の顔を見た。穏やかなほほえみ。哲学者然とした風貌とたたずまいだ。年齢よりずっと落ち着いて見える。天童の雰囲気は、人を安心させる。

「じゃあ、一杯だけ……」

島崎が言うと、天童はうれしそうにうなずいた。

「さ、雨が降り出さないうちに、店に行こう」

　天童たちが向かったのは、平河町にある大衆酒場だ。お世辞にもきれいとは言えない店だが、出てくる料理の量が多いので、刑事たちはよくここに通う。縄暖簾をくぐると、うまそうな料理と酒のにおいがした。だが、島崎の心はなごまない。

　島崎は、気を緩めないように自分を戒《いまし》めた。酔ってうっかり口を滑らせたらえらいことになる。天童は、一係の係長だ。かつてはショムタンと呼ばれたポジションで、直接捜査に当たるのではなく、他の班の捜査の段取りをする立場にある。

　刑事部の中では、警務部に近いところにいるのかもしれない。

　樋口も油断ならないやつだ。島崎よりも五つも若いのだが、係長をつとめている。それは、やり手の刑事であるというより、警察の組織にしっかりと順応していることを示しているのかもしれない。

　さらに、この店には危険な要素があった。夜回りの記者が少なからずやってきている。彼らは、酒で口が軽くなった刑事から、非公式な情報を聞き出そうと、耳を澄ましている。

　天童は、いきなり日本酒の熱燗《あつかん》を注文した。刑事の酒盛りは慌ただしい。ビールから始めて、次第に強い酒に、などという悠長な飲み方はしない。熱燗も、コップ酒だ。長っ尻をさけるためだ。

天童はこの店の名物ともいえる、どんぶり一杯のぶりのあら煮や、驚くほど大きい韮《にら》の卵とじなどを注文した。

島崎は、慎重に少しだけ酒を口に含んだ。

「ヒグっちゃん。こいつはね、柔道が強かったんだ」

天童が、樋口に言った。「署対抗の柔道大会なんかじゃ、負け知らずだ。内股が得意でね。私なんざ、術科でこいつと組んだら、何されたかわからないうちに投げられたもんだ」

樋口はうなずいた。

「お噂はうかがっていますよ」

堅苦しいしゃべり方をする男だ。

島崎は思った。やはり、出世するやつは、どこかキャリアのようなにおいを持っている。

「大学時代、柔道部でしたからね」

島崎は、もしかしたら、これはきわどい話題かもしれないと思いながら言った。

まさか、この二人は私と富岡の関係を知っているのじゃあるまいな……。

「そう。息子さんも同じ大学柔道部でね」

天童は言った。「なかなか活躍されているようなんだ」

「ほう、それは頼もしいですね」

丈太郎の話題だ。

島崎はますます緊張した。その緊張を見取られないために、島崎はなんとか店の雰囲気に溶け込もうとした。

ビジネスマンたちが、赤い顔で声高に何事か議論している。酒と料理と煙草のにおいが満ちており、床は油と雨のせいでぬるぬるしている。

壁には色あせたビール会社のポスターが貼ってある。愛くるしい顔に豊満な肉体の女性タレントが水着姿でほほえんでいた。

店の隅で、ぼそぼそと何事か相談しているのは、警視庁の刑事だ。カウンターでは、刑事とどこかの記者が、腹のさぐり合いをやっている。

人の話し声がいくつも交差しているが、決して騒々しくはなかった。島崎は、ほほえみを浮かべようとした。半分くらい、うまくいった。

「子供の頃は、警察官になるんだ、なんて言ってたがね……」

島崎は、また少しだけ酒を飲んだ。「大きくなるにつれて、その気がなくなっちまったようだ。ほっとするような、残念なような、妙な気分だね」

「今時の学生は、就職、たいへんなんだろうな」

天童が言って、あら煮を口に放り込んだ。

こういう一言ひとことが、島崎の神経に障る。

島崎は、演技を続けた。懐かしみ、同時に卑下《ひげ》するような笑いを浮かべる。

「私らの時代には、柔道部出は、警察官になるかヤクザになるしかないって言われたもんだ。事実、ヤクザになったやつらもいる。ヤクザに先輩がいて、頭が上がらない刑事がいたんだ。信じられるか？」

天童は笑わなかった。

「警察というのはそういうところだ。なあ、ヒグっちゃん」

樋口も笑っていなかった。

「警察官が扱うのは、いずれもまともな人間じゃありません。表の世界で通用する理屈が通らない連中を相手にするんです。きれい事では通りません」

「そういうこったよ」

天童が溜め息をついた。「糞やゲロにまみれ、いつも寝不足でぶったおれそうになり、刃物や銃弾の下をくぐってるのが警察官だ」

島崎はどういう顔をしていいのかわからなくなった。顔を伏せ、また酒を飲んだ。

天童はさらに続けた。

「人生の裏側ばかり見せられて、こっちの気分もすさんでくる。上の連中は二言目には綱紀粛正だなんだと言うが、もっとやることがあるはずだ」

樋口がうなずく。

「所轄や現場を締め上げたって、いいことは一つもありませんよ。それならば、議員連中からの圧力などをなくすべきです」

天童は、島崎を見てにっと笑った。

「なあ？　私たちは、こういう愚痴をこぼしにやってきたわけだ。言ってもしかたがないことでも、吐き出しちまえば少しは楽になる」

どうやら、天童たちはこのところの警視庁内の引き締めムードにうんざりしているらしい。島崎に探りを入れるために呼び止めたわけではなさそうだ。

少しだけ気が楽になり、そのとたんにじんわりと酔いはじめた。

「島崎はね、優秀な刑事なんだよ。おまえさんとは、ちょっとタイプが違うけどな」

天童が樋口に言った。「ハコ番からすぐに、世田谷署の刑事課に配属になった。それからは、刑事畑一筋だ。所轄の頃には、盗犯係が多かったが、警視庁《ホンブ》の二課に来てから、めきめき頭角を現した。警部補《ホ》になるときに、研修合宿があるだろう。グループを組んでいろいろな発表をやる。そのときに、この島崎は見事なリーダーシップを発揮したらしい。やっぱり、大学柔道部で揉まれたのは伊達じゃないということだ」

「その後はぱっとしないんだがね」

島崎は、持ち上げられて、さらに気分がよくなってきた。「今じゃ、係の中でも地味なもんだ」

「一方、このヒグっちゃんは、運動部とは無縁と来ている」

今度は天童が島崎のほうを向いて言った。「ヒグっちゃんも、刑事畑一筋でな。所轄にいる頃から、ずっと強行犯係だ。ヒグっちゃんを見ると、この優男に強行犯係がつとまるのかと、誰でも思う。だが、これでなかなか芯が強くてな。頭も切《ぺてん》れる」

島崎は言った。

「その年で、係長だ。たいしたもんだよ」

樋口はかすかに笑いを浮かべただけで何も言わなかった。照れ笑いとも苦笑とも取れる。何も言わないところが、頭のよさを物語っている。

五歳年上なのに階級が下の島崎に、何を言っても嫌味になりそうなことを心得ているのだ。

「二課さんも、楽じゃなさそうだな」

天童が話題を変えた。「だが、世間の風が味方についている」

島崎はうなずいた。

「そこが、検事の狙い目らしい」

「東京地検の水谷さんか?」

天童が言った。

「そうだ」

島崎は声を落とした。「手柄を立てたがっている。何か実績がほしい年頃なんだ」

「まだ、三十代だったな?」

「三十五歳だ。このご時世だから、銀行は恰好のターゲットだ。どこの銀行だって不良債権隠しはやっている」

「だが、『飛ばし』となると、問題は大きいだろう」

「これは、噂だけどね」

島崎はさらに声を落とした。「日和銀行が血祭りに上げられることになったのは、水谷検事がマンションを買うためのローンを断られて、腹を立てたかららしい」

天童は笑った。

「まさか……」

「私は別の噂を聞きましたよ」

樋口が言った。「水谷検事の親戚に町工場をやっている者がいて、そこが、日和銀行の貸し渋りで倒産したんだって……」

島崎は樋口を見た。無口な男だが、話すときはしっかりとした口調だ。しかし、何を考えているのかわからない。

警察官には珍しいタイプかもしれない。警察官は遅かれ早かれ警察の色に染まっていく。男気だの絆《きずな》だのを大切にするようになる。

だが、樋口は明らかにそういう男ではなかった。たしかに、天童が言うとおり、島崎とはまったく違うタイプの警察官だ。出世が比較的早いのは、試験に強いからなのかもしれない。島崎は勝手にそんなことを想像していた。

「そいつは初耳だな……」

島崎は樋口に言った。

樋口は、かすかにほほえんだ。

「いずれの噂も信じるに足りないということですよ」

「で……？」

天童はさりげない口調で訊いた。「ガサが失敗して、今後の見通しはどうなんだ？」

「見通しも何も……」

島崎は、かすかに顔をしかめていた。「水谷検事は、一歩も引かないつもりだ。どうやら初めての大仕事らしい。失敗するわけにはいかないんだ。私ら、付いていくしかないよ」

実際、どういうことになるのか、島崎にもわからなかった。

天童は、銚子をもう二本追加した。それを飲み干す頃には、島崎もほろ酔いになっていた。

「この席では愚痴を言ってもいいんだな？」

島崎は天童に言った。

「そのために来てるんだ」

島崎はうなずき、樋口に尋ねた。

「あんた、子供は？」

「娘が一人います。高校生です」

「娘か……。かわいいだろうな。うちは男が二人だ。上はさっき天童さんが言ったように、大学に通って柔道をやっている」

「娘は、成長するに従ってどんどん離れていくような気がします。女房と結託して、私は孤立していますよ」

「家庭はうまくいっているようだな。うちの場合、問題は下の息子だ」

樋口は何も言わず、島崎の言葉をうながしている。そっと溜め息をついてから言った。

「中学校の頃からグレはじめてな。高校も中退しちまった。今は、うちでぶらぶらしている。夜になると、どこかへ出かけているらしい。立派な不良に育っちまった」

自嘲じみた口調になっていた。

「難しい年頃です」

「他の親とは違うと思っていたんだよ。厳しく育てようと思っていた。上の子の場合はうまくいったんだよ。小学校の頃から柔道を習わせていた。私が手ほどきしたこともあった。下の子にも同じことをやらせていたんだが……」

樋口は黙ってうなずいていた。

天童が言った。

「ヒグっちゃんは、少年問題にはなかなかうるさいんだよ。かつて、かなりややこしい少女の事案を扱ったことがある」

「へえ、そうなのか？　なら、うちの息子がどうやったらまともになるのか、ぜひうかがいたいものだな」

樋口は、またかすかな笑みを浮かべた。もしかしたら、苦笑なのかもしれない。

「天童さんの言うことを真に受けないでください。少女を扱った事案のときは、私はただ右往左往していただけなんですから……」

「私が思うにね……」

天童は言った。「その右往左往が大切なんじゃないかと思うよ」

島崎は、思わず尋ねていた。

「それ、どういうことだ？」

「うろたえるくらいに、一所懸命に考えてやるということだ。子供ってのは敏感だからね。おざなりに扱われているのがわかる。本当のワルは別としてね、多少グレるのは、大人に甘えているんだと思う。大人が自分を受け止めてくれるかどうか試しているんだ」

島崎は、禅坊主の説経みたいだと思いながら天童の言葉を聞いていた。

そして、英次のことを考えた。

英次をおざなりに扱ってきたかどうか、よくわからなかった。大人はいつも毅然としていなければならないと思っていた。子供に範を垂れる必要がある。

右往左往が大切という天童の言葉がぴんと来ない。

「ガキはひっぱたいて育てりゃいいと思っていた。男の子だからな。だが……」

島崎は、また自嘲じみた笑いを浮かべた。「俺がひっぱたかれちまったよ」

天童が、片方の眉を吊り上げた。

「ドメスティック・バイオレンスか？」

「こりゃ、手がつけられないって、そのとき思ったね」

「暴力は続いたのか？」

「いや、そうでもない。だが、それから引きこもるようになった」

天童は重々しい吐息を鼻から洩らした。

「いやはや、おまえさんも、苦労が絶えないんだな」

「それ以来、下の息子と話をしていないよ」

その言葉の後、重苦しい沈黙が続いた。しばらくして、樋口が言った。

「暴力そのものが問題なのではなく、暴力をどう扱うかが問題なのかもしれません」

わかりにくいことを言うやつだ。

「それはどういうことだ？」

「殴られたときに、自分が同じ目線に立っていたかどうかです。もしかしたら、互いに殴り合って、痛いなこのやろう、で済んだかもしれない」

島崎は何も言わなかった。年下のくせにわかったような口をきく樋口に、腹を立てていた。

それを察したようで、樋口は口をつぐんだ。

暴力そのものが問題なのではなく、暴力をどう扱うかが問題……。

腹は立ったが、なぜかその言葉は印象に残っていた。

天童たちと別れて電車に乗ると、島崎は、また憂鬱で不安な気分になった。電車の中は、蒸し暑く、蒸れた衣服や濡れた髪が発する不快なにおいが満ちている。

襟首のあたりがじっとりとしている。体中に湿気がまとわりついていた。煙るような雨がまた降りだし、靴が濡れて不快だった。

つり革につかまり、島崎は暗い窓の外を眺めていた。乗客の顔が映っており、その中を外の明かりが通り過ぎる。

梅雨冷えが続いていたが、このところ、急に気温が上がりはじめた。すると、湿気がただの湿気ではなく、汗と混じり合ってべっとりと体に張り付く実に不快なものになった。

富岡の件は、その汗と湿気のように島崎の心にまとわりついている。なんとかしなければならないとは思う。しかし、どうしていいかわからない。

へたに動くと事態はさらに悪くなる。

島崎は、これまで物事をおおざっぱに考えてきた。些細なことにはこだわらず、何事もなるようになるという考え方で済んできた。

だが、今回だけはそうはいかないようだ。犯罪に手を貸したことになる。警察の不祥事が取り沙汰されて久しい。世論は、こうした不祥事を決して許さないだろう。明るみに出たら、島崎の未来はない。

そして、丈太郎の未来も……。

怒りが渦巻き、島崎は奥歯を嚙みしめ、窓を睨んでいた。

富岡のやつをぶちのめしてやりたい。

この怒りのすべてをぶつけて、殴り、蹴り、地面に叩きつけてやりたかった。

だが、それでは何の解決にもならない。子供がだだをこねるのと大して違いはない。

そこまで考えて、島崎ははっとした。英次の暴力は、子供がだだをこねていたのとどれくらい違っただろうか。樋口の言葉がよみがえった。

家庭内暴力にもいろいろある。バットなどで家族を殴り、大怪我をさせることが多い。そうなると、傷害事件として扱うしかない。また、夫が妻に暴力をはたらく場合、これはれっきとした犯罪と見なさねばならない。しかし、英次の場合はどうだっただろうか？

島崎はたいした怪我をしたわけではない。二、三日、頰骨のあたりが痛んだだけだ。その程度のことは、柔道の練習では日常茶飯事だ。

肉体的にダメージがあったわけではなく、子供に殴られるという精神的ダメージが大きかったのだ。たしかに、あのとき笑い飛ばしていれば、英次の引きこもりはなかったかもしれない。

だが、島崎にはそれができなかった。大人は子供に対して毅然としていなければならない。大人は子供になめられてはいけない。子供は大人に従順に従わなければならない……。そのようなことをかたくなに信じていたからかもしれない。

島崎は、ひばりヶ丘の駅が近づき、溜め息をついた。駅に着き電車を降りると、彼は思った。

今さら、考えても遅い。英次のことも、富岡のことも……。

7

六月二十七日は、久しぶりに晴れ間が覗いた。だが、それも昼間のごく短い時間のことで、夕刻には再び厚い雲が空を覆いだした。

火曜日はダンススクールに行く日だが、英次は休むことにした。部屋に引きこもり、じっと考え続けていた。

何度も、富岡を殺すシーンを思い描いた。そのたびに、胸にどす黒い快感がわき上がる。マンションを訪ね、部屋まで行き、包丁かナイフでめった刺しにする……。

その感触を思い描いて、英次は興奮していた。実際にはどのようなものかはわからない。しかし、想像上のその瞬間は、英次の勝利の瞬間だった。

人を殺すのは恐ろしいことだと言われている。殺人の罪が重いことも知っている。しかし、そうでない場合もあると、英次は思っていた。

悪いことをして、それでもおとがめなしの人々が世の中にはたくさんいる。そういう連中はたいてい、偉そうなやつらだ。

富岡もその一人だ。そういうやつらは、全員死んでいい。生きていれば、また悪事を繰り返すだけだ。

突然、窓がまばゆく光り、ややあって雷鳴が轟《とどろ》いた。

雲はますます厚くなり、日暮れにはまだ間があるにもかかわらず、外は真っ暗になった。

再び稲光が走り、雷が鳴る。

その瞬間に、英次は思い出したことがあった。

小学校時代のことだ。その日も雷が鳴っていた。

父親は、早く帰ってきてテレビを見ていた。英次も丈太郎も母もいっしょだった。二時間のサスペンス劇場というやつだ。刑事である父親は、ばかにしながらもそういうドラマを見るのが好きだった。

ドラマの内容など忘れてしまった。しかし、父の言葉が妙に印象に残っていた。

「計画的殺人というのは、犯人が捕まりやすいんだよ。どんなに犯人が頭をしぼろうと、そこに計画性がある限り、刑事は見逃さない。逆に、犯人が捕まりにくいのは、行きずりの殺人だ。犯人と被害者のつながりがない場合。犯人と犯行現場の土地につながりがない場合など、捜査は難航するんだ」

英次は、富岡を殺すのには計画が必要だと思っていた。しかし、この父の言葉を思い出して考えを変えた。

へたな計画は警察に見破られてしまうということだ。なるべく、いきあたりばったりのほうがいいということになる。

計画性のなさ。それが唯一の計画だ。

どうやって殺すかも、あまり考えないほうがいい。凶器を準備したりしたら、その線からたどられるに違いない。

英次は推理小説など読まないが、その程度の知識はあった。現場を目撃されないことも大切だ。

かといって、富岡をどこかに呼び出すのも考え物だ。富岡が誰かにそれをしゃべるかもしれないし、電話などで呼び出したら、何かの記録が残るかもしれない。おそらく、警察はNTTなどで、通話の記録を調べるはずだ。

待ち伏せするにしても、富岡の柔道の腕を考えると、返り討ちにあうのが関の山だ。そうなると、選択肢は狭まる。

富岡の部屋を訪ねていって、彼の部屋にある刃物などを凶器に使うしかない。

人を刺すと、どれくらい返り血を浴びるものなのだろう。英次は、これまで想像したこともなかった。

テレビなどでは、犯人は血まみれになる。

英次は、自分で不思議なほど冷静になっていた。今や、激しい怒りは去って、純粋な憎しみと殺意だけが、胸の奥底で固い塊《かたまり》となっていた。

そして、その殺意は具体的だった。

英次の計画は、なるべくさりげなくやることだ。父親がテレビドラマを見ながら言っていたのは、そういうことに違いない。刑事は、計画性を見破るものだと言いたかったのだ。ただ、訪ねていって、殺して帰ってくる。それが一番いい。そううまくいかないにしても、それに近い形がいい。

着ていた服に血が付くだろうから、それをなんとかしなければならない。捨てても焼いても痕跡が残る。指紋を残さぬように手袋を用意することも忘れてはならない。

刺すより、何かで頭を殴ったほうが血を浴びずに済むかもしれない。だが、どの程度殴れば、人は死ぬものなのだろう。殴るのにちょうどいいものが、富岡の家で見つかるだろうか？

頭を殴って気絶している間に、首を絞めて殺すというのはどうだろう……？

睡眠薬か何かで眠らせるというのは……？

そうして考えていくと、作為をなくすことがどんなに困難かわかってきた。富岡とは顔見知りだし、英次はこの町に住んでいるのだから、行きずりの犯行に見せかけるのはきわめて難しい。そこには、綿密な計画が必要になり、おそらくその計画性のせいで警察にばれてしまう。

難しいパズルを解いているようだ。

そのとき、英次は、あることに気づいた。

べつにばれてもいいじゃん。

警察に捕まることを恐れているわけではない。捕まったときには、堂々と富岡のやったことをしゃべってやればいい。

父や兄のやったことが明るみに出るが、それよりも富岡が悪いことがはっきりするはずだ。誰も解決しようとしないのだから、俺がやってやるだけだ。この家では、俺は余計者だ。その余計者が、この家の問題を解決してやるんだ。

英次は父親にも兄にもできないことを、彼らに無視され軽んじられている自分が成し遂げることが重要だと感じていた。

そのときに、父や兄は目が覚めるに違いない。いかに自分たちが情けなかったか、思い知ることになるのだ。

そのほうがいい。

英次は思った。

べつに完全犯罪を計画しているわけではないのだ。目的は、富岡を殺すことだ。後はどうなろうとかまわない。

知らぬうちに時間が過ぎていた。

午後七時過ぎに携帯電話が鳴った。英次はのろのろとベッドから身を起こして電話に出た。タエだったので、驚いた。タエのほうからかかってくることは滅多にない。

「練習休んだから、どうしたのかと思って……」

「ちょっと、腰、ぶっつけちゃってさ。たいしたことないんだけど、満足に踊れそうにないし……」

「そうなんだ。なんか、このところ、変だったから、ちょっと心配しちゃったよ」

「別にどうってことねえよ。今日はどうだった？」

「四人来てた。K先生も、気にしてたよ。エージが休むの、珍しいって……」

タエにKか……。

英次は思った。警察に捕まったら、二度と会えないかもしれないな……。

「来週は行くよ。きっと」

英次は本気でそう思っていた。

俺は、正しいことをやろうとしている。だから、富岡を殺した後も、警察に捕まるまでは、堂々とダンスを続けてやる。

そう思うようになっていた。

「何かあったら、言ってよね。相談、乗るからさ」

「ああ。けど、マジでなんでもねえって」

「そ。また、電話ちょうだい」

「わかった」

電話が切れた。

タエに相談してもどうなるものでもない。そして、なるべくタエには迷惑をかけたくなかった。

タエは、純粋にダンスに生きてほしい。英次はそう思っている。その世界にいるタエが一番魅力的なのだ。

また、雷が鳴った。

英次は、ぼんやりと窓の外を眺めた。いつもと変わらぬ風景。窓からは細いアスファルトの路地と、向かいの家のモルタルの壁が見える。

雨が降り出した。雨足は強い。あっという間に、遠くが霞んだ。路地に雨水が流れはじめる。

英次は、部屋の明かりもつけずに外の風景を眺めていた。


丈太郎が二階に上がってきたのが足音でわかった。英次は兄の部屋を訪ねた。

「ちょっと訊きてえことがある」

丈太郎は、相変わらず暗い顔をしている。暗いだけではなく、妙におどおどしている。でかい図体して、ネズミのような態度だ。

「何だ？」

丈太郎は警戒心を露わに言った。

「富岡だけどよ」

「その話はしたくない」

「そうじゃねえよ。富岡って一人暮らしか？」

丈太郎は、ぽかんとした表情で英次を見た。それから眉を寄せた。

「何でそんなことを訊くんだ？」

「どうだっていいだろう？　あいつ、独身かよ？」

「結婚しているよ。奥さんがいるが子供はいない」

「じゃあ、奥さんと暮らしているんだな？」

「いや……」

丈太郎は、曖昧な態度になった。「今、奥さんはいない」

「何だよ、それ……」

「奥さんは実家に帰っているそうだ。ここしばらくはそうらしい」

「それって、別居ってことか？」

「まあ……」

丈太郎は、もそもそと大きな体を動かして言った。「そういうことだな」

「愛人とかと暮らしているのか？」

「一人で暮らしているよ。銀行というのは、プライベートにもうるさいらしい。もし、そんなことしていて、ばれたらたいへんなんだろう」

「ふーん」

英次は皮肉な口調で言った。「人から金かき集めて、さんざん悪いことして、それで働いているやつのプライベートにまで口出すのか？　銀行ってくだらねえところだな」

丈太郎は何も言わない。

議論する気力などないらしい。英次は、それが淋しく、そして悔しかった。今、この家の中で話をする相手は、丈太郎だけだ。

丈太郎は、堅苦しい社会の約束事の話をしたがる。あるいは、社会のしくみなどをもっともらしく話す。

英次を見下した態度で説明するのだ。

まったく、おまえは何も知らない。俺が社会のことを教えてやる、という口調だ。

その態度は腹立たしく、素直に聞くわけではないが、それでも英次はいろいろなことを教わったと思っていた。丈太郎はだてに勉強はしていない。

だが、今の丈太郎は、とてもそういう話をする状態ではない。英次は、ふんと鼻を鳴らしてから自分の部屋に引き上げた。

富岡が一人暮らしというのは、好都合だった。英次は、日曜日のことを思い出していた。感じの悪いオヤジといっしょに部屋に入って行った。

二人で何をこそこそやっているのだろう。富岡はオヤジのことを課長と呼んでいた。また、何か悪巧みでもやっているのかもしれない。

まさか、ホモなんじゃあるまいな……。

英次は、一瞬本気でそんなことを考えた。大学柔道部出身で銀行員のホモ。あまりに、はまりすぎで笑えない。

とにかく、行ってみよう。チャンスがあれば、片づける。あれこれ考えるより、単純なほうがいい。

その夜、英次はさっそく富岡のマンションに出かけた。夜九時を過ぎても富岡は帰ってこなかった。

英次は、いらいらしながら待っていた。一所《ひとところ》に立っていると怪しまれるので、常にゆっくりと歩き回っていた。時折、物陰に隠れて様子をうかがう。

富岡が帰ってきたのは、十時を過ぎてからだった。一人だった。案外、こういう時がチャンスなのかもしれないと思った。英次はあたりを見回して凶器として使えそうなものを探した。何もない。

英次はマンションから見て駅と反対の方向にいた。富岡は、こちらに近づいてくる形になる。

雨はようやく小降りになっており、富岡は傘をささずに歩いていた。前髪が濡れて額に垂れている。街灯がその顔を照らし出した。まるで精気がない。苦悩に耐えるような表情で、じっと足元を見つめて足早に歩いている。

富岡は、マンションの玄関に消えていった。

英次は、三階を見上げた。しばらくして明かりがついた部屋があった。それが富岡の部屋に違いない。玄関側の路地に面しているが、窓の大部分は張り出したベランダのせいで見えない。

あれこれ迷うより、今日、やっちまおうか……。

英次は思った。早く片づけちまったほうがすっきりする。

英次は、玄関に立ち、インターホンで富岡を呼び出そうとして躊躇していた。なかなか踏ん切りがつくものではない。

ふと、背後に人の気配を感じて振り返った。

女の人が立っていた。二十代の後半だろうか。ショートカットの魅力的な女性だった。そのヘアスタイルは、活動的な感じよりも、愛くるしさを強調しているようだ。

黒っぽいジャケットにチェックのスカートという恰好だが、スカートの丈は膝よりかなり短い。すらりとしていて、なかなかスタイルがいいが、もちろんタエには及ばない。

このマンションの住人かと思った。

英次は、場所を開けるしかなかった。すると、そのショートカットの女性は、暗証番号を打ち込むキーではなく、インターホンの前に立ち、誰かの部屋を呼び出した。

「はい」

無愛想な声が聞き取れた。

「富岡さん？　あたし……」

「ああ、早かったな」

その声は、間違いなく富岡の声だった。

ガラスのドアが開き、彼女はその中に進んだ。チェックのタイトスカートの腰につい眼が行ってしまう。見事な丸みと絶妙な動き。

英次はなんだか白けてしまった。

出直しだ。

彼は、雨の中を歩きだした。

あのショートカットの女性は、富岡の奥さんだろうか？

いや、自分の亭主に「富岡さん」とは言わないだろう。見るからに奥さんという感じではなかった。あの時間に仕事の話もないだろう。つまり、愛人ということだろうか。

あの野郎……。

英次はまた腹が立ちはじめた。銀行員てのは、何でもありかよ……。

父は、堅いだけが取り柄の男だ。頭も固いが性格も堅い。おそらく不倫なんかもしていないだろう。そんなことができるタイプには思えなかった。

頭ごなしに物事を押しつけるところがあり、英次はそういうところが大嫌いだったが、それでも、富岡を見ていると、なんだか父親が哀れに思えてきた。

父は何の楽しみもないように見える。いや、一つだけあるとすれば、それは丈太郎の柔道界での活躍だ。

その丈太郎が、富岡のせいでつまらぬことをやってしまった。父親の信頼を裏切ったのだ。父は傷ついているのだろう。もしかしたら、そのことが、家宅捜索の失敗よりもこたえているのではないだろうか。

英次はそんな気もしていた。

家に戻る気になれず、携帯電話で悟か昭一を呼び出そうとした。こういうときに限って、二人とも電話に出ない。しかたがないので、一人で池袋に出て、西口あたりをぶらついた。夜の池袋はカップルが多い。

英次はタエに電話した。タエは店に出ているから電話に出るはずがない。知っていながらかけたのだ。「留守番電話サービスに接続します」というおなじみのアナウンスが聞こえてきた。

電話をポケットにしまうとひどく淋しくなってきた。どうにもやるせない。

英次は、西口の広場にたたずみ、雨に濡れながらアスファルトを見つめていた。ビルの窓や看板がそらぞらしく明るい。原色の明かりが濡れた地面に映り、滲んでいる。

孤独感と心のむなしさが、また怒りを呼んだ。むしゃくしゃした。若いカップルが目の前を通り過ぎる、男がへらへらと笑っていた。その顔に腹が立つ。

顔を真っ黒に焼き、白い口紅とアイシャドウを塗った十代の女の子三人連れが、やってくる。三人とものすごく短いミニスカートをはき、腿を付け根までむき出しにしている。

その中の一人が、英次をちらりと見た。その眼には蔑むような感じがあり、英次はまたむかついた。

世の中の誰もが自分に悪意を抱いているような気がしてくる。雨のせいかもしれない。

英次の心の中には、どす黒い怒りが渦巻きはじめた。今、その怒りをぶつける相手がいる。

英次は、池袋駅に戻り、再び電車に乗った。

今夜、片をつけてやる。

英次は、そう心に決めた。

部屋には愛人がいるはずだ。この時間だから、泊まっていくだろうか……。だが、帰るかもしれない。

彼女が帰ったあとに、部屋を訪ねて殺せばいい。

怒りとやるせなさはますます募っていた。

今日ならやれる。

英次は確信していた。

電車を降り、再び富岡の住むマンションに向かう。

今日なら必ずやれる。

英次は、再び、心の中でつぶやいていた。

8

マンションで人が倒れているという知らせが、警視庁捜査一課に入ったのは、六月二十八日の午前十時を少し過ぎた頃だった。

一一〇番通報があったのだ。課長、管理官、理事官、そして一係の天童がただちに打ち合わせを始めた。

樋口は、通信司令センターからの無線をすでに聞いており、他の係長と同様にその打ち合わせの様子を気にしていた。

やがて、天童が近づいてきて、自分にお鉢が回ってくることを知った。別に仕事がいやなわけではない。

いやなのは、周囲に対して少しでもやる気を見せなければならない点だ。仕事に手を抜く気はさらさらない。しかし、誰かがそれ以上の態度を求めているような気がしてしまう。

そのために演技しなければならない自分がいやなのだ。樋口は、他の係の連中が自分と天童を見ているのを意識していた。

「第八方面本部、田無署の管轄だ」

天童が現場の住所が書かれたメモ用紙を渡しながら言った。「機捜の連中はすでに駆けつけているだろう。所轄が到着する頃だ。ヒグっちゃん、行ってくれ」

樋口はうなずいて、即座に立ち上がった。これくらいの意気込みは見せなければならない。警察というところは、どんな仕事をするかも重要だが、もっと重要なのはどういうふうに仕事をするか、なのだ。

そんなことを気にしていない警察官は山ほどいる。しかし、樋口は気になってしまう。樋口は、二人の警部補を連れて出かけることにした。他の係員には待機を命ずる。

殺人事件と決まったわけではない。人が倒れているというだけなのに、本庁から大挙して押し寄せる必要はない。樋口はそう判断したのだ。

「おう、ヒグっちゃん。頼んだぞ」

田端守雄《たばたもりお》捜査一課長の野太い声が聞こえる。

「はい」

樋口ははっきりとした声でこたえるのを忘れなかった。

現場は、保谷市泉町四丁目。最寄りの駅は、西武池袋線のひばりヶ丘だ。このあたりは、新興住宅地だとばかり思っていたが、現場の付近には、昔ながらの住宅も多い。狭い路地が入り組んでいる。現場のマンションの前には、パトカーや覆面車が停まっていた。明らかに迷惑駐車だが、文句を言う者はいない。

マンションの周囲には、マスコミの取材が来ており、まばらながら野次馬の人垣ができていた。制服を着た田無署の地域係員がその両方を無表情に制していた。

誰もが雨に濡れている。

カメラマンたちは、ビニールの雨合羽を着ているが、記者やレポーターたちは、服を雨に濡らしていた。

立派なマンションだった。名前はパレスひばりヶ丘。分譲らしく、マンションが安くなった今でも、樋口などには手の届かない値段に違いない。

玄関の内側に制服警官が立っていた。脇にテンキーやインターホンがあるから、オートロックなのだろう。樋口が警察手帳を掲げると、その若い警官は近づいてきて、内側から自動ドアを開けた。所轄の誰かがそうするように手配したのだ。

現場の部屋は、三〇二号室だった。エレベーターに乗り、三〇二号室に向かうまで、樋口班の警部補たちは、まったく口をきかなかった。

緊張しているのだろうか？　まさか、何かの不満を抱えているのではあるまいな……。

樋口は部下たちの沈黙の理由について考えていた。特別な理由などあるはずがない。そう思うことにした。ただ、雨のせいで気が滅入っているだけかもしれない。樋口もそうだった。

ドアは開け放たれていた。カメラのストロボが光るのが見えた。所轄の鑑識が仕事をしているのだ。

ブルーの出動服を着た鑑識係員がドアノブの指紋を採取していた。

鑑識の動きを見て、すぐに事件性があることを悟った。倒れていた人物は、すでに死亡しており、誰かが殺人と判断したに違いない。

樋口は、その鑑識係員に会釈《えしやく》をして部屋に入った。すでに、彼ら三人は白い手袋をしている。鑑識係員は、その手袋をちらりと見てから会釈を返してきた。

この係員も不機嫌そうに見える。いや、仕事に熱中しているだけかもしれない。

部屋に上がると、短い廊下があり、左手にトイレと風呂のドアが並んでいた。右手には、部屋のドア。

突き当たりにガラスをはめ込んだドアがあり、それも開け放たれていた。そちらの部屋でストロボが光っている。

その部屋はリビングルームだった。ダイニングキッチンにつながっている。広いリビングルームだ。応接セットが置かれ、その低いテーブルに、水割りセットの用意がしてあり、二人分のグラスが出ていた。

グラスには、水が溜まっている。おそらく氷が溶けた水だろうと樋口は思った。アイスバケットの中にも水が溜まっている。

被害者は、長いソファの背もたれの後ろに倒れていた。明るいブルーのスウェットの上下を着ている。

顔面が鬱血《うっけつ》して、見開いた眼が充血している。口を大きく開け、ぽってりと太くなった舌が飛び出していた。

失禁と脱糞の臭い。これは殺人現場ではお馴染みの臭いだ。突然の死を迎えた者は、必ず糞尿を垂れ流す。

絨毯に血だまりができているが、それほどの血の量ではない。被害者は頭部から出血している。だが、それが致命傷ではなさそうだ。

顔の様子から、扼殺《やくさつ》あるいは絞殺だろうと樋口は思った。

「本庁《ホンブ》かい？」

声を掛けられて、樋口はそちらを見た。背の低い中年の男がこちらを見ていた。年齢は、樋口よりはるかに上に見える。髪には白いものが混じっており、腹が出ている。

その目つきを見て、すぐに刑事であることがわかった。油断のない鋭い目つきだ。人のよさそうな顔つきをしているが、その眼だけが違っていた。

「捜査一課の樋口です」

相手はうなずいた。

「田無署刑事課強行犯係の山本《やまもと》だ。ホトケさん、見てやってくれ」

「殺人ですね？」

「ああ、間違いない」

樋口は、チョークで囲まれた遺体に注意深く近づいた。二人の警部補も、同様に遺体のそばにかがみこんだ。

被害者は、うつぶせに倒れ、顔を横に向けている。指は鉤《かぎ》のように曲げられ、床をひっかいているように見えた。

首に細い痣《あざ》が見て取れた。絞殺の痕と考えていいだろう。その痣のそばにいくつもの小さなひっかき傷。

吉川線と呼ばれる傷跡だ。紐などで首を絞められたときに、被害者がそれをはぎとろうと爪を立てるのだ。

吉川線は他殺であることを物語っている。

後頭部には、鈍器で殴られたような傷がある。厳密には、鈍器で殴られた傷には、裂創《れっそう》と挫創の区別があるが、この傷がどちらであるか、この場ではわからない。

「後ろから鈍器で殴られ、倒れたところを、後方から紐状のもので首を絞められた……。そういうことですかね」

樋口は慎重に言った。

最初からへまをやって所轄になめられたくはない。殺人事件となれば、所轄と本庁の合同捜査本部ができる。最低でも三週間の長い付き合いが始まる。

山本は、満足げにうなずいた。

「頭を殴った鈍器ってのは、あれに間違いない」

鑑識係員が手にしているゴルフクラブを指さした。樋口はゴルフをやらないので詳しくはないが、ウッドと呼ばれるクラブだ。チタンか何かでできているようだ。

ゴルフクラブを持った鑑識係員は、樋口たちの視線に気づいて言った。

「クラブに血液と頭髪がくっついてました。指紋は採取しました」

樋口はうなずいて見せた。

「絞殺に使ったのは、おそらくあのネクタイだろう」

山本が、ソファの上に投げ出されているネクタイを指差した。

「身元は？」

「富岡和夫、三十六歳。日和銀行の行員だ。財布の中に免許証と社員証があったし、名刺入れに名刺が十五枚入っていた。本店勤めのようだ。名刺には運用計画課・課長代理と書かれていた」

日和銀行といえば、水谷検事が捜査二課を指揮している捜査対象だ。先日、その事案に関わっている二課の島崎と酒を飲んだばかりだ。「飛ばし」の容疑がかかっているという。その件とこの殺人は関係あるのだろうか。それとも、単なる偶然だろうか……。

「争った跡がありませんね」

樋口が言うと、山本はうなずいた。

「それに、テーブルの上の二つのグラスだ。被害者は、誰かと一緒に酒を飲んでいた。しかも、相手はおそらく女性だ」

「女性？」

「グラスにかすかだが、口紅がついている」

「口紅が……？」

樋口は、あらためてテーブルの上のグラスを見つめた。

「口紅が付着しているということは、赤唇紋や指紋も期待できますね」

「そういうことだな」

赤唇紋、つまりキスマークは、指紋と同じく万人不動、終生不変だ。もし、犯人の残したものだとしたら、ずいぶん迂闊《うかつ》だといえる。

赤唇紋が大きな手がかりになるということを知らなかったのだろうか。

考えられることは、いくつもある。

殺人が計画的ではなく、突発的なものであった場合、自分のしでかしたことに驚き、狼狽《ろうばい》して証拠を消すことなど考えずに逃走したということもあり得る。

計画的ではあったが、グラスのキスマークを見落としたということも考えられる。犯罪者というのは、通常では考えられないようなへまをする。

そのおかげで、警察は犯人を見つけだすことができるのだ。

「ホトケさんは、司法解剖に回すけど、いいかい？」

山本が尋ねた。樋口は、二人の部下を見た。二人は、顔を見合わせてから、うなずいた。

「けっこうです」

「通報者があっちの部屋にいる。第一発見者だ」

樋口はうなずいて、そちらの部屋に向かった。

リビングの隣の部屋で、ダブルベッドやクローゼット、タンスが置かれている。若い背広姿の男が、鏡台の前のスツールに腰掛けており、そのそばに、ジャンパーを着た男が立っていた。

ジャンパー姿の男は、二十五、六歳といったところで、受令機のイヤホンを耳に差し込んでおり、機動捜査隊であることがわかった。

その機捜隊員が、じろりと樋口を見た。

「捜査一課の樋口です」

機捜隊員は、無言でうなずいた。

樋口は、椅子に座っている男に話しかけた。

「あなたが、第一発見者ですか？」

男は、うなずいてから機捜隊員を見上げた。

機捜隊員が言った。

「一一〇番通報したのも、この人です。日和銀行ひばりヶ丘支店の営業さんです。名前は仙《せん》波進《ばすすむ》。仙台の仙に波、進は前へ進めの進。年齢二十八歳。住所は、調布市下石原二丁目……」

樋口の脇で、二人の警部補がクリップボード付きのルーズリーフを開いてメモを取っている。樋口は、機捜隊員に感謝の意思が伝わるように願いながらうなずき、その銀行員に尋ねた。

「死体を発見するに至った経緯を、詳しく教えてもらえますか？」

「この刑事さんに話しましたよ」

「もう一度、教えてください」

「本店から電話がありまして、富岡課長代理が出勤してこないから、様子を見てきてくれと言われたんです」

「あなたが直接電話を受けたのですか？」

「いいえ、支店長宛にかかってきたんです。私は支店長に命じられて、ここに来たんです」

「電話をしてきたのは、どなたかわかりますか？」

「運用計画課の課長です」

「名前は？」

「根岸民雄《ねぎしたみお》です」

「その電話があったのは、何時頃ですか？」

「電話の後、すぐに様子を見に行くように言われましたから……」

「支店からここまでは、どれくらいかかります？」

「原付で来たのですが、そうですね……、五、六分というところでしょうか……」

「一一〇番通報が十時頃ですから、その電話は、その十分ほど前ということになりますか……」

「そうだと思います」

「それで……？」

「インターホンで呼び出してみましたが、返事がありません。それで、管理人を呼んで事情を説明して、玄関を開けてもらい部屋にやってきたのです。そうしたら……」

「部屋にやってきてからのことを詳しく教えてください」

「ドアチャイムを鳴らしたけど返事がないのです。鍵が開いていました。私はドアを開けて、富岡さんの名を呼びました。そのとき、気づいたのです。この臭いに……。妙だと思って、中に入って見たのです」

「そうしたら、富岡さんが倒れていた……」

「そうです」

樋口は、機捜隊員の顔を見た。彼はうなずいた。今の仙波の話は、彼が聞いたとおりだという意味だろう。

樋口は、機捜隊員に尋ねた。

「管理人に話は聞きましたか？」

「私は聞いていません。他の者が行ったはずです」

樋口はうなずき、二人の警部補を見た。警部補は、かぶりを振った。質問はないという意思表示だ。

「どうもありがとうございました。捜査の進展次第でまた何かうかがうかもしれません」

「まだ、帰っちゃいけないんですか？」

仙波は不安げに言った。「仕事がたまってるんです」

「お引き留めしてすいませんでした。もう、けっこうですよ」

仙波は、機捜隊員の顔を見てから立ち上がり、部屋を出ていこうとした。殺人現場に足止めをくらっているというのは、気分のいいものではない。

樋口は、仙波を呼び止めた。

「支店長に話をうかがいたいので、一人同行させてください」

仙波は、落ち着かない様子で、眉をひそめた。

「支店長に……？」

「確認を取るだけです」

樋口は、警部補の一人に同行するように言った。

二人は、部屋を出ていった。

樋口は、機捜隊員に尋ねた。

「何か目撃情報は？」

「今のところ、有力な情報はありません」

「隣や下の住人が物音などを聞いていないのですか？」

「両隣とも、気づかなかったと言っています。下の住人も、特に大きな物音はしなかったと言っていますね。ここ、高級マンションですから……」

「防音がしっかりしているというわけですか？」

「床下にも衝撃を吸収する素材が入っていて、上の階の足音なんかが響かないようになっているそうです」

「それにしても、言い争ったりすれば、多少は聞こえるはずですがね……」

「両隣とも、気づかなかったと言っています」

機捜隊員は繰り返した。

それが、事実なのだ。

つまり、言い争いなどもなかったということだろうか？

部屋の中には争った跡が見られない。となると、当然、顔見知りの犯行という線が濃厚になる。

一緒に酒を飲んでいた女性の容疑が濃くなり、鑑取りが重要になってくる。とにかく、その女性が何者かつきとめることだ。

樋口は、ダブルベッドと鏡台を見た。そして、クローゼットに近づき開いてみた。

背広が数着掛けられていた。それとともに、女性用の洋服が三着ほど掛かっている。同居していた女性がいたということだ。

「被害者は、結婚していたのですか？」

樋口は、機捜隊員に尋ねた。

「そのようですね」

「では、リビングルームでいっしょに酒を飲んでいた女性というのは、被害者の奥さんでしょうか……」

「確認は取れていませんが……」

機捜隊員は言った。「両隣の住人の話だと、最近、奥さんの姿は見かけないということですね」

「見かけない……？」

「どうやら、別居していたようです」

樋口は考えた。

別居していても、訪ねてくる可能性はある。久しぶりに会って、酒を飲みながら二人の今後などについて話し合っていたのかもしれない。そして、話がこじれ、妻が犯行に及んだ……。

殺人事件では、まず配偶者を疑えというのが鉄則だ。

いや、まだ材料が少なすぎる。この段階で何かを推理するのは予断というものだ。捜査を誤った方向に導く恐れがある。

今は、できるかぎり材料をかき集めなければならない。樋口は機捜隊員に礼を言って、再びリビングルームに戻った。

すでに遺体は運び出されており、チョークの人型と血痕だけが残っている。司法解剖によって、さらにさまざまなことがわかるに違いない。

遺体を見た感じでは、死後十時間程度経過しているものと思われた。とすれば、犯行時間は、真夜中ということになる。静まりかえったマンションの中で、殺人事件が起こったのに、隣近所が気づかない。

都会では、そういうことが起きる。

マンションというのは、隔離された生活者の集まりなのかもしれない。そこには、昔ながらの近所付き合いというものはない。

樋口は自分が住むマンションのことを考えてみた。隣の住人とは、時たま顔を会わせたときに挨拶をする程度だ。樋口自身、隣が何をしているのかを気にすることはなかった。

田無署の山本が近づいてきて言った。

「結婚式の写真が見つかった」

「奥さんの行方を探しましょう」

「手配する。役所で、実家がどこか調べさせよう」

所轄の刑事たちが、聞き込みから戻ってきて、何事か小声で話し合っていた。樋口はあえて何も訊かなかった。あまり出しゃばりたくはない。捜査本部ができれば、情報は共有される。

樋口は、部屋の中の様子を観察していた。豊かな暮らしに見える。調度類はそこそこ高級品に見えるし、大きなフラット画面のワイドテレビがある。

ビデオデッキや、ＤＶＤプレイヤー、ステレオコンポもある。部屋の中は片づいていた。別居しているということは、被害者は一人暮らしということだろう。

それにしては、部屋が整いすぎていると樋口は思った。台所に洗い物も溜まっていない。ゴミも片づいている。

それは、何かを物語っているのだろうか？

あるいは、被害者が潔癖な性格だっただけなのかもしれないが……。

テーブルの上のグラスやアイスバケットもすでに持ち去られていた。所轄の鑑識で詳しく調べるのだ。樋口は、何だか獲物を取られたような気分になったが、もちろん何も言わなかった。

なるべく波風を立てたくない。それが、樋口の性格だ。自分では、あまりいいことだとは思っていない。周囲の顔色など気にせず、言いたいことをはっきりと言うほうが正しい態度だと思っている。

だから、常に少しばかりの劣等感を抱いている。

だが、警視庁内では協調性があると評価されることが多い。協調性と妥協は違う。樋口は、そうした評価にいつも戸惑いを覚える。

樋口は、本庁捜査一課に携帯電話で連絡を取り、殺人事件であることを告げた。田端課長は、すぐに合同特別捜査本部が田無署にできることになるだろうから、そっちに詰めてくれと言った。

課長は、樋口班の残りの係員を全員送り込んでくるだろう。さらに、もう一班、来るかもしれない。課長と管理官もやってくるに違いない。

電話を切る前に、樋口は課長に言った。

「被害者は、富岡和夫。日和銀行の運用計画課という部署の課長代理だそうです。もしかしたら、二課が洗っている事案と関連があるかもしれません」

「わかった」

田端課長の押し出すような野太い声が聞こえる。「それはこっちで当たっておく」

樋口は電話を切った。

そこに、日和銀行ひばりヶ丘支店に行っていた警部補が戻ってきた。菅原寅夫《すがわらとらお》という名で、年齢は四十四歳。樋口より年上だ。

「班長、確認取れました」

菅原は言った。年下の上司というのはやりにくいのではないかと、樋口は気にしているのだが、菅原はそうした素振りをまったく見せない。おかげで、樋口はかえって気をつかってしまう。

「電話の件はどうでした？」

「仙波という営業員が言っていたとおりでしたね。支店長によると、電話が来たのは、九時半から十時の間……、おそらく、九時四十五分頃だろうということです。相手は、本店運用計画課の課長、根岸民雄から。被害者が無断で欠勤しているので、様子を見てくるように言われたそうです」

樋口は、彼が支店に行っている間の経緯を説明した。隣近所が、まったく物音に気づかなかったと言っていること。被害者は結婚しており、現在別居中らしいことなどを簡単に告げた。

菅原は難しい顔でうなずいた。彼は、ずんぐりとした体型で、白髪の混じったぼさぼさの髪をしている。背広は型くずれしており、ズボンの線は消えかかっている。ネクタイの結び目は垢染《あかじ》みており、ワイシャツもよれよれだ。

だが、樋口は不快感をまったく感じていなかった。菅原寅夫がそばにいると、なぜか安心するのだ。

「カミさんが、最有力候補ということになりますか？」

「まだわかりません」

樋口は慎重に言った。「たしかに、被害者は、女性と酒を飲んでいたようです。しかし、それが奥さんとは限らない」

菅原は、複雑な表情のまま言った。

「……となると、いっしょにいた女性の特定が最優先ですね」

もう一人の警部補は、伊藤高久《いとうたかひさ》という名で、年齢が樋口と同じだった。同年齢で階級が下ということもあり、ちょっとばかり樋口に対して複雑な感情を抱いているかもしれない。もともと無口な男なので、そのあたりのことをうかがい知ることはなかなかできない。

彼は、樋口と菅原の会話を黙って聞いていた。樋口が、伊藤に意見を求めようとしたとき、田無署の山本が樋口に声をかけた。

「管理人に話を聞きに行っていた機捜の話だと、怪しい人物を見かけたということだ。行ってみるかい?」

樋口はうなずき、二人の警部補に言った。

「いっしょに来てくれ」

管理人は、六十歳を過ぎた白髪の目立つ痩せた男だ。

自分が管理するマンションで、面倒なことが起きて、腹を立てている様子だった。困ったことが起きたときに、人間はいろいろな反応を見せる。

落ち込む人、うろたえる人、諦める人、そして腹を立てる人。この管理人は、腹を立てるタイプなのだ。

「まったく冗談じゃないよ」

樋口が会いに行くと、管理人はまずそう言った。

樋口は名前、年齢、住所を尋ねた。

「和田誠二《わだせいじ》、六十三歳。住所はここだ」

「ここ……？」

「住み込みで管理人をやってるんだ」

「ほう……。最近では珍しいんじゃないですか？」

樋口は自分のマンションのことを思い出しながら言った。「管理会社から出勤してくるのが普通だと思っていましたが……」

「そうでもない。こういうマンションは他にもある。私も管理会社の社員だけどね、今の会社に勤めることにしたのは、住み込みという条件だったからだ。マンションもなかなか売れないから、サービスの時代でね。二十四時間、三百六十五日管理人がいるというのが、売りだった。しかし、こんな事件が起きちゃあなあ……」

「あなたの責任じゃありませんせん」

管理人は、玄関を顎で指し示して言った。

「オートロックが何の役にも立ちゃしない」

「怪しい人物を見かけたということですが……」

「ああ。日曜のことだ。昼間、玄関先でうろうろしている若いやつを見かけた。その夜、そいつが、富岡さんと揉めていた」

「揉めていた……？」

「そう。若いのが、からんだようだ。まったく、最近の若いものときたら、どうしようもない。そいつも、一目でがらが悪いやつとわかる恰好をしていた。髪を茶色に染めて……」

「服装は？」

「戦争行くみたいなズボンはいていたよ。迷彩ってのかい？　それにシャツをだらしなく着ていた」

「どんなシャツです？」

「柄まではよく覚えてないな。色は、茶色っぽかったと思うけど……、大きなチェックだったかもしれない」

「その若者を、二度見たわけですね？」

「そうだ。昼間と、夜と……。待ち伏せしていたのかもしれない。富岡さん、誰かと一緒に帰って来たんですけどね。でも、あの人、柔道強かったでしょう？　その若いのをやっつけちゃったようですよ。若いの、尻餅ついてたからね」

　管理人は、ざまあみろと言わんばかりの表情をした。

「誰かと一緒だった？　どんな人です？」

「会社の人らしかったよ」

「男性ですか、女性ですか？」

「男の人だよ。富岡さんと同じく、きちんと背広着ていた。歳は富岡さんより上のようだったから、ひょっとしたら上司かもしれない」

　樋口は、少々落胆した。

　もしかしたら、女性と一緒で、その女性は事件当夜、いっしょに酒を飲んでいた人物かもしれないと期待したのだ。

　世の中、そううまくは運ばないか……。

「その若者のことをもう少し詳しく教えてください。身長はどれくらいでした？」

「そうだな……。そんなに高くはなかった。むしろ、小柄なほうかな……」

「だいたい何センチくらいですか？」

「私が百六十五センチだからな……。私と同じくらいじゃないか」

「いや、短めだったと思う。そうだ。耳に、ピアスっていうのかい？　なんか飾りを付けていた」

「髪は茶色く染めているのでしたね。長かったですか？」

「どちらかというと、痩せ形だったな」

「痩せ形でしたか、それとも太っていた？」

「そいつはわからんよ」

「体重は？」

「その若者と、富岡さんのやりとりを、いっしょにいた人物は見ていたのですね？」

「見ていたはずだよ。私は、騒ぎが一段落したときに顔を出したんだ」

「それから、富岡さんはどうしました？」

「連れと一緒に部屋に行ったよ」

樋口は、菅原と伊藤の顔を順に見た。

菅原が管理人に尋ねた。

「そのときの富岡さんの態度はどうでした？」

「どうって……？」

「腹を立てているようでしたか？」

「いや、相手にしていないというふうだったね」

「相手の若者はどうでした？」

「そうだな。やられたんだから、腹を立てていたと思うよ。でも、富岡さんにはかなわないと思ったはずだ」

菅原は、何度も小刻みにうなずいてメモを取った。

「ねえ、刑事さん」

管理人の和田誠二は、樋口に言った。「あの若いのが犯人じゃないんですかね。近頃の若いのは、何やるかわかんないじゃないですか。すぐに、キレるっていうんですか？　まったく、恐ろしいですよ」

「その若者が犯人と決まったわけじゃありません」

樋口は言った。

それは本心だった。たしかに有力な情報ではある。富岡にからんで、返り討ちにあったということは、ひょっとしたら動機になりうるのかもしれない。管理人の言うように、最近は無茶をやる若者がいる。

しかし、どうやってやったのかがひっかかる。このマンションはオートロックで、まず富岡の部屋に近づくことが難しい。

さらに、若者が押し入ったのなら、当然そこで騒ぎが起きるはずだ。部屋の中には争った跡はない。そして、両隣の部屋の住人は物音に気づかなかったと言っているのだ。

「住人以外の人が、住人の許可を得ずにマンションの中に立ち入ることは可能ですか？」

和田は、言いづらそうに顔をしかめた。

「オートロックといっても、残念ながら百パーセント安全なわけじゃない。暗証番号を知っていれば、玄関の内側のドアを開けることはできる。中から人が出てくるときに、無理やり入ることもできる」

「無理やり……？」

「私が住人だとして、もしそんなことがあったとしても、相手があの不良じゃ、とがめる気にならんね」

「見て見ぬ振りをすると……」

「とばっちりはごめんだからね。いや、もちろん、管理人としての私の立場は違うよ。そんな現場を見たら、黙っちゃいない。あくまでも、普通の住人がそういう場面に出くわしたら、という話をしているんだ」

樋口はわかっていますというふうに大きくうなずいて見せた。

樋口は、礼を言って被害者の部屋に戻った。

「私ら、ぼちぼち引き上げるが、あんた、どうする？」

田無署の山本が樋口に言った。

「すぐに捜査本部ができるでしょう。ご一緒しますよ」

「じゃあ、車で送るよ」

「三人も、乗れるのですか？」

「本庁《ホンブ》のお客さんを、ないがしろにはできない。うちの連中には歩いてもらう」

そんなことで、現場の怨《うら》みを買ってはたまらないと思った。しかし、ここで山本の心づかいを断るわけにもいかない。

樋口は、車に乗せてもらうことにした。

9

捜査一課が騒がしく、島崎は気になっていた。島崎の係では、引き続き水谷検事が、日和銀行の件で係員たちの尻を叩いていた。今日はまだ、検事は警視庁に現れていないが、捜査員たちは、気が抜けなかった。

その後、内通者の調査が行われているという話は聞かない。警務部から呼び出しをくらった係員もいない様子だ。

とはいえ、島崎は心が安まらなかった。いつか、警務部の誰かが島崎のもとにやってきて、こう言うのを何度も想像していた。

「ちょっと、話が聞きたい。来てくれるか？」

そして、何人かが座っているテーブルの前に一人で座らされる。審問が始まるのだ。

それは、悪夢そのものだった。想像するだけで、動悸が激しくなる。よく眠れない日々が続いており、食欲もなくなった。

測ってはいないが、おそらく体重はずいぶん減っているだろう。朝、鏡を見るたびに思う。日に日に顔色が悪くなり、頬がこけてくる。

田端捜査一課長が、二課長のところに来て何やら話を始めた。田端課長は、首が太く髪を短く刈っている。猪のような印象がある。捜査畑一筋で、現役の刑事時代は、まさに猪が猛進するような捜査の仕方だったという。

強行犯を扱う一課の課長だけあって、表情にも物腰にも迫力がある。課長二人がひそひそと話し合っている光景を見ると、島崎はどうしても自分のことではないかと思ってしまう。

先日、天童や樋口と酒を飲んだ。やはり、彼らは私に探りを入れていたのではないだろうか。酔った私は、不用意に何かをしゃべったかもしれない。記憶にはないが、何か彼らがひっかかるようなことを話した危険性は皆無ではない。相手は刑事なのだ。

そして、それを不自然に感じた天童と樋口は一課長に話し、今それを一課長が二課長に話している……。

島崎はそんな想像をして、脇の下に汗をかいていた。

二人のどちらかが、自分のほうを見るのではないかと、島崎はそっと様子をうかがっていた。

島崎のほうを見る様子はない。やがて、話し合いを終えて、田端一課長が廊下に出ていった。捜査二課は四階にあり、捜査一課は六階にある。田端課長は、一課に戻ったのだろう。

すると、二課長は、島崎の班の係長を呼んだ。

ひやりとした。

くそっ。いつまで、こんな思いを続けなければならないんだ。いっそのこと、自らすべてをぶちまけてやろうか……。

係長が戻ってきて言った。

「みんな、聞いてくれ」

島崎は胸が高鳴るのを意識していた。

「殺しがあった。被害者が、日和銀行の行員だ。富岡和夫、三十六歳。運用計画課の課長代理だ。一課では、現在我々が捜査中の事案との関わりを調べる必要があると考えており、それに協力すべく……」

島崎は、一瞬係長が何を言っているのか理解しかねた。何度も、係長の言葉を頭の中で繰り返し、ようやく事態を把握できた。

富岡が死んだ……？　あの、富岡が……。

大学柔道部の後輩にあたり、息子も世話になった男だ。死んだことに対して、悔やみの気持ちがあってもいい。だが、そのとき、島崎が感じたのは安堵だった。

そんな自分が嫌だった。しかし、ほっとしたのは事実だ。島崎は、富岡に殺意さえ抱いていた。

富岡さえいなければ、どんなに心安らかに暮らせるかと何度も想像した。それが、現実となったのだ。

島崎は、そっと周囲の様子を見た。誰もが、係長の説明に聞き入っている。特別な感情を顔に表す者はいない。刑事にとって殺人は珍しいことではない。

島崎は、笑い出したくなるのを必死にこらえていた。重くのしかかっていたものが、一瞬にして消え去った。急に、部屋の蛍光灯が明るくなり、視界が開けたような気がする。

「……というわけで、田無署にできる捜査本部に誰か出張《でば》ってもらいたいんだが……」

係長の言葉が耳に入って、島崎はそちらを見た。係長と眼が合った。

「そうだ」

係長が言った。「島やんの自宅は、たしかひばりヶ丘の近くだったな。田無署管内だし、現場のすぐ近くじゃないか。好都合だ。島やん、行ってくれるか？」

ここはことさらに慎重にならなければ……。島崎は思った。

難しい表情を作って言った。

「たしかに現場はすぐ近くです。しかし、それだけじゃないんです」

「どういうことだ？」

「被害者、富岡和夫といいましたね？　私はおそらく、その被害者のことを知っています」

係長は眉をひそめた。

係員たちが注目する。

「妙な言い方だな。どういうことだ？」

「同姓同名でなければ、大学柔道部の後輩に当たります。おそらく、住所からして同一人物でしょう」

「知り合いというわけか……」

係長は、さらに険しい顔になった。

「年代が違いますので、一緒に練習したことはありません。しかし、OB会では何度か会ったことがあります。それだけじゃなく、彼は地域の柔道場で子供の柔道を指導していて、息子が子供の頃、柔道を習っているんです。息子は、私が卒業した大学の柔道部にいますから、息子とも先輩後輩ということになります」

「どうして、そのことをもっと早く言わなかった？」

係長は、詰問《きつもん》するように言った。「相手は日和銀行の行員だろう」

「この殺人で、名前を聞くまで忘れていましたよ」

「忘れていた？　親しかったんじゃないのか？」

「いいえ。たしかに、息子は世話になりました。しかし、それも昔のことです。現在は、ただ、同じOBというだけで、普段の付き合いはありませんでした」

「知り合いか……。捜査本部に行くのはまずいかもしれないな……」

島崎は、心得ているというふうにうなずいて見せた。

「捜査に私情を挟むと思っているんですか？　その心配はないんですがね……。個人的な付き合いはほとんどなかったですし……。むしろ、柔道部のOBなどに共通の知り合いがいて、鑑取りに協力できると思いますが……。でも、まあ、付き合いはないとはいえ、被害者の個人的な知り合いが捜査に加わらないほうがいいというのであれば……」

島崎は、この辺の呼吸を計っていた。

富岡が殺された経緯はたしかに気になる。捜査本部にいれば、逐一いろいろなことを知ることができる。

何か隠蔽《いんぺい》しなければいけないことが出てきても、現場にいれば、それが可能なような気がした。

しかし、ここで係長に疑われては元も子もない。慎重に押し引きを加減しなければならない。

係長は考えていた。そして、一人では決めかねると思ったのか、再び二課長のところに行き相談していた。

係長はすぐに戻ってきた。

「よし、島やん、行ってもらおう。課長は問題ないだろうと言っている。しかし、もう一度尋ねるが、本当に最近は付き合いがなかったんだろうね？」

「もちろんです。私だって、日和銀行の内偵に関しては神経質になっています。まさか……」

島崎は、先手を打つことにした。「まさか、捜査情報を私が洩らしたと考えているんじゃないでしょうね」

係長は顔をしかめた。

「その件はいいよ。水谷検事が勝手に息巻いているだけだ。私は、身内に裏切り者がいるとは思っていない」

この一言は、ガサ入れの失敗以来、弱まっていた係員たちの結束を、にわかに強めた。島崎はそれを肌で感じ取った。誰しも、疑われることを不愉快に感じていたのだろう。

あるいは、サツ回りの記者に口を滑らせて、密かに気に病んでいた者もいるのかもしれない。たいていの刑事は、記者にしゃべりすぎたと後悔した経験を持っている。

係長は、島崎に言った。

「午後には、田無署に合同捜査本部ができる。強行犯係の樋口係長が行っているそうだ。樋口班の残りと第四班が行くそうだから、それと一緒に行ってくれ。明日からは、そっちに詰めてくれていい」

ツキが変わった。

島崎はそのとき、そう感じていた。

梅雨晴れのような気分だ。頭の上を常に覆っていた暗雲が、瞬時に晴れてしまった。

抑圧された気分から一気に解放されて、島崎は一種の躁状態だった。もともと、細々《こまごま》としたことは気にしない豪放磊落《らいらく》ともいえる性格だ。

それだけに、今までのことは本当に辛かった。島崎は、ようやく本来の生活が戻ってくるような気がしていた。

こんなことを考えてはいけないのだが……。

島崎は思った。

富岡を殺したやつに、感謝したい気分だな……。

島崎は、早めに昼食を済ませて、樋口班の面々と合流し、意気揚々と田無署に出かけた。

10

樋口は、着々と捜査本部が出来上がっていくさまを眺めていた。田無署に着いたのが十一時半。捜査本部の準備ができるのは、早くても午後二時頃になる。今のうちに昼飯でも食ってきてくれと山本が言うので、樋口は、二人の警部補と食事に出かけた。

警察署を出てから、どこかいい店を山本に聞いてくればよかったと思った。結局、そば屋に入って、そそくさと食事を済ませた。

樋口たちが署に戻ったときにはすでに会議室の細長いテーブルを並べ替えたり、足りないテーブルや椅子を運び入れたりといった作業が終了していた。

やがて、本庁から管理職や捜査員が到着して、態勢が発表されるだろう。予算措置が行われ、会計などの総務担当が割り当てられる。回線の用意が出来次第、いくつかの電話が設置される。

それは、すでに樋口にとってお馴染みの流れだった。

「案外、楽なヤマかもしれませんね」

菅原が、ずんぐりした体をパイプ椅子の上でもぞもぞと動かしてから言った。

樋口は、思わず聞き返していた。

「どうしてです？」

菅原は、白髪混じりの乱れた髪を指ですいた。それが何の効果ももたらさないのは明らかだった。

「何人かの容疑者がすでに浮かんでいます。被害者の女房、一緒に酒を飲んでいたらしい女性。ま、この両方は同一人物の可能性もないわけじゃない。そして、管理人が言っていた怪しい若者……」

そうなのだろうか。

樋口は、つい用心深くなってしまう。事実はそんなに単純だろうかと、つい考えてしまうのだ。

実際は、菅原の言うとおりなのかもしれない。多くの殺人事件は実に単純なものであることは、樋口も経験上知っている。殺人事件のほとんどは、衝動的な事件だ。計画的な殺人が占める割合は少ない。

深読みは悪い癖なのかもしれない。しかし、樋口は、それを自分のやり方としてきた。そして、それが功を奏したこともある。

「そうかもしれませんね」

樋口は言った。

すると、菅原はにやりと笑って見せた。

「何です？」

「班長はそう思っていないんですね？　やはり、二課の事案が気になりますか？」

これも、買いかぶりだ。樋口は、心の中で溜め息をついた。過小評価をされるのは辛い。自尊心が傷つけられ、腹が立つ。しかし、過大評価を続けられるのも辛いものだ。いつか自分が衆目の前で馬脚を現すのではないかと、常に不安になる。

「ガサイレが失敗しているでしょう？　気になるのは当然でしょう」

樋口がそう言うと、菅原と伊藤はベテランの余裕をうかがわせる態度でうなずいた。当然、彼らもそう考えているはずだ。

菅原と伊藤の態度には、同じ分野の専門家同士が持つ共感のようなものが感じられた。互いに認め合い頼もしく思うような関係だ。彼らは、樋口を頼りにしている。それにこたえなければならない。

午後二時近くに、本庁から樋口班と第四班の係員たちが到着した。いずれの班にも部長刑事と刑事のペアが六組いる。捜査本部が設置される会議室は急に活気づいた。

樋口はその中に、二課の島崎がいるのに気づいた。島崎は、樋口に会釈して近づいてきた。

「やあ、樋口係長。うちの班長に、こっちへ出張れと言われてね」

先日、酒を飲みに行ったときとは別人のように晴れやかな印象があった。あのときは、ストレスに苛まれ、今にも倒れそうに見えた。二課の捜査がうまく運びはじめたのだろうか？それとも、その捜査から外されて、こちらに回されたことでストレスが減ったのだろうか？

いずれにしろ、悪いことではないと樋口は思った。ストレスに押しつぶされていく人を見るより、立ち直った人を見るほうがいいに決まっている。

「二課が扱っている日和銀行の事案が気になります」

樋口は言った。「情報提供をよろしくお願いします」

「そのために来たんだよ」

島崎は笑った。「それにね、鑑取りにも協力できると思う」

「どういうことです？」

説明を聞き、樋口は島崎が被害者と同じ地域の住民であり、なおかつ大学柔道部の先輩後輩の関係であることを知った。島崎の息子が被害者に柔道を習ったこともあり、また、その息子とも柔道部の先輩後輩の関係だという。

「捜査を外されなかったのですか？」

樋口は思わず尋ねた。「捜査対象の銀行に個人的な知り合いがいたわけでしょう？」

島崎は、苦笑した。

「忘れていたんだよ」

「忘れていた？」

「そう。富岡が殺されるまで、彼が日和銀行の行員であることなど忘れていた。最近は会っていなかったしな。年代が違うから、親しいわけじゃなかった。ここにくる前に、班長に説明してきたばかりだ」

「内偵の段階で、被害者と会ったりしなかったのですか？」

「会っていない。富岡は課長代理だ。私らの仕事はそんな小者は相手にしない。頭取や会長の罪を暴くのが仕事なんだ」

「なるほど……」

しかし、それは二課の落ち度だと樋口は思った。

何もなかったからいいようなものの、捜査対象の銀行に個人的な知り合いがいるというのは、やはり問題だろう。

だが、それは二課の考えだ。樋口が口出しすることではない。それに、捜査員の中には日和銀行に口座を持っている者や、日和銀行で住宅ローンを組んでいる者だっているかもしれない。

同じ大学柔道部出身者がいたというだけでは、それほど問題にはならないのだろうか……。

樋口は、考えるのをやめた。考えてもしかたのないことだ。

物事はプラスに考えるべきだ。島崎が言ったとおり、柔道部ＯＢに共通の知り合いがいるというのは、鑑取りの際に役立つかもしれない。

「よろしくお願いしますよ」

樋口はそう言って島崎にほほえみかけた。

二時半になると、警視庁の刑事部長が、捜査一課長と管理官を従えて捜査本部に乗り込んできた。

刑事部長が捜査本部長で、捜査一課長と田無署署長が副本部長となる。

だが、この三人は捜査本部に常駐するわけではない。近隣の所轄や、他の管轄に捜査が波及した際には、捜査一課長や刑事部長の指揮権が必要になる。そのための措置だ。

捜査本部に常駐して実際に指揮を取るのは、捜査一課の管理官だ。管理官が捜査本部主任となり、副主任に、田無署刑事課長が就いた。

捜査本部は五十人態勢で発足した。

さっそく捜査会議が開かれ、初動捜査でわかった事実が発表された。

まだ、司法解剖の結果が届いていない。鑑識からの詳しい報告もまだだ。山本が、被害者の身元を説明してから、死体の所見を報告した。ゴルフクラブで後方から殴られ、その後にネクタイで首を絞められたと見られる。

現場には争った跡がなく、テーブルの上には二人分のグラスがあり、ウイスキーを飲んだ跡があった。片方のグラスには、かすかに口紅が残っていた。

隣室や下の階の住人も物音には気づかなかったと言っている。

なお、被害者には配偶者があり、現在別居中らしいと、山本は付け加えた。山本が発表した内容には、樋口の知らない事実はなかった。

次に樋口が指名され、第一発見者と管理人から得た情報を伝えた。

捜査員たちは、思い思いの恰好で説明を聞いている。だが、管理人から聞いた怪しい若者の話をしたとき、明らかに集中度が増したのを、樋口は肌で感じた。

刑事たちは、猟犬のように獲物の臭いには敏感だ。現場付近をうろついていた怪しい人物、しかも被害者ともめ事を起こしている。捜査員たちが関心を抱くのは当然だ。

だが、その関心が過剰なものでなければいいが、と樋口は思った。

「それについてなんですが……」

樋口が発言を終えると、山本が言った。池田《いけだ》管理官が山本に発言を促した。

「マンションの住人が、それらしい人物を目撃しています。六月二十五日、日曜日のことです。つまり、被害者がその人物と言い争った日ですね。同じマンションに住む倉本一郎《くらもといちろう》、三十二歳が、奥さん子供と買い物から帰宅する際に、マンションの玄関付近でうろついているのを目撃しているのです。午後八時十分頃のことです」

田端捜査一課長が、質問した。

「事件当日には目撃されていないのか?」

山本は首を横に振った。

「当日の目撃情報はありませんね」

「その人物の特定を急いでくれ。何か知っているかもしれない」

「わかりました」

田端課長はさらに山本に尋ねた。

「被害者の奥さんの所在は？」

「今、洗ってます。実家が群馬県前橋市にあるので、前橋署と連絡を取り、うちの署の者が向かっています」

「一緒に酒を飲んでいた相手が、奥さんかどうか、まだわからないのだな？」

「明らかになっていません」

「被害者が何か来客の記録を残していないか？　手帳かメモに……」

「女性の来客については、何も書かれていませんね。メモらしいものも残っていません」

田端課長は、しばらく考えた後に、池田管理官に尋ねた。

「どう思う？」

池田管理官は、猛者タイプの田端課長とは対照的だ。痩せ形で物静か。理知的なタイプに見える。所轄では、刑事課と生活安全課を経験し、本庁に来る前は、葛飾署の生活安全課長だった。樋口は、池田管理官の髪が乱れているところを一度も見たことがなかった。

「そうですね。争った跡がないことや、隣近所が騒動に気づいていないことから、顔見知りの犯行という線が濃いですね。一緒に酒を飲んでいた女性というのが、有力だと思いますが……」

「被害者と口論したという若者は？」

「口論した相手が、部屋を訪ねてきたら当然一悶着《ひともんちゃく》起きるはずです。だが、近くの住人はそういう物音は聞いていないのでしょう？」

「その若者が、被害者と顔見知りだとしたら？」

池田管理官は、小さくうなずいた。

「容疑がかかっておかしくないですね」

田端課長は、樋口を見た。

「ヒグっちゃん、どう思う？」

樋口は突然の指名に戸惑った。しかし、それを顔に出さずにいられるのが樋口の特技の一つだった。

「とにかく、事件当夜一緒に酒を飲んでいた女性が何者か、特定するのが先決だと思います」

「女性かどうかもはっきりしないしな……」

田端課長は、そう言って凄味のある笑みを洩らした。「グラスに口紅がついていたというだけのことだろう？　化粧をした男かもしれない。最近はいろいろなやつがいるからな」

捜査員の何名かが失笑した。

課長は冗談で言ったが、樋口はその可能性を真剣に検討していた。最近の若い男の子は脱毛をするらしい。男性用化粧品の種類も増えた。一時期は、男性用のファンデーションや口紅も売られていた。いや、今でも売られているのかもしれない。

管理人は、被害者と揉めていた若者がピアスをしていたという。そういう若者なら、口紅をしていても不思議ではないかもしれない。

「男女の別はともかく、一緒に酒を飲んでいた人物の割り出しが最優先だと思います。現場の様子からすると、顔見知りの犯行という可能性が大きいですから」

田端課長が真顔に戻ってうなずいた。

「まあ、そういうことだな」

「それと……」

樋口は付け加えた。「被害者が日和銀行の行員であることが、気になります。捜査二課が捜査していた矢先の出来事ですから……。その点について、捜査二課のほうから、詳しい事情を聞いておかなければならないと思います」

田端課長は、島崎のほうを見た。

「二課の島崎君、説明してくれるか」

島崎が立ち上がった。堂々としている。二課を代表して、ここにやってきたことを誇りに思っているかのようだ。

「日和銀行の事案について、簡単に説明させていただきます」

島崎は、淀みなく説明を始めた。

東京地検の水谷検事主導の事案であることをまず最初に述べた。公的資金を投入する際に、不良債権を過小に見積もった銀行は珍しくなかった。そうしなければ、債務超過となり公的資金が受けられないからだ。

日和銀行にターゲットを絞ったのは、水谷検事からの指導だという。

容疑はいわゆる「飛ばし」。つまり、不良債権を、関連ノンバンクの子会社に買い取らせて、隠蔽を図ったというものだ。関連ノンバンクの子会社というのも、ほとんどがペーパーカンパニーで、債権隠しのために作ったものらしい。

債権を買い取らせたペーパーカンパニーの数は十社以上にのぼり、それらの会社は事実上破産しているのだが、別の系列会社に会社ごと買い取らせて、不良債権の表面化を防いだ疑いがある。

その会社買い取りの費用は、日和銀行が融資した。これら十社以上のペーパーカンパニーにばらまかれた不良債権は、総額で一千億を超えるらしい。

水谷検事と捜査二課は、関連ノンバンクなどを捜査し、着々と証拠固めをしていた。そして、とどめに日和銀行本店の家宅捜索に赴いたわけだが、隠蔽工作にあい事実上失敗した。

日和銀行の容疑は、証券取引法違反。さらに厳密にいえば、「有価証券報告書の虚偽記載」ということになる。

池田管理官が、彼らしい穏やかな声で尋ねた。

「家宅捜索の失敗について、捜査の内部情報が洩れたのではという噂も聞いているが……？」

「たしかにそういう話もあります。しかし、我々はそうは考えておりません。銀行側も、内偵をある程度予想していたでしょう。向こうも必死だったということです」

「それで、今後の見通しはどうなんだね？」

「時間の問題です。家宅捜索の際の日和銀行の隠蔽工作は、単なる一時しのぎに過ぎないと、我々は信じています」

島崎の言葉は自信に満ちているようだった。それならば、なぜ島崎はあれほどストレスに苛まれていたのだろうと樋口は考えた。

単に疲れていただけなのだろうか。

あるいは、家宅捜索の失敗に、二課はかなり打ちのめされたのかもしれない。今の島崎の発言には、多少の見栄が含まれていると考えられなくもない。

「私がこの捜査本部に参加するにあたり、あらかじめお知らせしておかなければならないことがあります」

島崎は言った。

刑事部長をはじめとする幹部たちは、島崎を見つめた。

「被害者の富岡和夫は、私と同じ大学の柔道部の出身で、いわば、ＯＢ仲間ということになります。さらに、私の息子たちが地域の道場で柔道を習ったことがあります」

捜査本部の中がざわついた。

樋口は、捜査員たちが、皆同じことを考えているのを感じ取った。

それを代表して尋ねたのは、田端課長だった。

「おい、それは二課では問題にならなかったのか？」

「最近は個人的な付き合いはまったくありませんでした。殺人事件が起きるまで、富岡が日和銀行の行員だということを忘れていたくらいです」

「……ということは、被害者は、その飛ばしには関与していなかったということなのか？」

「それはわかりません。もちろん、捜査には万全を期していますが、不正に関わったすべての行員を洗い出すことはできません。富岡は、課長代理という肩書きだったそうですね。銀行というところは、やたらに役職が多いところです。つまり、取引先になめられないよう行員に箔を付けるために役職名を作るのです。課長代理というのは、もちろん課長ほどの権限があるわけではありません。名目上の役職でしょう。我々が捜査で追うのはもっと上の役職です。下はせいぜい課長止まりなのです」

金融や企業の犯罪を捜査するというのは、そういうものなのかと樋口は思った。同じ刑事でも一課と二課では多少やり方が違うのかもしれない。

強行犯の捜査は、関連する人物をそれこそ虱潰《しらみつぶ》しに当たるのだ。しかし、企業ぐるみの犯罪を追う場合は、あくまでもその仕組みを洗い出すのが目的のようだ。

考えてみれば、それは当然かもしれない。末端の社員や行員は、業務命令を遂行するだけだ。企業や銀行の犯罪を摘発するとき、その犯罪に関わったすべての人間を対象にするとしたら、上からの命令にただ従っただけの社員や行員も検挙しなければならなくなる。

企業犯罪は、犯罪的な意図を持って物事を計画した主体を対象にするのだ。それは当然、経営陣ということになり、末端の社員や行員は罪に問われることはない。

今の島崎の説明は、さきほど樋口個人にしたものよりも、趣旨が明確だった。会議用に考えたからだろうか。

田端課長は、わかったわかったというふうに、手を振り、うなずいた。

「二課が問題なしと判断したのなら、私らが口出しすることじゃない。それで、個人的な知り合いということで、何か心当たりはないのか？」

島崎は首を横に振った。

「残念ながら、さきほども申しましたように、ただ柔道部のOB同士というだけで、特に親しかったわけでもありません。ほとんど、OB会だけの付き合いですね」

「息子さんは、どうなんだ？」

島崎は、少しばかり考え込んだ。

「私よりは親しかったでしょうね。なにしろ、柔道のイロハを教えてくれたのが、富岡ですから……」

「たしか、息子さんはあんたと同じ大学の柔道部だったな？」

田端課長も知っているくらい、島崎一家の柔道は有名なのだと樋口は思った。

「そうです」

島崎はうなずいた。

「ということは、被害者は、息子さんの先輩にも当たるわけだ」

「そういうことになります」

「息子さんに話を聞きに行くことになると思うが、かまわないかね？」

「もちろんです」

一瞬だが、島崎はぎこちない表情を浮かべた。虚を衝《つ》かれたように見えた。樋口は、それが気になった。

被害者と関わりのある人物に話を聞くのは当然のことだ。しかし、島崎は、捜査員が息子を訪ねることを予想していなかったようだ。

身内のこととなると、そんなものか……。

「わかった。捜査本部の一員としてがんばってくれ」

田端課長は、そう言うと、捜査員一同を見回した。「何か質問はあるか?」

この段階では、まだ何を尋ねていいのかわからない。質問はなかった。

そのあと、地取り、鑑取りに班分けをした。捜査員は、二人一組で行動する。その組み合わせを、池田管理官と田無署の刑事課長が中心になって作った。

通常は、本庁の捜査員と所轄の捜査員がペアを組む。所轄は道案内だという口の悪い者もいるが、こういう組み合わせが一番効率がいいのだ。

そして、ベテランと若手が組む。これも捜査の効率を考えてのことだ。

樋口と島崎は、予備班に回された。予備班というのは、いわゆるデスクだ。捜査主任や副主任を補佐する立場にある。容疑者が検挙された場合は、予備班の人間が取り調べを担当することが多い。

捜査会議の終わりに刑事部長が、「捜査員の奮闘努力を切に期待する」という意味のことを言った。それを受けて、田端課長が言った。

「まずは、事件当夜、一緒に酒を飲んでいた人物と、管理人らが目撃している若者の特定だ。さ、気合い入れていこう」

捜査会議が終わると、地取り、鑑取り双方の班がそれぞれに分担を決めて出かけていった。

捜査本部初日の予備班は、取り立ててすることもない。情報が集まってくると、その交通整理をやらなければならなくなるが、まだ外からの知らせもない。

島崎が少しばかり落ち着かない様子で樋口に言った。

「私は、鑑取りの班に加わらなくていいのかな？」

「ここにいて指示を出したほうがいいと思いますよ」

「そうか……」

島崎の口調は、どこか心許《こころもと》なげだ。

何を気にしているのだろう？

樋口は訝った。

強行犯の捜査本部に慣れていないせいだろうか？　二課からたった一人で送り込まれたのが心細いのかもしれない。

「やることがなくて、手持ち無沙汰なんですか？」

樋口は言った。

「まあ、そうだな……」

「そのうちに忙しくなりますよ」

島崎は、曖昧な笑顔を浮かべてうなずいた。

11

島崎は、会議で富岡との関係をうまく説明できたことに気をよくしていた。

捜査員が丈太郎に会いに行くと、田端課長が言ったときには、少々慌てた。考えてみれば当然のことかもしれないが、まったく予想していなかったのだ。

捜査員は、今日中に丈太郎のもとを訪ねるだろうか？

島崎には誰も何も言わなかった。誰かが島崎の家を訪ねるときには、一言断るはずだ。逆の立場なら、島崎はそうする。馴れ合いと言われようが、それが警察というものだ。

したがって、丈太郎のもとに捜査員がやってくるのは、もっと後のことだと思った。まず、富岡の交友関係が先決だろう。

今夜帰ったら、余計なことはしゃべらぬように、しっかりと釘を刺しておかなければならない。

島崎はそう考えた。

それにしても、樋口というのは、相変わらず何を考えているのかわからないやつだ。

一緒に予備班に回されて、あまりいい感じがしない。警察にはいろいろな人間がいるが、やはり多いのは体育会気質の人間だ。大学柔道部出身の島崎も、典型的な体育会気質だ。だから、警察という特殊な社会が肌に合う。

もちろん、最近は体育会出身の新人は少なくなってきている。しかし、初任科の授業でしっかりと警察という組織を教え込まれるし、独身の警察官は、基本的には寮に住むことになっており、そこでも警察の体質を叩き込まれる。

昇級のたびに行われる合宿研修も、警察官の団結とともに、体育会的な気質を養うのに役立っている。

よかれ悪《あ》しかれ、警察官はそうした体質に染まっていくものだ。それが、警察官同士の結束を固めるのだと、島崎は考えていた。

しかし、樋口からはそうしたにおいが感じられない。まるで、キャリアのような感じがすると以前から思っていた。

課が違うので、親しく言葉を交わしたことはない。だが、いつも表情が変わらないような印象がある。ポーカーフェイスだ。

おそらく頭脳明晰なのだろう。その証拠に昇進が早い。樋口は、島崎よりも五歳も年下なのに一階級上の警部だ。どうやら、上の受けがいいらしい。

どうせ、おべっか使いのイエスマンなのだろうと島崎は思った。それならば、御しやすい。こちらは海千山千の知能犯を扱う捜査二課だ。お利口さん刑事など気にすることはない。私は私のペースでやらせてもらおう。

島崎はそう考えることにした。

四時過ぎに、田無署の署員が、刑事課に電話が入っていると知らせに来た。刑事課長が立ち上がり、その電話を受けるために部屋を出ていった。

まだ、捜査本部専用の電話が設置されていないので、刑事課のほうにかかってきたらしい。

会議が終わると、刑事部長は警視庁に帰り、田無署署長は、署長室に戻った。部屋に残っているのは、池田管理官、田端課長、樋口、島崎たち予備班、それに連絡係の制服を来た署員だった。

田端課長と池田管理官は、ぼそぼそと何かを話している。樋口は、電話を受けに行った田無署刑事課長の帰りを待っているようだった。

やがて、田無署刑事課長が戻ってきて、一同に報告した。

「前橋に行っていた捜査員からです。被害者の妻とは、実家で会えたそうです。昨夜は、家で寝ていたと言っているらしい。両親と妹がそれを証言しているそうです」

「両親と妹か……」

田端課長が言った。「他にアリバイを証明している者はいないのか？　肉親の証言は信頼性に欠ける」

「証言はありませんが、捜査員たちは、アリバイを疑う必要はないと感じているようですね。奥さんは、ずっと前橋から出ていないようです。今日も朝から、パートに出ていたそうですし……」

「パート？」

「ええ。最近、始めたのだそうです。奥さんの話だと、被害者と別居をしてぼちぼち半年になるので、実家でぶらぶらしていても仕方がないと、半月ほど前から近くのスーパーでパートをやっているそうです」

田端課長と池田管理官は顔を見合わせた。

樋口が尋ねた。

「奥さんには事件のことを知らせたのですね」

刑事課長はきょとんとした顔で言った。

「当然でしょう」

「そのときの反応について、何か言っていませんでしたか？」

「いや」

刑事課長は、それに何か意味があるのかと言いたげに樋口を見つめて言った。「別段、何も言っていなかったがね……」

「そうですか……」

田端課長が樋口に尋ねた。

「何か気になるのかね？」

「夫の死を知らされたときの様子を知りたいと思っただけです」

「直接話を聞いてみたらどうです？」

刑事課長が言った。「奥さん、捜査員と一緒に東京に向かっているそうですよ」

樋口は、うなずいた。

「そうしてみます」

刑事課長は、少しばかりあきれたように樋口を見ていた。

この課長は何といったっけな……。

島崎は考えていた。

そうだ。木原《きはら》だ。白髪が混じった苦労人タイプだ。きっと苦労を重ねて警部まで昇り詰めたに違いない。樋口は、実際の年齢より幾分若く見えるから、同じ警部であることに、少しばかり反感を抱いているのかもしれない。

誰でも優等生タイプには、反感を抱くものだ。キャリアに対する反感と同質のものだ。

島崎は、そんなことを想像して心の中でひそかにほくそ笑んでいた。

「とにかく……」

池田管理官が言った。「事件当夜、被害者と一緒に酒を飲んでいたのは、奥さんじゃなさそうだね」

木原課長はうなずいた。

「奥さんに会った捜査員の口振りだと、そういうことらしいですね」

田端課長が顎の鬚《ひげ》剃り跡を擦りながら言った。

「裏を取ることだ。まだ、奥さんのアリバイは肉親が証言しているだけだ。完璧とは言えない」

初日の捜査は六時上がりと決められていた。捜査員が戻り次第、夜の捜査会議が始まる。

島崎は、自宅に戻りたかった。田無署からはそれほど遠くはない。

やはり、丈太郎のことが気になっていた。早いところ、話をしておかなければならない。

丈太郎はこのところ、ふさぎ込んでいた。そんなところに、捜査員が訪ねたら、富岡とのことを洗いざらいしゃべってしまいかねない。

もう、富岡はいないのだ。何も心配することはない。あとはすべて、父さんに任せておけ。そう言ってやりたかった。

丈太郎はきっと安心するだろう。今の島崎のような解放感を覚えるに違いない。そうすれば、また、柔道に専念できるはずだ。

このところ、調子を落としているという。無理もない。このままでは、秋の全国大会での優秀な成績など望むべくもない。

だが、富岡という重圧が取り除かれたら、また本来の力を発揮しはじめるだろう。それだけが、島崎の楽しみだった。

だが、結局、捜査本部を抜け出すきっかけを見つけることはできなかった。三々五々、捜査員たちが戻ってくる。

やがて、あらかたの捜査員が集まり、捜査会議が始まった。

丈太郎と話をするのは、今夜でもいい。

島崎は思った。

この捜査会議が終わったら、すぐに帰宅しよう。

会議は、まず鑑識からの報告で始まった。

部屋の中からは、二十一種類の指紋が検出されていた。六つは被害者のもの。あとは現在照合中だが、警視庁の記録にはなさそうだということだ。

口紅がついたグラスからも指紋が検出されている。また、ゴルフクラブからも五種類の指紋が採取されていた。そのうち、二つは被害者のものと判明した。となると、残りは犯人のものなのかもしれない。

鑑識は、慎重でそのことには言及しなかった。あくまでも、被害者以外の指紋が出たと言っただけだ。

なんだ、指紋が出たのか。

島崎は思った。殺人の捜査もちょろいもんだな。テレビドラマのように、犯行後、指紋をふき取ったりはしなかったらしい。

島崎は強行犯担当ではないが、しばしば犯人が証拠をたくさん残したまま逃走することを知っていた。自分のやったことに驚いて、あわてふためき、そのまま逃げ出してしまうのだ。

だから、たいていの殺人事件はスピード解決する。マスコミを賑わすのは、数少ない複雑な殺人事件だけなのだ。

それに比べたら、二課が扱う事件のほうがずっと複雑だ。島崎はそんなことを考えていた。ゴルフクラブに付着していた頭髪と血液は間違いなく被害者のものだった。部屋の中からは、四種類の頭髪が見つかっている。二つが男性のもの、あとの二つが女性のものだ。ベッドに情交の跡はなかった。グラスに口紅の跡を残した人物は、被害者とはそれほど深い関係になかったということか。あるいは、感情的に対立していたのかもしれない。それが、殺人のきっかけになったとも考えられる。

なるほど、知能犯に比べれば、強行犯の事件は生々しい。殺人というのは、人間の感情が極限に達したときに起きるものだが、それに至る過程が、現実的に想像される。

司法解剖の結果はまだ届いていないが、ほぼ死因は明らかだということだ。ゴルフクラブで後頭部を殴られ、その後にひも状のもの、おそらくはネクタイで首を絞められた。

被害者は殴られたときに立っていたものと思われる。傷の位置からして、ゴルフクラブで殴った人物はそれほど背が高くなさそうだということだ。

鑑識の報告が終わると、田端課長が質問した。

「ゴルフクラブでぶん殴って、倒れた相手の首を絞めた、か……。被害者ってのは、柔道が強かったんだろう？　女にそれが可能かな……」

鑑識係員は、首をひねった。

「さあ、私らには何とも……」

田無署の刑事が言った。

「脳震盪《のうしんとう》か何か起こしていたら、首を絞めるのは不可能じゃないでしょう」

この刑事は、たしか山本という名だったなと島崎は思った。強行犯係の係長だろう。

田端課長は、山本を見つめながら何事か考えているようだった。

樋口が質問した。

「落ちていた頭髪の色は？」

鑑識係員がこたえる。

「いずれも黒」

「染めた髪は落ちていなかったのですか？」

「なかったね」

樋口は、田端課長に向かって言った。

「日曜日に被害者と揉めていた若者というのは、髪を茶色に染めていたと管理人が言っています」

「だからといって」

田端課長は言った。「容疑者リストからはずせるわけじゃない。帽子をかぶるだけで、頭髪が落ちるのは防げるもんだ」

樋口は無言でうなずいた。

池田管理官が言った。

「とにかく、指紋の特定ですね」

田端課長はうなずいた。

「次は？」

田無署の木原課長が、被害者の妻の件を報告した。妻が容疑者リストからはずれそうだと知り、かすかに失望の色を見せる捜査員もいた。

田端課長は言った。

「グラスについていた赤唇紋および指紋と奥さんのものを照合してくれ。一致しなかったら、別の女がいたということが明らかになる」

田無署の木原と樋口が同時にうなずいた。

「私ら、日和銀行本店に行って、ひばりヶ丘支店に電話したという課長に会って話を聞いて来ました」

本庁捜査一課の捜査員が言った。樋口班のベテラン、進藤《しんどう》部長刑事だ。

島崎は、驚いて思わず言った。

「ちょっと待ってくれ。日和銀行本店に行ったというのか？」

進藤は、島崎のほうを見てこたえた。

「ええ。行きましたよ。確認を取らなければならないですからね」

「今、二課が捜査しているのは知っているだろう。こういう捜査は微妙なんだ」

進藤に代わって、田端課長が言った。

「わかってる。だが、これは殺人の捜査だ。当然、被害者の勤務先にも聞き込みに行かなければならない」

「しかしですね……」

「心配しなさんな。二課長や水谷検事には相談済みだ」

「相談済み……？」

島崎は、何も聞かされていない。なんだか、一人だけのけ者にされたような気分で面白くなかった。

田端課長は、進藤に先を促した。進藤は説明を始めた。

「被害者が勤めていたのは、日和銀行本店の運用計画課という部署で、資金の運用を具体的に計画するのが仕事みたいでしたね。何人かは、被害者のマンションのほうに出かけているようでした。葬儀の手配とか、いろいろとあるんでしょう。課長の根岸民雄も、夕方から被害者宅へ出かける予定だと言っていました……」

進藤の説明によると、課長の根岸民雄は四十九歳。富岡和夫の死に非常にショックを受けているということだった。

彼は富岡をずいぶんと買っていたのだという。

ひばりヶ丘支店の支店長に電話をしたのは、間違いなく根岸課長自身だという確認が取れた。九時三十分になっても出勤しないので、不審に思って、調べに行くように依頼したのだそうだ。

「私はね、尋ねたんですよ」

進藤が言った。「無断欠勤する行員がいたら、いつも支店に調べに行かせるのかってね。そうしたら、無断欠勤など滅多にあることじゃないから、わからんと言うのです。そういうマニュアルか何かあるのか、と訊いたら、そうではなく、咄嗟《とっさ》に思いついたのだと言ってました」

「まあ、そうかもしれんな……」

田端課長が言った。「私の部下が無断欠勤したら、交番の連中に見に行ってくれるように頼むかもしれない。別に不自然なこととは思えないな」

進藤はうなずいた。

「私もそう思いました。根岸課長は、個人的にもいろいろと被害者の相談に乗っていたようで、先日の日曜日にも、被害者の自宅を訪ねているというんですね」

「日曜日に……？」

樋口が言った。「じゃあ、被害者がチャパツの若者と揉め事を起こしたときに一緒にいた人物というのは……？」

「はい」

進藤は、どこか自慢げに言った。「根岸課長なんですよ。根岸課長によると、どうやらその若者は、マンションの前で待ち伏せをしていたらしいですね。一方的に因縁《いんねん》を吹っかけてきたようです」

「被害者とその若者のやり取りを聞いていたんだな？」

田端課長が念を押すように尋ねた。

「聞いていたと言っています」

「それで、話の内容から、その若者の素性はわからなかったのか？」

「手がかりになるようなことは、何もなかったと言っていますね。若者が因縁を吹っかけてきて、やがて腹を立てた様子で殴りかかってきた。被害者は、軽くいなしてしまったそうです」

「柔道の達人だったそうだからな……」

その会話を聞いて、島崎は少しばかり不安になってきた。

富岡の直属の上司なら、富岡と島崎の関係を知っているのではないだろうか……。

根岸という課長がどこまで知っているのか、気になりはじめた。富岡は、銀行のためにやったと言っていた。それは、上司に命じられてやったということなのか。それとも、銀行のためを思って独断でやったということなのだろうか。

再び、心の中に暗雲が広がりはじめた。

相手が富岡一人と考えるのは、あまりに単純過ぎたかもしれない。一度、根岸に会う必要があるのではないだろうか。

島崎は、自分の名が呼ばれているのに気づいて顔を上げた。

田端課長が島崎に何かを言っている。

「は……？」

「……だから、被害者が勤めていた部署では具体的にどんなことをやっていたのか説明してほしいと言ってるんだ」

「運用計画課ですか？」

島崎は何とか取り繕って説明を始めた。「早い話があまり表沙汰にしたくない財産の処理ですね。例えば、担保物件の処理です。担保物件はたいていは不動産ですが、それらを処理するときに、競売と任意売却だとかなりの差が出ます。競売には時間がかかりますしね。銀行はなるべく競売にはしたくない。まあ、そういうときにいい買い手を見つけてきて、なんとか任意売却にするような仕事をしているようです。それから、含《ふく》み益《えき》の運用などもやっているようです」

「含み益……？」

「ええ。銀行というのは、たいてい多額の含み益を抱えています。要するに隠し財産です」

「それは違法ではないのか？」

「違法じゃないんです。日本では、土地や株式の資産については、原価法や低価法で評価しているのです。つまり、数十年前に買った土地や株式も、買ったときの値段で評価するわけです。いくらバブルが弾けたからといっても、数十年前に比べれば、土地や株式は数十倍、数百倍にもなっていることがあります。しかし、会計上は、買ったときの値段で評価されるわけです。この差が含み益という名の隠し財産となるわけです。銀行は、貸し付けの回収に失敗した場合、この含み益を取り崩して損失の補塡《ほてん》をするわけです。その決定はもちろん役員がしますが、実際の運用を計画立案するのは、被害者のいた運用計画課のようです」

捜査員たちの間で、反感のつぶやきが洩れた。

「まあ、それだけじゃなく、優良な不動産を担保にした場合、それを売却せずに社員寮などの自社の施設として利用することがあります。そうした不動産の評価や判断もするようです」

樋口が、眉間にしわを寄せて尋ねた。

「話を聞いていると、その部署は不良債権処理にも関わっていたような気がするのですが……」

島崎は、話が自分にとって危険な方向に向かっているかどうかを、注意深く判断しなければならなかった。

「不良債権処理に関して言えば、銀行のすべての部署が何らかの形で関わっているでしょう。運用計画課に限りませんよ」

樋口は、しばらく島崎を見つめていたが、やがて、うなずいて眼をそらした。相変わらず、何を考えているかわからない。あのポーカーフェイスには苛々する。島崎は、そう思った。

樋口は進藤に尋ねた。

「管理人の話からすると、被害者はその課長と一緒に帰宅したようですね。日曜でしょう？二人でどこにいたのでしょう」

進藤はこの樋口の追及にも余裕を持ってこたえた。

「休日出勤だそうです。被害者は休日出勤することが珍しくなかったようですね」

「銀行から一緒に被害者の自宅にやってきたというわけですか？」

「そういうことですね」

「どんな話をしたんでしょう」

「仕事の話だったと言っていました」

「休日出勤をして、さらに自宅に戻って上司と仕事の話ですか……」

「今、銀行は生き残り策に必死だそうじゃないですか。たいへんなんでしょう」

進藤が、島崎のほうを見たのに気づいた。

「そのとおりです」

島崎は言った。「今、日和銀行では、休日出勤や残業はあたりまえです。特に、残業代のつかない管理職は、たいへんな思いをしています」

「被害者とその課長の個人的な付き合いはどの程度だったのでしょうね」

樋口がさらに尋ねた。

「一緒に接待ゴルフに行くことがあったそうです。しかし、接待ゴルフというのは、遊びじゃなくて仕事でしょう。そういう意味では、仕事だけの付き合いなのでしょう」

「でも、日曜には個人的な相談のために、被害者の自宅を訪ねているのでしょう？」

樋口に尋ねられ、一瞬しどろもどろになった進藤に代わって、島崎がこたえた。

「銀行の管理職の生活は、仕事がすべてですよ。ゴルフも仕事、食事も仕事、飲みに行くのも仕事……。プライベートと仕事の区別はほとんどありません」

樋口は、やはり無表情にうなずいた。

島崎は、不気味にすら感じていた。樋口は、いったい何にこだわっているのだろう。富岡と課長の関係がそんなに大切なのだろうか。

そのあたりをあまりつつかれると、島崎のことが浮かんできそうで恐ろしかった。

とにかく、早く会議が終わってほしかった。考えなければならないことがたくさんある。

地取り班の報告が始まった。有力な目撃情報は今のところない。

怪しい若者の顔を見たという、管理人やマンションの住人、日和銀行の根岸課長らに協力してもらって、モンタージュ写真を作ろうという話になった。

そして、ようやく会議は終わった。捜査会議後も、聞き込みに出かける刑事たちがいる。夜でないと、話を聞けない相手もいる。田端課長と池田管理官は、本庁に引き上げた。

島崎は、樋口の様子をうかがっていた。樋口は帰り支度を始めたように見える。

「私ら、帰っていいのか？」

島崎は尋ねた。樋口はかすかに笑ってこたえた。

「帰れるうちに帰っておいたほうがいいですよ。そのうち、着替えにも困るようになります」

「それは二課の捜査本部でも同じだよ」

「私は帰ります」

島崎は、ほっとした。

「じゃあ、私も帰るとするか……」

樋口と一緒に田無署を出た。相変わらず雨が降っていた。今日の雨足は強い。雨が地面や建物を叩く音が聞こえる。

樋口は、雨など気にしていないように見える。ズボンの裾を濡らして西武新宿線の田無駅に向かった。

彼は東急新玉川線のたまプラーザに住んでいると言っていた。本庁ならば永田町まで直通で通えるが、ここからだとずいぶん通うのに不便だ。だが、そうした不満を顔に出そうともしない。

さすがに、出世の早いやつは違うもんだ。そんなことを思いながら、島崎は歩きだした。

島崎のほうは、田無署から自宅まで歩ける距離だ。とはいえ、歩くとかなりある。強い雨の中を歩くのは辛い。たちまち、革靴の中がぐしょぐしょになった。濡れたズボンの裾がまとわりつく。不快さに舌打ちした。

自宅に着いたのは、午後九時近かった。

家の中には、空虚にテレビの音だけが響いていた。わざとらしい笑い声が聞こえる。バラエティー番組らしい。

居間に行くと、妻の好子が一人でテレビを見ていた。好子は、家の雰囲気を象徴するように、不機嫌だ。

「あら、おかえりなさい」

大儀そうに立ち上がった。だが、昨日よりずっと気が楽になっている島崎は、腹も立たなかった。

「丈太郎は帰ってるか?」

「二階ですよ」

妻は、島崎の変化に気づいたようだ。少しばかり眉をひそめて島崎の顔をしげしげと見ている。

「丈太郎にちょっと話がある」

「いい話ですか?」

「ああ。悪い話じゃないと思う」

島崎は、スウェットに着替えると、二階へ向かおうとした。

「知ってるでしょう？」

好子が言った。

「何だ？」

「富岡先生が亡くなったこと……。殺人なんでしょう？」

「ああ。そうだ。私は、今日からその捜査本部に詰めることになる」

好子は驚いたように訊いた。

「殺人の捜査本部にですか？」

「そうだ。富岡とはまんざら知らない間柄じゃなかったしな……」

好子には、丈太郎と島崎が富岡にまんまと利用されたことは話していない。妻も、富岡は、息子たちが小学校時代に柔道を教えてくれた先生くらいにしか考えていないはずだ。

「食事はどうします？」

「丈太郎との話が先だ。すぐに終わる」

島崎は二階に向かった。丈太郎の部屋をノックすると、すぐに開いた。暗い顔をしている。

島崎は、つとめて明るい口調で言った。

「ちょっと、いいか？」

丈太郎は、無言でうなずき、後ろに下がった。島崎は、部屋に入ると、よっこらしょと声を出して丈太郎のベッドに腰を下ろした。

丈太郎は、不安げに立っている。

島崎は言った。

「富岡はもういない」

丈太郎は何も言わない。

「だから、もう何も心配しなくていい。あとは父さんに任せておけ」

「でも……」

丈太郎は、一度咳払いをしてから続けた。「殺人事件なんでしょう？」

「我々との事とは関係ない」

「本当に？」

丈太郎は、誰かに聞かれるのを恐れるように、声を落とした。「本当に関係ないのかい？」

「当然じゃないか。まさか、おまえは私が富岡を殺したとでも思っているんじゃないだろうな」

島崎は冗談で言った。しかし、丈太郎は冗談として受け取らなかったようだ。

「じゃあ、誰がなぜ殺したんだろう」

「警察が捜査している。男女間のもつれか、銀行内のごたごたじゃないかと思う」

丈太郎は、眼をそらして床を見つめた。

「喜んでいいんだろうか……」

実のところ、島崎も同感だった。富岡は憎むべきことをやった。しかし、彼の死を無条件に喜ぶ気にはなれない。富岡がいなくなってほっとしたのは事実だが、その反面、人の死を喜ぶほど非情にはなりきれないのだ。

「あんな死に方をされて、寝覚めは悪い。しかし、考えようによっては、あいつは殺されるようなことを、我々以外の誰かにもやっていたということなんだ」

丈太郎は何も言わない。

こいつの負担を取り除いてやらねばならない。島崎はそのことばかりを考えていた。今のままじゃ、こいつはだめになる。一流選手の条件は集中力だ。今の丈太郎には、集中力のかけらもない。

島崎は尋ねた。

「富岡に言われてやったことは、誰にも話してないだろうな」

丈太郎は無言でうなずいた。

「母さんにも話してないな？」

再びうなずく。

「それでいい。もう、心配はないんだ。忘れろ」

「母さんには言ってないけど……」

丈太郎が言った。

「何だ？」

「英次には話したよ。あいつ、こっちの話を聞いていたらしい」

「英次に……？」

島崎は、ふと考えた。それが何か悪い影響を及ぼすだろうか？　そして、かぶりを振った。考えられない。英次は、ただうちでごろごろしているだけだ。富岡のことを知ったところで、何かをするとは思えなかった。

家族と交渉を絶っている。

あいつが、この不祥事を知ったとしても、関わりを持つはずがない。それは、英次が最もやりそうにないことのように思えた。

「それはいい」

島崎は言った。「もうこのことは忘れろ。誰にもしゃべるな。いいな」

「それで済むのかい？」

「あとは、父さんに任せろ」

丈太郎は、何か言いたげにしていたが、しばらくして言った。

「わかった」

窓の外では雨の音が聞こえる。屋根や地面を雨が叩く音だ。雨足は弱まっていないようだ。

島崎は、丈太郎の部屋を出てふと隣の部屋に眼をやった。英次の部屋だ。何だか、懐かしい音楽が聞こえている。

島崎は音楽などに縁のない生活をしている。だが、否応なく耳に入る音楽というものがある。昔流行《はや》った音楽のような気がした。

何かの間違いだろうと思った。英次が、島崎の若かった頃の音楽を聴くとも思えない。それに、聞き覚えがあるような気がしても、別の音楽ということもあり得る。懐かしさを感じたのは、単に昔流行った音楽に似ているからかもしれない。

一日中、音楽を聴いてだらだらと過ごしている。いったい、どうしてこんな育ち方をしてしまったのだろう。島崎は、苦々しい思いで、階段を下った。ずいぶん長い間、英次とは言葉を交わしていない。

階段を下るごとに雨の音が英次の部屋から洩れる音楽を消していく。まるで、英次の存在そのものが島崎の中から消えていくような気がした。

12

傘をさしていたにもかかわらず、ズボンの膝から下がずぶ濡れで、樋口はひどく情けない気分になって、家にたどりついた。

田無から高田馬場に出て、山手線で渋谷まで来た。そこで新玉川線に乗り換えて、ようやくたまプラーザにやってきたのだ。田無署を出てから家に着くまで、一時間半以上かかっている。

事件が早期解決をしない限り、三週間は田無署に通うことになる。泊まりも多くなるだろう。柔道場に並べられた蒲団《ふとん》で寝ることを思うと、正直言ってうんざりしていた。愚痴の一つも言いたくなる。それでなくとも、梅雨時というのは気が滅入る。

玄関を開けると、妻と娘の照美《てるみ》の話し声が聞こえてきた。この二人は仲がいいように見える。おそらく、娘は母親を煙たがることがあり、母は成長してゆく娘に女性としての嫉妬《しっと》を感じたりしているのだろう。だが、表面的には仲がよく見える。

それでいいと樋口は思う。

家庭が円満であるというのは、少なくとも家族がそういう努力をしているということだ。

そして、その努力は互いの尊重からしか生まれてこない。

「あら、お帰りなさい」

妻の恵子《けいこ》が言う。特に感情がこもっているわけではないが、充分に温かい声音だ。

「やだ、びしょぬれ」

娘の照美が声を上げる。高校生くらいの娘は、父親と声を交わすのも嫌がるものだという。照美にはそれほど嫌われてはいないようだ。

「明日から、田無署に通う」

「あの、銀行員の事件ですか？」

「そうだ。ニュースを見たのか？」

「夕方のニュースでやってましたよ。夕刊にも出ています」

「しばらく捜査本部に詰める」

恵子はうなずいた。それ以上のことを説明する必要はない。捜査本部に詰めるというだけで、帰れない日もあるということが妻にはわかる。

「長くなりそうなんですか？」

「わからんな……」

樋口は本当にそう思っていた。

行きずりの殺人ではない。顔見知りの犯行のようだ。となると、たいていは早期に解決するものだ。

鑑取りがうまくいけば、すぐに容疑者は割れる。しかし、例外もある。

樋口はなにかすっきりしないものを感じていた。まだ、捜査は始まったばかりだ。判断材料もそれほど集まってはいない。にもかかわらず、この事件は何かこじれそうな悪い予感がしていた。

「ビール飲んでてください。すぐに夕食の用意をしますから」

恵子は、冷蔵庫から発泡酒の五百ミリリットル缶を取り出し、コップと並べてリビングルームのテーブルに置いた。樋口が着替えている間に、照美がビールを注いでいた。

バスタオルで体を拭き、乾いたトレーニングウェアに着替えると、気分が軽くなり嫌な予感も少しばかり遠のいた。

事件に関してすっきりしない感じがするのは、やはり梅雨のせいかもしれない。照美が注いでくれたビールを飲み、アルコールが体に行き渡ると、さらに気分は軽くなった。

炭酸の刺激と苦みが、喉に心地よい。

照美を見ていると、島崎の言葉を思い出した。

彼の下の息子は、高校を中退して、毎日ぶらぶらしているという。立派な不良になってしまったと、島崎は言った。

立派な不良という言い方がおかしかったので、覚えていたのだ。

たしかに照美は、グレたりはせずに今のところまともに育ってくれている。しかし、この先はどうかわからない。人生、いつ何が起きるかわからないのだ。

不良になった照美を想像すると、樋口はぞっとする。

今のところ、照美は髪を染めたり、肌を黒く焼いたりというようなことにも興味はなさそうだ。しかし、十代というのはあやういものだ。いつ、誰の影響でそうなるかわからない。あるいは、突然親に反抗心を抱くかもしれない。樋口は、あまり照美の面倒を見てやった記憶がない。

妻に教育を任せきりと言ってもいい。そういう負い目があるだけに、照美が反抗しはじめたら、何も言い返せないような気がする。そのときは、照美の言い分を聞いてやろうと心に決めている。それくらいしかできそうにない。

島崎は、下の子供の話を聞こうとしたのだろうか？　親には親の言い分があるし、子供には子供の言い分がある。

子供は親が生きたのと違う時代を生きている。樋口が、自分の親と違う時代を生きたのと同じことだ。

親はその事実を忘れてしまう。自分が親に何を感じていたかも忘れてしまう。

他人の家の教育方針には口出しはしたくない。しかし、島崎のやり方に何か問題があったのかもしれないと樋口は思っていた。

あのタイプは、知らない間に他人を傷つけることがある。大学柔道部の人間関係をそのまま警察に持ち込みたがるタイプだ。

上下関係に厳しいだけではない、下の者に絶対服従を求めるのだ。警察というのは、軍隊と同じで統率が必要な組織だ。上意下達《じょういかたつ》が円滑に行われなければならない。それは樋口も充分に承知している。

体育会系の人間はそれに慣れている。そういうタイプが警察という組織には馴染みやすい。樋口はそういう体質にずっと馴染めずにいた。待機寮では今でも、新人いじめが横行している。出世を諦め、結婚もせずに居座る寮のヌシが、新人の警察官に滅茶苦茶な要求をする。耐えきれなくなって辞めていく警察官が少なからずいる。

樋口は、そういう体質と静かに戦っていた。統率と理不尽な上下関係とは別のものだ。

表だって批判することはなかったが、決して無理な要求には従わなかったし、役職以外の上下関係もできるだけ避けて通っていた。

違法を取り締まる警察官は、またその行動を法によって厳しく規定されている。刑法だけでなく、警察法、警察官職務執行法、刑事訴訟法も頭に叩き込んでおかなければならない。

さらに刑事には、常識と洞察力が要求される。警察の体育会的な体質に馴染めなかった樋口は、法律の知識と刑事としての経験を磨くことに専念した。

警察は、体育会的な男性原理とともに、知性に対する信仰も持ち合わせている。キャリアではないインテリが一目置かれるのだ。

島崎は、明らかに体育会的な男性原理の世界に属しており、樋口はどちらかといえば知性の世界に属している。

そのせいか、樋口はどうしても島崎に対して採点が辛くなってしまうのだった。

島崎のようなタイプは、教育と称して自分の理想を押しつけるのかもしれない。

子供が間違ったことをしたときに、厳しく叱り、正しいことを教えるのは、大人の義務だ。

しかし、そのためには、大人自身が正しい行いをしていなければならないと樋口は考えている。

それは理想主義に過ぎないのかもしれないと思うことがある。自分が常に正しい行いをしているとも思えない。

だが、少なくとも、そうしようとしている姿を子供に見せるのは大人の最大の責任だと、樋口は思っていた。

島崎は、自分が柔道の選手だったので、子供にも柔道をやらせた。それは間違っていない。

しかし、親が子供の人生を決めてしまうのは間違いだ。

島崎の長男は大学の柔道部で活躍しているという。島崎の期待どおりに育ったといえるだろう。

だが、次男はうまくいかなかった。島崎はそのとき、次男にどう接したのだろう。次男の気持ちを聞いてやったことがあるのだろうか？

樋口はそこまで考えて、厳しく自分を戒めた。

私は人のことを言えた義理ではない。そして、他人の教育方針を非難すべきではないのだ。

「ご飯にしますか？」

恵子が声を掛けた。

「ああ」

樋口はダイニングテーブルに移動した。

「今夜も仕事か？」

恵子は、翻訳のアルバイトをしている。翻訳といっても、本に名前が出るようなものではなく、出版の業界で下訳と呼ばれる仕事らしい。

恵子は大学時代に、アメリカに留学したことがある。樋口とは大学の同期で、恵子は留学のせいで一年遅れて大学を卒業した。恵子が卒業してほどなく二人は結婚した。

二人はともに英文科に通っていたが、樋口はとくに英文学に興味があったわけではない。高校時代に、英語くらいしか得意な課目がなかったのだ。

一方、恵子のほうは、ＥＳＳに入部するなど、入学当時から真剣に英語を勉強していた。比較的早い時期に子育てを終えた恵子は、若い頃の夢を実現させたのだ。

彼女が翻訳のアルバイトを始めたことについて、樋口は不愉快に思うどころか、ほっとしていた。

早い結婚ということで、彼女の人生を奪ったような気がしていたからだ。樋口は恵子の仕事を尊重しているし、恵子も樋口の仕事を大切に思ってくれている。

今のところ、照美が素直に育ってくれているのは、そうした夫婦の関係がいい影響を及ぼしているのかもしれない。

だが、これも、ひょっとしたら仮面なのかもしれないと、樋口は思う。しょっちゅう喧嘩ばかりしている夫婦のほうが強い絆で結ばれているというのは、おそらく真実だろう。

お互い、本音をぶつけ合い、それでいてこわれない仲のほうが本物のはずだ。それこそが理想の夫婦であり、家庭なのかもしれない。

樋口はただ家庭に波風を立てたくないだけなのかもしれない。職場でもそうだ。樋口は協調性があると評価される。だが、それはやはり波風を立てたくないからなのかもしれない。

樋口はそういう自分の性格に引け目を感じている。しかし、今さら変えることはできない。そういう自分と一生付き合っていかなければならないのだ。ならば、認めてしまうことだと樋口はあるとき考えた。

若者たちは、大人の欺瞞《ぎまん》を責める。

自分が正直であることを強調するために偽悪的になる若者がしばしば見受けられる。樋口も若い頃はそのように感じていた。しかし、今になると、欺瞞かどうか判断はつかない。ならば、波風を立てずに生きようとするのもいいのではないかと思う。偽悪は、子供のやることだ。

そうは思いながらも、やはり樋口は、言いたいことを声高に言い、他人の目を気にせずに生きている人を見ると、自分が間違っているような気になるのだ。

島崎は、ともすれば傍若無人に振る舞うような男だ。だが、その分、彼はシンプルな生き方ができるはずだ。その点はうらやましいと感じていた。

島崎とは肌が合わない。それは向こうも感じていることかもしれない。樋口はその点が気になっていた。

島崎のことは嫌いなわけではないのだ。警視庁内には、もっと嫌いなやつがたくさんいる。

樋口は、島崎と彼の次男のことが妙に気に掛かっていた。

13

「島崎さん、本庁二課から電話です」

連絡係の田無署員にそう声を掛けられたのは、午前十時過ぎのことだった。

捜査員たちは、聞き込みに出かけている。捜査本部には、幹部と予備班だけが残っていた。

何事だろう。

島崎は訝った。どうしても、富岡に情報を洩らしたことが気になる。不安に思いながら電話に出ると、二課長の快活な声が聞こえてきた。

「島やん。やったぞ。会長、頭取、副頭取の身柄《ガラ》を取った」

何だ？　どういうことだ？

「身柄《ガラ》を取った……？」

「日和銀行だよ。殺人事件が、水谷検事に踏ん切りを付けさせたようだ。地検特捜部が動き、検事自ら裁判所に掛け合って逮捕状《オフダ》を出させた」

「公判は維持できるんですか？」

「ガサ入れの失敗は痛かったがな。もともと検事が慎重過ぎた面もある。なんとかなるさ。島やんもこの事案に長い間関わった仲間だからな。いちおう、知らせておこうと思ったんだ。これからマスコミが大騒ぎだぞ」

「わざわざ済みません」

「捜査本部のほうはどうだ？」

「ええ、ぼちぼちです」

「身柄取りの件、島やんから捜査本部のほうに知らせておいてくれ」

「わかりました」

電話が切れた。受話器を置いた島崎は、すぐに一課長に日和銀行幹部役員逮捕の件を知らせた。

「そうか。大仕事だったな」

田端課長は言った。「これで、二課も肩の荷が下りたというわけだ」

島崎は、そう言われてようやく実感が湧いてきた。

長い間、細心の注意を払って進めてきた捜査がようやく実を結んだのだ。

さらに、島崎個人にとってはこれ以上の朗報はなかった。家宅捜索の失敗が帳消しになったということだ。つまり、もう富岡に情報を洩らした件は気にしなくてもいいということなのだ。

幹部役員の逮捕ということになれば、富岡が捜査情報を入手していたことなどを取り沙汰する者はいなくなるだろう。

もし、行内にそれを知っている者がいたとしても、捜査情報を不当に入手したことなどを公言するはずがない。どんなに無能な弁護士でもそれを公にするのはまずいと考えるに違いない。

これで、ようやく本当に解放されたのだ。もう、何も心配することはない。

富岡は死に、日和銀行の不正の件もいちおうの決着がついた。島崎は、晴れ晴れとした気分になった。

「いやあ、長い捜査だったよ」

島崎は、樋口に言った。「梅雨が明けた気分だな」

誰彼かまわず話しかけたくなるほど、気分が軽くなっていたのだ。

樋口はかすかにほほえんで言った。

「こっちの捜査は、まだまだ梅雨明けとはいかないようですがね……」

「難しく考えるなよ。捜査員たちがきっと耳寄りな情報を持って帰ってくれるよ」

「そうですね」

その日の夕刻の捜査会議は、司法解剖の所見の詳しい報告から始まった。

死因は、やはり首を絞められたことで、頭部の傷はゴルフクラブによるものであることが明らかになった。

傷は死ぬ前についていた。殴られた後に首を絞められたのだ。ゴルフクラブによる傷は、右斜め上から叩きつけられており、おそらく、被害者が立っていたときに、後ろから殴られたと推定されている。傷の角度から、殴った人物は右利きで、身長は被害者よりも低かったと思われる。

死亡推定時刻は、六月二十八日の午前零時から二時の間。血中からアルコールが検出されている。胃の内容物はかなり消化されており、食事をとったのは前日の午後八時前後のようだ。

胃には潰瘍《かいよう》ができており、膵臓《すいぞう》にも変異が見られた。被害者は、生前かなりのストレスに苛まれていたことがわかる。

鑑識は、口紅がついたグラスから検出された赤唇紋および指紋は、被害者の妻のものとは一致しなかったと告げた。

また、現場で発見された指紋のうちのいくつかは、第一発見者である日和銀行ひばりヶ丘支店の仙波進のものであり、また、いくつかは、本店の根岸課長のものとわかった。

根岸課長の指紋は、日曜日に彼が被害者宅を訪ねたという証言を裏付けている。

被害者の妻の指紋はどこからも検出されていない。妻が被害者宅を訪ねるときに手袋でもはめていたのでなければ、ずいぶん長い間、訪ねていなかったことを物語っている。

島崎はメモを取りながら、鼻歌でも歌いたい気分だった。

もう、何も心配しなくていい。富岡に情報を洩らした件は、すべて闇に葬られた。その事実をにおわせる何かが出てきたとしても、白を切る自信があった。

「富岡は、私との関係を利用しようとしていたに違いありません。しかし、実際にはもちろんそんな事実はありませんでした」

そう言い張ればいいのだ。

くよくよと思い悩んでいたのが嘘のようだった。

地取り、鑑取りは着々と進んでいるようだった。

地取り班は、マンション内の聞き込みから、特定の女性が被害者の部屋を、かなりの頻度で訪ねていたことを突き止めた。

さらに、マンション管理人の和田誠二や住人の倉本一郎に協力を要請して、不審な若者のモンタージュ写真が作られた。

昔は目、鼻、口の写真をスライドで組み合わせて、それを画家が写し取ったものだ。いまではすべてコンピュータがやってくれる。

だが、島崎はモンタージュ写真をそれほど信じてはいなかった。配られたモンタージュ写真は、どこにでもいそうな若者に見える。

人間の記憶というのはそれほど確かなものではない。一度や二度見かけた人物の人相を正確に覚えていることはきわめて稀だ。

曖昧な記憶によって作られたモンタージュ写真は、それほど当てにはならない。

島崎は、写真を見てほくそえんでいた。

同じような恰好をした若者は多い。その連中は、皆同じに見える。事実、こいつは、うちの英次のようにも見えるじゃないか。

もちろん、英次の人相とは少しばかり違っている。だが、同じような特徴を持っている。茶色に染めた短い髪。耳にピアス。

どこにでもいる不良だ。

島崎は、モンタージュ写真を机の上に放り出した。

「被害者には特定の女性がいたと考えていいな」

田端課長が言った。隣で、池田管理官がうなずいた。

「それで、その女性の特徴は？」

地取り班の山本がこたえた。

「二十五歳から三十歳の間。ショートカットでやや痩せ形。スタイルがよかったということですよ」

「よし」

田端課長は力強く言った。「鑑取り班は、その女性の特定を急いでくれ。知っている者が必ずいるはずだ。地取り班は、その女性に関する聞き込みと同時に、モンタージュ写真の若者を洗ってくれ」

それからこまごまとした打ち合わせがあり、夜の捜査会議が終わった。

会議が終わると、鑑取り班の進藤が島崎に近づいてきた。樋口班のベテラン部長刑事だ。

進藤は言った。

「島崎さん、すまんがね……」

「何だ?」

「明日、息子さんに話を聞きに行きたいんだが……」

「ああ、丈太郎か……」

島崎は、余裕の笑いを浮かべた。「まあ、お手柔らかに頼むよ」

「お手柔らかって……」

進藤は笑いを返した。「あんたの息子は容疑者じゃない。被害者のことを訊きに行くだけだ」

「誰でも疑ってかかれ。それが刑事じゃないのかい」

「相手によるよ。あんた、同行するかい？」

島崎はまたしても慎重にこたえなければならなかった。

ここで怪しまれるような態度を取ってはいけない。今夜のうちに、丈太郎には余計なことを言わないようにまた釘を刺しておけばいい。

「任せるよ。親の出る幕じゃない」

進藤はうなずいた。

島崎は、何気なくもう一度モンタージュ写真を手に取った。それを眺めていると、樋口が脇から声を掛けてきた。

「そのモンタージュ、気になるのですか？」

島崎は驚いて樋口を見た。まるで、行動を監視されているような気がした。油断のならないやつだ。

「何ね、最近の若いやつは、どいつも同じような恰好をしていると思ってね」

「ほう……」

「うちの次男坊も、こいつと同じような恰好をしてるんだ」

樋口はほほえんだだけで何も言わなかった。

自宅に戻ったのは、十時半だった。島崎は、すぐに丈太郎の部屋に行った。昨日とまったく同様に、ベッドに腰掛けた。丈太郎は椅子に座っていた。昨日よりは落ち着いて見える。

「また、いい知らせだ」

島崎は言った。「日和銀行の会長、頭取、副頭取が逮捕された」

丈太郎はうなずいた。

「ニュースで聞いたよ」

「これで、わかっただろう。本当に何も心配する必要はないんだ」

「そうみたいだね」

丈太郎はようやく安心したようだった。

「これで集中して練習ができるな?」

「たぶんね」

「明日、刑事がおまえを訪ねてくる」

「僕を……?」

　とたんにまた不安げな顔になる。島崎は、笑った。

「心配するな。富岡のことを聞きにくるだけだ。ただの聞き込みだ。だがな、気をつけろ。余計なことはしゃべるな。富岡に捜査情報を洩らしたことなど、刑事たちは知らない」

　丈太郎はうなずいた。

「しゃべらないよ。言われたとおり、もう忘れることにしたんだ」

「それでいい」

「これで、本当に……」

　丈太郎は、言葉を探していた。「終わりなんだね？」

「そうだ。終わったんだ」

　丈太郎は、机の上を見つめていた。

「どうだ？　秋の試合までにコンディションを戻せそうか？」

　島崎がそう尋ねると、丈太郎は首をかしげてから言った。

「やらなきゃ、しょうがないさ」

「集中して練習すればだいじょうぶだ。いいか？　大切なのは集中力だ。気を抜くな」

　丈太郎は、島崎のほうを見ないままでうなずいた。

「わかってる」

「優勝を狙う必要はない。ベストのコンディションを保って、一つ一つの戦いに集中するんだ。優勝は結果でしかない」

丈太郎は、またうなずいた。

丈太郎ほどの選手になれば、それくらいのことはわかっているはずだ。だが、柔道部の先輩として言っておきたかった。

島崎は立ち上がった。

「がんばれ。期待してるぞ」

「ああ」

丈太郎は言った。まだ、完全に立ち直ったわけではない。だが、時間が解決してくれるだろうと島崎は思った。秋の大会まではまだ時間がある。

島崎が丈太郎の部屋を出ると、突然英次の部屋の戸が開いた。島崎は驚いてそちらを見た。戸口に英次が立ち、じっと島崎を見ている。

島崎は、思わず眼をそらしてしまった。それは親の態度ではないと自分に言い聞かせ、あらためて英次を見返した。

「何だ？」

島崎はわざと厳しい口調で言った。

今の英次の素行を、親として認めているわけではないということを、態度で示したかった。

英次は、笑った。

不良たちがよくやる、人をばかにしたような笑いだ。

島崎は、親に対してそんな嘲笑をうかべる英次に腹を立てた。

「何か言いたいことがあるのか？」

英次は言った。

「富岡のことさ。助かったじゃねえか」

こういう口のきき方も気に障る。

「おまえの知ったことではない」

「そうかい」

英次は、嘲笑を浮かべたまま、挑むように島崎を見た。そして、ぴしゃりと戸を閉ざした。

島崎は、閉じた引き戸をしばらく見つめていた。むかっ腹が立った。挑発されているのだということはわかっていた。それでも、我慢ならなかった。

そのとき、島崎は急に不安になった。

なぜ、英次はわざわざ富岡のことを言いに顔を見せたのだろう。

英次は、丈太郎と島崎の話を聞いたのだと言っていた。古い家なので、壁に耳を付ければ隣の部屋の会話も聞こえるのかもしれない。

だから、丈太郎は富岡のことを英次に話した。

しかし、英次には関係ない話だ。英次は、これまでずっと島崎と話すのを避けてきた。英次と言葉を交わすのは実に久しぶりだ。

顔を合わせることさえ避けていた英次がなぜ突然、話しかけてきたのだろう？

それも、英次には関係のない富岡の話だ。だらしのない父親を嘲笑うためだったのだろうか？

島崎の中であらゆることが、瞬時に結びついた。

その衝撃に島崎は立ち尽くしているしかなかった。

殺人現場付近で目撃されていた、髪を茶色に染めた若者。その若者は、富岡と顔見知りだった可能性が大きい。

英次はもちろん、富岡を知っている。小さい頃に柔道を教わっていたのだ。そして、英次は富岡が丈太郎や島崎を利用して捜査情報を聞き出したことを知っている。

目撃された若者というのは、英次に他ならないのではないか？

すると、英次は殺人の容疑者の一人ということになる。

まさか、英次が……？

島崎は、その考えを笑い飛ばそうとした。

英次がそんなことをする理由がない。富岡を殺す動機がないじゃないか。英次は、私を嫌っているはずだ。私が富岡のために窮地に陥っていたことを英次は知っていたらしいが、それは英次にとっては喜ばしいことではなかったのか？

ざまあみろ。英次はそう思っていたに違いない。

富岡を殺す理由として、唯一考えられるのは、丈太郎や島崎のためにやったということだ。だが、英次は家族と交渉を持つまいとしている。自立できる経済力があれば、この家からとっくに出ていっているはずだ。そんな英次が、富岡を殺す理由はないのだ。

島崎は、落ち着け、落ち着けと自分に言い聞かせた。

英次が富岡を殺すはずがない。そんな理由は一つもないのだ。英次が家族のために何かをする。それは、最もありそうにないことなのだ。

島崎は、ようやく自分が二階の廊下に突っ立っていることに気づいた。階段を降りてリビングルームにやってきた。

「日和銀行の事件、うまくいったんでしょう？」

妻の好子が言った。

その言葉が、ひどく遠くから聞こえてきたような気がした。

「ああ」

島崎は、妻に不審がられぬよう、あわてて言った。「経営陣の逮捕までこぎつけた。これでようやく肩の荷が下りた」

「でも、殺人の捜査本部のほうはまだまだなんですね？」

「まだかかりそうだな……」

まさか、富岡殺しの件で自分の息子を疑うはめになろうとは……。

「ビールをくれ」

島崎は、好子に言った。飲まずにはいられない気分だった。遅い夕食を始めた島崎は、ビールを二本飲んだが、あまり酔えなかった。水割りを作って飲み始めた。

「いくら祝杯だからって」

好子があきれた顔で言った。「飲み過ぎじゃないですか？」

島崎は、無言で水割りのグラスを口に運んだ。


翌日の捜査会議では、島崎はきわめて慎重になっていた。捜査員たちの報告を一言も聞き洩らすまいと、集中していた。さらに、これまでの捜査資料を丹念に見直していた。

英次が、犯人であるという可能性はどれくらいあるだろう……。

捜査員たちは、何か英次に結びつくような事実を見つけてはいないだろうか……。あらためて、管理人やマンション住人の証言を見直すと、英次のことを言っているような気がしてくる。

モンタージュ写真を手に取った。

昨日までは、これが英次だとは思いもしなかった。いくつかの特徴は似ているが、まったくの別人だ。

しかし、それは島崎が英次の顔の特徴をよく知っているからそう感じるのかもしれないと思いはじめた。島崎は、英次を生まれたときから知っている。他人とは違った見方をしているかもしれない。

英次の顔をよく知らない他人にしてみれば、このモンタージュ写真は英次のように見えるかもしれない。

島崎は、昨日の帰り際、樋口に余計なことを言ってしまったと後悔していた。英次がこの写真のような恰好をしているとしゃべってしまったのだ。あのときは、日和銀行の経営陣逮捕があり、気分が軽くなっていた。ついしゃべり過ぎたのだ。

今日、進藤たちが島崎の家を訪ねると言っていた。彼らの目的は丈太郎に話を聞くことだが、そのときに英次を見かけたらどう思うだろう。

鑑取りに行った家で、モンタージュ写真に似た特徴のある少年を見つけた。事件との関わりを考えないはずはない。

英次が事件に関わりがあるかどうかはまだわからない。

昨日は、モンタージュ写真のような若者は、いくらでもいると思っていた。事実そのとおりで、英次に似ているのは偶然かもしれない。

管理人の和田誠二の話だと、モンタージュ写真の若者は、富岡を待ち伏せしていて因縁を吹っかけたということだ。英次は、富岡の自宅を知っていたのだろうか？

日曜日に会いに行って、話がこじれ、翌々日に殺しに行った……。そういうことはあり得るだろうか……。

島崎は真剣に考えた。最近の若者は実に単純に凶悪犯罪に及ぶ。もしかしたら、英次もそのような若者の傾向を持ち合わせているのかもしれない。

日和銀行に聞き込みに行っていた捜査員が、耳寄りな情報を持ち帰っていた。

富岡は、どうやら行内で不倫をしていたようだというのだ。捜査員は、報告した。

「被害者と同期に入社した、比較的親しい友人の証言です」

田端課長は、わずかに身を乗り出してその捜査員を見つめた。まるで睨み付けているような眼差しだ。

「その相手は特定できているのか？」

捜査員は、残念そうにかぶりを振った。

「その友人も、相手まではわからないらしいです。何でも、酒飲み話で行内に恋人がいるというようなことをほのめかしていたとか……」

「それが別居の原因かな……」

田端課長が言うと、捜査員はかぶりを振った。

「どうやら、付き合いはじめたのは、別居した後のことらしいですね」

「一緒に酒を飲んでいたのは、その女性である可能性が高いな」

隣にいた池田管理官と田無署の刑事課長が同時にうなずいた。

田端課長は、言った。

「その線を徹底的に洗う必要があるな。よし、そっちの班を少し増強しよう」

すると、樋口が発言した。

「予備班が回りましょう」

余計なことを言いやがる。島崎は思った。チャパツの若者に関する情報をチェックする必要がある。銀行のほうに回されたら、それがままならなくなる。

しかし、反対する理由が見つからない。

島崎は、心の中で舌打ちをしていた。

指名される前に、名乗り出る。いかにも優等生のやりそうなことだ。こいつは、こういうやり方で上司に気に入られてきたのか……。

田端課長は満足げにうなずいた。

「そうしてくれ」

鑑識からの報告で、ゴルフクラブに付いていた指紋が誰のものか明らかになった。二つは被害者のもの、残りは日和銀行の根岸課長のものだった。

「ヒグっちゃん」

田端課長は樋口に言った。「その点について確認を取ってくれ。根岸課長が、どういう状況でゴルフクラブに触ったのか……。話の辻褄《つじつま》が合わないようなら、まあ、課長も疑ってかかる必要があるということになる」

「わかりました」

樋口は、ノートにメモを取っていた。その仕草がいかにも優等生らしい。

チャパツの若者の新たな情報はなかった。事件当夜の目撃証言もない。

島崎は、また英次が犯人である可能性について考えはじめた。

管理人の和田の話によると、若者は富岡と揉めて、軽くあしらわれたという。大学の柔道部で活躍した富岡ならそれくらいのことは簡単にやってのけるだろう。

問題はやられたほうだ。

喧嘩を売っておいて、あっけなくやられてしまったのでは、腹が立つだろう。それが殺人の動機になるだろうか。

島崎の常識では、そんなものはとても動機にはなり得ない。しかし、このところの少年犯罪を見ていると、とても動機となりそうにないものが動機となっている。

その若者は、やはり英次なのではないか……。

そういう思いが強まってきた。

とにかく、捜査することだ。まだ、捜査本部では、英次の存在に気づいていない。英次に容疑がかかるまえに、洗ってみる必要がある。

島崎はそう考えた。

捜査会議が終わると、島崎は樋口に言った。

「私も日和銀行に行かなきゃならんか？」

樋口は、表情を変えずに訊き返してきた。

「他に何か気になることがありますか？」

くそっ。このポーカーフェイスは、やっかいだ。何を考えているかわからない。

「どうせ聞き込みに行くのなら、大学柔道部の関係者を当たりたい」

樋口はしばし考えていた。

「そうですね。そのほうが効率がいいかもしれない。鑑取りの誰かと代わってもらいますか？」

「いや、せっかく作った班をばらす必要はない。私が一人で動けば済むことだ」

樋口はまた無言で考えている。島崎は苛立った。やがて、樋口はうなずいた。

「そうしましょう。じゃあ、私は銀行に向かう班と一緒に出かけます」

「私は、大学柔道部の名簿を当たってみるよ」

捜査員たちが慌ただしく出かけて行き、樋口も捜査本部を後にした。

さて、どこから手を付けるか……。

島崎は考えた。

もう一度、目撃者に話を聞きに行くことにした。まずは、管理人の和田誠二、そして、パレスひばりヶ丘の住人、倉本一郎だ。

島崎は、徒歩で出かけた。

管理人の和田誠二は、不審そうな顔で出てきた。内側から玄関のドアを開け、島崎を管理人室に招き入れたが、ずっと訝しげな顔をしている。

「まだ、犯人はわからんのかい？」

「ええ、まあ……」

「早く、捕まえてくれないと……。富岡さんを殺したやつが、このあたりをうろうろしているかもしれないと思うと、気が気じゃない」

「お気持ちはわかりますよ」

「まだ聞きたいことがあるのかね？」

「ええ……」

「知ってることはみんな話したよ」

「確認したいだけです。もう一度、話してもらえませんか？」

「私の話なんぞ聞いている暇があったら、あの若いのを探したらどうだね？　あいつが犯人だよ」

「他の者が探してますよ」

島崎は、モンタージュ写真を取り出した。「これはあなた方の協力をもとに作成したモンタージュ写真ですがね……」

「知ってるよ、そんなこと。それがどうかしたのかね？」

「あなたが見た若者というのは、この写真の人物に間違いないですか？」

和田誠二は、眉間に皺を寄せて、あらためてモンタージュ写真を見つめた。瞼《まぶた》に皺が寄り、目が細くなる。

「似てると思うがな。まあ、このまんまじゃないかもしれんが……」

島崎は、うなずいてモンタージュ写真を背広の内ポケットにしまった。

「どうして、この若者が犯人だと思うのですか？」

「どうしてって、そりゃ……」

和田誠二は、何をばかなことを、とでも言いたげに片手を小さく振って見せた。「富岡さんと喧嘩していたしな……。待ち伏せしてたんだよ、このマンションの前で……。何か怨みがあったに違いないよ」

「そのときの様子を詳しく話してくれませんか？」

「だから、もう話したっていったじゃないか」

「もう一度お願いします」

和田誠二は、怨みがましい顔をしてから、渋々と話しだした。

和田誠二は、玄関先で言い争う声を聞き、管理人室から出ていった。日曜には管理人室ではなく、奥にある自宅にいることが多いのだが、この日はたまたま管理会社に提出する書類を作っていたそうだ。

富岡は、玄関のほうに背を向けていた。そのそばに、別の男が立っていた。これは、聞き込みの結果、日和銀行の根岸課長であることがわかっている。

髪を茶に染めた若者が、富岡に何か言っていた。何を言っていたかは聞き取れなかったという。

やがて、若者は次第に激高し、ついに富岡にかかっていった。そして、簡単に投げられてしまった。投げたというより、軽く足を払っただけのようだ。それだけで、若者は道路まで転げ落ちたという。玄関は、三段の階段の上にある。そこから転がり落ちたのだから、かなりのダメージがあっただろうと、島崎は思った。

痣が残っているかもしれない。しかし、それを確かめることはできそうにない。

英次のところに行って、裸になれと言う場面を想像してみた。島崎はそっとかぶりを振った。

昔は一緒に風呂に入ったものだ。だが、今では、英次は他人よりも遠い存在になっている。家族というのはやっかいなものだ。

「それで……？」

「あたしゃ、声をかけたんだよ。富岡さん、どうかしましたかって……。警察を呼ぼうかとも思ったんですがね、富岡さんが、いいと言ったんですよ。警察はいい、もう済みましたってね……」

「それから、富岡たちはどうしたんです？」

「二人で部屋に行きましたよ。あれ、たぶん銀行の上司でしょう？ 銀行ってのはたいへんなんだと思いましたね。休日返上で働くだけでなく、仕事が終わってからも、何かの相談をするんだと……」

島崎は、ふとその言い方が気になった。

「どうしてそう思ったんです？ 二人で一杯やるつもりだったのかもしれない」

「そんな感じじゃなかったですね。見りゃわかりますよ。二人とも眉間に皺寄せて、難しい顔してましたからね。何か問題が起きてそれについて相談するという感じでしたね」

「なるほど……」

「あたしゃね、管理人なんかやってるからね、人のことを観察するのは得意なんだよ」

「刑事になれるかもしれませんよ」

和田誠二は、笑いながら顔をしかめた。

「刑事なんかより、管理人のほうがずっといいよ」

「それで、その若者がその後、どうしたんですか？」

「どうって……、どうもしやしないよ。帰ったんじゃないの？」

「どっちへ歩いていったか、見ましたか？」

和田誠二は、何かを突然思い出したらしく、目を大きく見開いて言った。

「そうそう。そいつ、駅じゃないほうに歩いていったんだ。駅はマンションの前の道を右に行ったほうだろう？　そいつは、マンションの脇の細い道に曲がったんだ」

「確かですか？」

「ああ。ずっと見ていたからね。悪さでもしないか、見張っていたんだ。マンションの脇に回ったんでね、火でも付けられたらたまらんと思って、出てって見たんだよ。そしたら、そいつ、まっすぐ歩いて行っちまった。投げられたのがよほどこたえたらしく、よろよろしていたよ」

島崎は平静を装うのに苦労していた。

ここから、島崎の自宅に向かうとすると、その道を通るのが一番近い。その若者が英次である可能性は高まった。

樋口のポーカーフェイスがうらやましい。根が単純な俺には、ああいう芸当ができない……。

「参考になりました。もう一人の目撃者に話を聞きたいんですが……」

「ああ、倉本さんかい。本人は仕事に行ってるだろうけど、奥さんならいるだろう。四〇一号室だ」

島崎は、和田誠二に礼を言って、エレベーターホールに向かった。

和田が言ったとおり、倉本一郎は会社に行っていたが、妻が在宅していた。島崎が警察手帳を見せると、彼女は、不安げな顔つきになった。

これは通常の反応だ。突然、刑事が訪ねてくると、誰でもこういう顔をする。

まだ、若い主婦だ。三十歳前後というところだろう。小柄で顎が小さい。今時の若い女性の顔をしている。

「すいません、奥さん。これ、もう一度、見ていただけますか？」

島崎はモンタージュ写真を取り出した。

倉本の妻は、眉を寄せて写真を見た。

「モンタージュ写真でしょう。あたしも、協力しましたよ」

島崎はうなずいた。

「奥さんが日曜日に、ご主人と一緒に目撃された若者というのは、この人物に間違いありませんか？」

「これねえ……」

彼女は、ちょっと顔をしかめた。「あまり似てないような気がするんですよね」

「似てない……？」

「髪型なんかは、このままですよ。でも、もうちょっと耳が大きかったような気がするし、目ももうすこし細かったと思うんです」

倉本の妻は、写真を島崎に返した。島崎はその写真をあらためて見た。心臓が高鳴った。英次の特徴は、耳が横に張り出していて、目が細いことだ。この写真をそのように修正するとたしかに、英次に似てくる気がする。

男の人相は、男よりも女のほうがよく覚えている。これは生物学的な事実だ。

「人相の他に、何か覚えていることはありませんか？」

「そうね。今はやりの服装をしていたわ。迷彩柄のカーゴパンツに黒いTシャツ。大柄のチェックのシャツを上に羽織っていましたね」

その恰好には見覚えがあるような気がした。英次も迷彩のカーゴパンツを持っている。一度、家の中で見かけたことがある。

服装については、誰かが捜査会議で報告していたし、捜査資料の中にもあった。きっと今彼女が言ったのと大差ないことが書かれていたに違いない。だが、島崎は記憶になかった。おそらく、本気で資料を読んでいなかったせいだろう。危機感を抱いているかどうかの違いだ。

島崎は、捜査本部のお客のような気分でいた。どこか他人事《ひとごと》のような気分で捜査に参加していたのだ。だが、今は違う。

「ほかに何か気づいたことはありませんか？」

「そうねえ……。ちらっと見ただけですからねえ……」

島崎はうなずいた。

「でもね……」

「何です？」

「これ、言おうかどうしようか迷っていたんですけど……。警察の人にあまりいい加減なことを言っちゃいけないんでしょう？」

「どんなことです？」

「はっきりしないんですけどね、どこかで見たことがあるような気がするのよ」

「見たことがある？」

「だんだんそんな気がしてきたの。知っている人ってわけじゃないんですよ。どこかで見かけたことがあるのかもしれない。ひょっとしたら、近所に住んでいるんじゃないかしら。買い物とかのときに、見かけたってこと、あり得るでしょう？」

英次は、ひばりヶ丘の駅を利用しているはずだ。買い物や駅の乗り降りのときに、見かけることはあるかもしれない。

「ほかに何か……」

「あとは、ちょっとねえ……」

彼女は時計を見た。「あら、いけない。幼稚園に子供を迎えに行かないと……」

頃合いだと思った。島崎は、礼を言って踵《きびす》を返した。


島崎は、パレスひばりヶ丘を後にした。

ここから、島崎の自宅までは歩いて十五分ほどだ。やはり、日曜日に富岡に会いに来たのは英次なのだろうか……。

その疑いは次第に濃くなっていった。

その若者が英次だとしても、富岡を殺したのが英次とは限らない。まだ、事実はわからないのだと、島崎は必死に自分を説得していた。

事実を突き止めなければならない。相手が息子ということで、動揺している。刑事の基本に立ち返ることが大切だ。

次にやるべきことはなんだ？

容疑者のアリバイを確かめることだ。島崎は、自宅に寄ってみることにした。

どんよりとした曇り空だ。雨は落ちてきていないが、いつ降り出してもおかしくない天気だった。

民家の軒下にあじさいが咲いている。この花は、どうしてこうもうらさびしい感じがするのだろうと島崎は思った。

梅雨時に咲く花だからだろうか。雨とあじさいとカタツムリ。それは、ひとりぼっちのイメージがあった。

今、島崎は孤独だった。高校、大学と柔道部に所属し、その後、警察に勤めた。集団で行動し、集団で考えることに慣れていた。たった一人で、何かをするということが、これほど心細いとは思わなかった。

富岡に捜査情報を教えたときも、追いつめられた気分だった。丈太郎の愚かさを恨んだりもした。

今は、さらに追いつめられつつあった。

殺人事件なのだ。

空気は湿っている。襟や袖口に湿気がまとわりつくような気がする。背広の中は蒸れていた。

重い気分で自宅に着くと、妻の好子が緊張した面持ちで言った。

「今し方、刑事さんがいらしたのよ。捜査本部の方だとか……」

「ああ……」

島崎は言った。「気にすることはない。富岡の知り合いを片っ端から当たってるんだ。通常の手続きだ」

「丈太郎は、大学に行っていると言ったら、また来るって言ってました」

「富岡は大学のOBだったし、丈太郎の柔道の先生だった。そのへんの話を聞きにくるだけだ」

好子は納得したようだったが、島崎は気が気ではない。刑事たちに英次を見られたくはなかった。

「英次はどうしてる？」

「二階にいると思いますけど……」

「刑事たちと顔を合わさないように気をつけてくれ」

「どうしてです？」

「どうしてって……」

訊かれて島崎は、一瞬しどろもどろになった。「同僚に、あんな息子がいることを知られたくないんだ」

好子は何も言わなかった。

この言い草は、父親として情けないという自覚はある。だが、本音でもあった。

「火曜の夜、英次がどこにいたか、おまえ、知ってるか？」

妻は怪訝そうな顔をする。

たしかに、唐突な質問だったかもしれない。

「火曜の夜……？　それって、事件があった夜のことですか？」

「ああ、そうだが、事件とは関係ない」

苦しい言い訳だった。

「さあ、二階で音がしていなかったから、出かけていたのかもしれませんね」

島崎は苛立った。

「息子が家にいたかどうかも知らんのか」

「あなただって、知らなかったんでしょう」

「俺は外で働いているんだ。息子に目を光らせているわけにはいかん」

「丈太郎のことは、細かく知っているみたいじゃないですか」

頭に血が上った。

「柔道をやっているからだ。別に丈太郎だけをかわいがっているわけじゃない」

「本当にそうかしらね」

「何が言いたいんだ？」

「言っても仕方がありませんよ」

「俺に英次を何とかしろと言いたいのか？　ああ、俺だって何とかしたい。だが、何をどうすればいいんだ？　教えてくれればそのとおりやってやる」

「あなた、父親でしょう」

「おまえだって、母親だろう」

島崎は、精神的にぎりぎりのところに来ている。ここで喧嘩を始めたら、収拾がつかなくなる恐れがあった。

怒りをぐっと呑み込もうとした。

そのとき、妻はくるりと背を向けて台所に行ってしまった。

何だってんだ、まったく。

これ以上、俺にどうしろというんだ。警察を辞めて、英次に付きっきりで教育しろとでもいうのか。

グレた子供は俺の専門じゃない。

台所から妻の声が聞こえてきた。

「英次に直接、訊いてみればいいじゃないですか。どうしてそれができないんです？」

それができれば、苦労しない。

島崎は黙りこくっていた。

また、妻の声が聞こえてきた。

「丈太郎に訊いてみたらどうです？　丈太郎なら、知っているかもしれませんよ」

島崎は、返事をせぬまま家を出た。ぶつけどころのない怒りが、腹の中でくすぶっている。

雨が降り出した。

14

銀行の中は、一種独特の静かな殺気のようなものが満ちていた。殺人事件に続いて、役員逮捕という事態になった。行員たちは、淡々と日常の業務をこなしているように見えるが、緊張感は隠せない。

誰もが、周囲を気にしていた。そこにまた刑事が現れたのだから、平静でいられるはずがない。

樋口は、これが刑事にとって有利であることを知っている。相手にプレッシャーをかけるのが尋問のコツだ。今は、あらかじめ、行員たち全員にプレッシャーがかかっている。

樋口は、まず根岸課長に会って、ゴルフクラブの件について確かめることから始めた。

通された部屋は広く、調度類はぴかぴかに磨き上げられており、なかなか上等なソファが置かれていた。これも銀行の見栄の一つなのだろう。

樋口の他に四人の刑事がやってきて、行内で聞き込みをやっている。行員たちは、さぞや落ち着かない気分だろう。

応接室に現れた根岸課長は、ほとんど灰色に近い顔色をしていた。血の気がまったく感じられない。ひどいストレスに苛まれているのだ。

無理もないと樋口は思った。

部下が殺され、銀行は今危機を迎えている。

「まだ、何か訊きたいことがあるんですか？」

根岸課長は、苛立ちを隠そうともしなかった。紺色の背広を隙なく着こなしている。いかにも銀行員らしい。だが、髪が少し乱れている。

ひどい心理状態に置かれている人間というのは、必ずどこかにその兆候が現れる。

「捜査が進むにつれて、また新たな疑問が出てくるものです」

樋口は言った。

「ご存じでしょう。今、銀行はたいへんなんです。早く済ませてください」

銀行ぐるみで悪事を働いた結果だ。自業自得と言えなくもない。さらに、島崎の話によると、大手の銀行というのは、隠し財産をふんだんに抱えていて、本当は債務超過などそれほどこたえてはいないという。

だが、樋口はそんな思いをおくびにも出さなかった。

「お察しします。まず、うかがいたいのは、ゴルフクラブのことです」

根岸は、虚を衝かれたようにぽかんとした顔をした。何のことかわからないらしい。

たしかに、殺人事件や経営陣逮捕でてんやわんやのときに、ゴルフクラブというのは唐突に響くかもしれない。

「富岡さんが殺された手口をご存じないのですか？」

「詳しくは知らない」

根岸は、顔をしかめた。無神経さを無言で責めているのかもしれない。殺人の手口などという言葉は、被害者の知人には刺激が強いかもしれないが、刑事にとっては日常のことだ。

銀行員が金を扱うように、刑事は犯罪を扱う。

「富岡さんは、後頭部をゴルフクラブで殴られ、おそらく意識が朦朧《もうろう》となったところを、後ろから、首を絞められたものと見られています」

「なるほど……」

根岸は、相変わらず顔をしかめていた。「ゴルフクラブというのは、そのことか。私に何が訊きたいんだ？」

「ゴルフクラブには、被害者の指紋とあなたの指紋が付いていました」

「何だ？　私は容疑者というわけか？」

樋口は、冷静に相手の反応を観察していた。

「我々は、あらゆることを確認しなければなりません」

「ばかばかしい。私が富岡を殺して何の得があるんだ。あいつがいなくなって一番苦労しているのは、この私なんだ」

「そうなんですか？」

「あいつは有能な部下だった。彼に任せていた仕事は少なくない。すぐに代わりがやってきてこなせるような仕事じゃないんだ」

「ゴルフクラブのことをうかがいたいのですが……」

「それは、富岡の部屋にあったゴルフクラブだな？」

「そうです」

「チタンの一番ウッドだろう」

それから、根岸はゴルフメーカーの名前を言った。樋口は、ノートを開いて問題のゴルフクラブがそのメーカーのものであることを確認してからうなずいた。

「それは、私が富岡にやったものだ」

「それを、証明できますか？」

「クラブを買った店を教える。私が昔買ったものだということがわかるだろう。そして、そのクラブを富岡が持ってラウンドしているところを見た者はたくさんいる」

「あなたが、富岡さんにクラブを譲った事実をご存じの方はいらっしゃいますか？」

根岸は、いかにも面倒くさいという顔をしてみせた。だが、樋口は動じなかった。

「そうだな……。うちの女房なら知っているが、身内の証言は役に立たないんだろう？」

「いえ。確認する内容によります。後ほど、奥さんに確認を取らせていただきますが、かまいませんね」

「かまわんよ」

「クラブを譲ったのは、いつ頃のことですか？」

「そうだな……。三カ月ほど前だろうか……」

「それ以降、そのクラブには触れていないということですね……」

「いや、触った」

「日曜日に、あいつの自宅を訪ねた。そのときに、ゴルフの話になって、部屋にあったそのウッドで、ちょっとスイングをやって見せた」

「いつのことです？」

「部屋の中でクラブを振ったのですか？」

「思いっきり振ったわけじゃない。恰好だけやってみせたんだ」

「そのときは、部屋には二人きりでしたね」

「そうだ」

樋口は、うなずいた。これ以上追及する必要があるかどうかを考え、ないと判断した。おそらく、そのクラブは根岸が富岡に譲ったものだということも、日曜日にゴルフ談義になり、実際に握って見せたということも事実だろう。

根岸が嘘を言っているようには見えない。

「富岡さんが、特定の女性とお付き合いされていたという話をお聞きになったことはありませんか？」

根岸は、意外な話を聞いたという表情で樋口を見つめた。

「誰がそんなことを言ったんだ？」

「ご存じだったのですか？」

「いいや。富岡は結婚していた」

「そう。不倫ということになりますね。我々はその相手を探しているのです」

「銀行というのは、信用が何より大切だ。したがって、行員の素行にも自然と神経質になる。不倫などが表沙汰になったら、出世は望めない。富岡は、将来を棒に振るようなことをするやつじゃないと思っていたが……」

「事件の日、富岡さんが、彼の部屋で女性と酒を飲んでいたと見られています。その女性は奥さんではありません」

根岸は、急に興味を覚えたようにわずかに身を乗り出した。

「その女が容疑者なのかね？」

「まだわかりません」

樋口は言った。「しかし、その可能性は無視できません」

根岸は考え込んだ。

「私は知らんな……。そんな話を富岡から聞いたことはなかった」

「銀行内で噂などはなかったのですか？」

「さあ、私はそういうことには興味はないからな……」

樋口はうなずいた。

「今、他の捜査員が、銀行内で事情を聞かせてもらっています。何かわかるかもしれません」

根岸は、とたんに不機嫌そうな顔になった。

「警察は、いったい何の怨みがあるというのだ？」

「どういうことです？」

「経営首脳を逮捕した。そして、殺人の捜査と言って、行内を引っかき回している」

「怨みなどありませんよ」

「ああ。わかっているが、そう言いたくもなるじゃないか」

警察は日和銀行を怨んでなどいない。しかし、怨んでいる者はたくさんいるはずだ。例えば中小企業の経営者などだ。

樋口はもちろんそんなことを口には出さなかった。樋口は、根岸をそろそろ解放することにした。

銀行内で聞き込みに回っている捜査員たちと合流したのは、昼休みが終わってからだった。

彼らは二組に分かれて回っていた。

樋口は同じ係の捜査員に尋ねた。

「何か、めぼしい情報はあったか？」

「ええ、班長。半年ほど前に辞めている女子社員がいるんですが……」

「仕事を辞めるのは珍しいことじゃないだろう」

「不倫の噂があったんです。行内の誰かと不倫をしていて、辞めさせられたんだとか……」

「不倫をしたからといって、首を切れるもんじゃないだろう」

「銀行が辞めさせたのではなく、不倫の相手が説得してやめさせたらしいのです。つまり、行内で不倫していることがばれたら、出世に響くということらしいのですが……」

「そんな申し出に、今時の女性が応じると思うか？」

「かなりの金を積まれたとか、いろいろと噂されているようですよ。それでですね、その女性の風体がどうやら、被害者宅に出入りしていた女性と一致するようなのです」

「その女性の名は？」

「児島美智代《こじまみちよ》、二十七歳。会社に勤めていた頃の住所は、渋谷区笹塚三丁目……。本籍地は、山口県山口市……」

「その不倫の相手が、富岡だったというのか？」

「そこまではわかりません。あくまでもそういう噂があったということだけで……」

「勤めている頃親しかった友人とかはいないのか？」

「話を聞いてみましたよ。でも、そういう話は一切しなかったらしいですよ。例えば……」

彼はメモを見た。「佐野英子《さのえいこ》、二十八歳。彼女は、児島美智代と親しくしていたと言っていますが、不倫の噂のことを本人に質《ただ》しても、いつもはぐらかされたと言っています。不倫相手にしてみれば、これは都合のいい女ですよね」

都合がいい女？　そうなのだろうか？

樋口は思った。不倫をしているということを、同じ銀行に勤める友人に言わなかったのは、当然の配慮ではないだろうか。

「児島美智代の所在を確認しよう。本人に話を聞けば、相手が富岡だったかどうかわかるだろう。その他には……？」

そのほかには、特に収穫はなさそうだった。聞き込みなどはこんなものだ。一つでも収穫があればよしとしなければならない。

樋口たちは、日和銀行本店を後にした。

捜査本部に戻ると、児島美智代の件を田端課長たちに報告した。田端課長は、気乗り薄の様子だった。

「いちおう洗ってみてくれ」

「今、捜査員が銀行の人事課にあった住所に向かっています」

「だがなあ、ヒグっちゃんよ」

課長は言った。「ただ、不倫をして、その相手からやばいと言われて銀行を辞めた……。そういう噂があるだけなんだろう?」

「そうです」

「それ、この殺人《ころし》と関係あると思うか?」

「わかりません」

「わからないから調べる」

池田管理官が言った。「それが、我々の仕事じゃないですか」

田端課長は池田管理官を見て、凄味のある笑いを浮かべた。

「違《ちげ》えねえや。池やんの言うとおりだ。よし、その線を洗ってみてくれ」

「わかりました」

それから、樋口は、ゴルフクラブの件について報告した。

報告を聞き終わると、田端課長は言った。

「もともと根岸の持ち物だったということか……」

「まだ、確認は取っていませんが……」

「自宅に捜査員をやって、いちおう奥さんに話を聞いてみよう。ゴルフ談義をしたっていうんだったら、まあ、指紋がついていても不思議はないか……」

「それを証明できる者はいません」

「まあ、そうだが、状況は不自然じゃない。ゴルフクラブに指紋が付いていたというだけでは、容疑者リストに載せるのはちょっとつらいな。第一、根岸には富岡を殺す動機がない」

「そうですね……」

「今のところ、一緒にいたらしい女性と、管理人らが目撃している不審な若者というのが、有力なところだ。この両方の線で攻めよう」

「はい」

「二課の島崎はどうした？」

「柔道部関係を洗いたいということで、独自に動いていますが」

「そうか」

田端課長は、ただそう言っただけだった。

樋口はほっとした。勝手に分担を決めてしまったことをとがめられるのではないかと思ったのだ。だが、課長は気にしていないようだった。

樋口は、捜査本部の幹部たちのもとを離れ、パイプ椅子に腰掛けて、児島美智代についての捜査員たちの報告を待つことにした。

それから一時間後、その捜査員たちから連絡が入った。

児島美智代は、銀行を辞めてすぐに引っ越したということだ。最寄りの郵便局で転居先を聞き出したという。

新しい住所は、世田谷区新町三丁目。東急新玉川線の沿線だ。

樋口は、電話の向こうの捜査員に言った。

「すまんが、その足でそっちに回ってくれ。所在の確認を取り、できれば早いところ、話を聞きたい」

「わかりました」

捜査員は、即座にこたえた。樋口は、その反応に救われた思いだった。笹塚から新玉川線の桜新町駅までは、移動にけっこう手間がかかる。しかも、外は雨が降り出している。

今日はもういいから、本部に戻れ。あとは明日にしよう。本当はそう言ってやりたかった。しかし、捜査のことを思うと、そう悠長なことは言っていられない。

結局、彼らは上がりの時間が過ぎても戻らなかった。

三々五々、捜査員たちが戻ってくる。島崎も戻ってきた。

樋口は、島崎がひどく疲れているように見えた。昨日は、二課が日和銀行経営首脳陣を逮捕したことで、えらくご機嫌だった。

天童と一緒に一杯やったときのことを思い出した。あのときの様子に似ている。単に歩き回って疲れているだけだろうか？　それとも、慣れぬ殺人の捜査で気疲れしているのだろうか？　同じ刑事といっても、二課と一課では仕事のやり方も多少違っているだろう。何より、普段一緒に仕事をしている連中がまわりにいないというのも、緊張するものだ。

それなら、同じ予備班の自分が気遣ってやらなければならないと、樋口は思った。

「どうでした？」

樋口は、島崎に声をかけた。

島崎は、かぶりを振った。

「何もないな……」

「そうですか」

じきに夜の捜査会議が始まる。島崎は、椅子に座り、ぼんやりとしている。何か考え事をしているのかもしれない。

樋口は、もう一度、声をかけようかどうか迷っていた。すると、樋口班の進藤が外から戻り、近づいてきた。彼は島崎に言った。

「お宅に行ってきましたよ。いやあ、息子さん、いい青年ですなあ」

島崎は、曖昧な笑顔を見せた。

進藤はさらに言った。

「息子さん、富岡さんのことを尊敬していると言っていましたよ。いい先生であり、いい先輩だったって……。富岡さんが死んだのがショックで、なかなか柔道に身が入らないと言ってました。元気づけてやってくださいよ」

「ああ……」

島崎のこたえはそれだけだった。

進藤は、笑顔のまま離れていき、いつも座っている席に腰を下ろした。

樋口は、島崎に尋ねた。

「現役の学生とOBとは、かなり交流があるのですか？」

島崎は驚いたように樋口を見た。

「何だって？」

「柔道部です。私は、そういう経験がないので、イメージできないのですが……」

「ああ……」

島崎は眼をそらした。「年に一度、現役対OBの交流試合のようなことをする。大きな大会になると、OBが応援に出かけるし、普段の練習に顔を出すOBもいる。まあ、人にもよるがね……。頻繁に大学に顔を出すOBもいれば、卒業したきり、顔を出さないOBもいる。私なんざ、あまりそういう活動に参加しないほうだな」

「でも、息子さんがその柔道部で活動されている」

樋口はほほえんだ。「これ以上の、現役とOBの交流はありませんね」

「まあ、そうかもしれない。ときどき、親なのかコーチなのかわからなくなるときがある」

「被害者は、OBの活動に積極的だったんですか？」

「そのようだな。若い頃には、さかんに大学に顔を出していたらしい。柔道が好きだったんだろう。地域の道場で先生をしていたくらいだ。ああいうのは、ほとんどボランティアなんだ。よほど好きでなければできない」

「なるほど」

「まあ、仕事が忙しくなると、どのOBも疎遠になるがな……」

「被害者は、このところそうとうに忙しかったようですね」

「だから、最近は大学にも顔を出さなかっただろう。丈太郎も、ここ何年かは会っていないんじゃないかな……」

樋口はうなずいた。

捜査会議が始まり、捜査員たちの報告が始まった。

桜新町に行っていた捜査員たちが戻ってきたのは、会議が始まった五分後だった。

樋口は、ゴルフクラブに根岸の指紋が付いていた件と、児島美智代について報告した。児島美智代の所在を追っていた捜査員が、転居先に児島が不在だったことを告げた。

「賃貸のマンションでね、間取りが独身用のものなんです。一人暮らしが多くて、住人同士の交流がまったくないんです。両隣の部屋の住人に、児島美智代のことを尋ねてみましたが、何も知らないということでした」

「銀行を辞めてから、どこかに勤めているんだろう」

池田管理官が言った。「夜ならばつかまるかもしれない」

捜査員が言った。

「会議が終わったら、もう一度訪ねてみます」

樋口が言った。

「いや、私の帰り道だ。私が寄ってみよう」

捜査員たちは、あからさまにではないが、ほっとした顔をした。誰だって、雨の夜に再び出かけていくのは気が重い。

「チャパツの若者のほうはどうだ？」

田端課長が尋ねた。地取り班の山本がこたえた。

「モンタージュ写真を持って、近所で聞き込みをやっています。日曜日に見かけたという目撃情報は、その後二件ありましたが、事件当日、目撃したという者はまだ出てきていませんね」

「鑑取りのほうはどうだ？」

進藤が、こたえた。

「被害者に柔道を教わったことがある若者を洗い出していますが……。今のところ、手がかりなしですね」

樋口は、帰りに児島美智代の自宅に寄ってみるなどと言ったことを、ひそかに後悔していた。窓の外から、雨音が聞こえている。外はきっとひどく蒸し暑いに違いない。

やがて、捜査会議が終わり、樋口は田無署を後にした。ふと、島崎に声をかけようかと思ったが、何を言っていいかわからなかった。島崎は、しきりに考え事をしているように見える。

何を考えているかわからないが、邪魔をしないほうがいいかもしれないと思った。

樋口は、雨の中、西武新宿線の田無駅へ向かった。

東急新玉川線の桜新町駅で下車して、児島美智代の住むマンションに向かった。住宅街で人通りが少ない。

マンションは、捜査員が言ったとおり、一人住まいのためのものだ。小さいが瀟洒《しょうしゃ》なマンションだった。

児島美智代の部屋の前に立ち、チャイムを鳴らした。しばらく待ったが返事がない。再びチャイムを鳴らす。

やはり返事はない。樋口は、ドアに耳を当てて中の気配を探った。物音がしない。人の気配はなさそうだった。

樋口は、階段を降りて外からマンションを見上げた。児島美智代の部屋は明かりがついていない。

まだ、帰宅していないのだろうか？

樋口は時計を見た。九時三十分を過ぎている。会社勤めならもう帰っていてもおかしくはない。

あるいは、デートでもしているのかもしれない。友達と食事をしていることだって考えられる。

夜の仕事だということもありうる。ＯＬをやっていて、夜アルバイトをしている女性だって珍しくはない。

樋口は再び、玄関に戻り、郵便受けを調べた。郵便受けには、小さな錠前がぶらさがっている。三桁の数字を合わせて開けるタイプの錠だ。

樋口は、細い投入口から中を覗き込んだ。

中には郵便物がたまっている。かなりの数だ。多くはダイレクトメールのようだ。一日でたまる量ではなさそうだ。

つまり、児島美智代は何日か留守をしているということになる。

郵便物の消印を調べればいつ頃から留守にしているかわかるだろう。だが、今鍵を壊して郵便物を取り出すわけにはいかない。令状が必要だ。

昼間ここに来た捜査員たちは、郵便受けを調べなかったのだろうか？　両隣の住人に尋ねたと言っているから、捜査に落ち度があるとは言えないかもしれない。

夜にもう一度来るつもりだったのだろうから、彼らを責めることはないと思った。

樋口は、マンションを出ると桜新町の駅に向かった。新玉川線はそのまま田園都市線に乗り入れている。樋口の住まいがある田園都市線たまプラーザは、桜新町から数えて十番目の駅だ。

二十分ほどで着く。

新玉川線は地下鉄なので、駅で電車を待つ間も雨が気にならない。やがて、電車がやってくる。

この電車はいつも混んでいる。樋口はそんなことを思いながらぼんやりと窓の外を見ていた。電車が多摩川を渡ると、ほっとする。同時に一日の疲れがどっと出る。

たまプラーザ駅から、自宅まで十分ほど歩くが、慣れた道のりだ。どんなに酔っぱらっていようが、真剣に考え事をしていようが、気がついたら自宅に着いている。

雨の中、靴を濡らしながら、樋口は我が家に帰り着いた。一日の疲れを癒すことができるはずだと思った。

濡れた傘を閉じたドアに立てかけ、ぐしょぐしょになった靴下を脱いだ。リビングルームに行くと、何やら雰囲気がおかしい。

妻の恵子が娘の照美を見据えていた。照美はそっぽを向いている。

「どうかしたのか？」

「あら、お帰りなさい」

恵子は立ち上がった。

二人は喧嘩をしていたのかもしれない。母と娘が喧嘩をするのは、別に珍しいことではない。

樋口は、寝室に着替えに行った。トレーニングウェアに着替えて、リビングルームに戻ってくると、恵子と照美は相変わらず険悪な雰囲気で黙りこくっている。

樋口はうんざりした気分になった。疲れ果てて帰ってきたら、妻と娘が喧嘩をしている。

「どうしたんだ？」

恵子は、樋口の夕食の支度を始めながら言った。

「照美が、訳のわからないことを言うんですよ」

照美が言った。

「訳わかんないのは、お母さんのほうでしょう？」

「ちゃんと説明しないと、父さんにはわからない」

照美が樋口のほうを見た。

「友達とイベントに行きたいって言ったんだよ。ちょっと人気があるバンドが出るイベントなんだ」

「イベント？」

樋口は尋ねた。「コンサートか？」

「ちょっと違うけどね……。クラブを借り切ってやるの」

「ライブみたいなもんか？」

「そうだね」

樋口は、恵子に言った。

「それのどこがいけないんだ？」

「時間帯が問題なんですよ。午後の十時から始まって、朝までやるっていうんです。冗談じゃありませんよ」

「朝まで……？」

樋口は言った。「なんでそんな時間帯にライブをやらなきゃならないんだ？」

「クラブのイベントなんだよ。そういうもんなんだよ」

「そんなイベントに行くなんて冗談じゃありませんよ」

恵子が言うと、照美が言い返す。

「いいじゃない。別に悪いことするわけじゃないし……」

「行くこと自体が悪いことよ」

「どうしてよ」

樋口は、苛立ったが黙っていた。何か言うと、樋口まで言い争いに巻き込まれそうだった。

「あなた、高校生なのよ。朝まで遊んでいていいと思ってるの？」

「滅多にあることじゃないでしょう」

「とにかく、だめです。第一、危ないでしょう」

「危なくなんかないよ。友達みんなと行くんだし……」

「いいえ。危険です。ねえ、お父さん」

「まあ、クラブは少年犯罪の温床ということで、取締の重点対象になっているな……」

樋口は、曖昧にこたえた。

「それ、誤解だよ」

照美が言うと、また恵子が反論した。

「どうしてあなたに誤解だってことがわかるの？　あなたはしょっちゅうそういうところに行っているわけじゃないでしょう？　どうせ、誰かに話を聞いただけのくせに」

「お母さんよりは、よく知ってるよ」

「お父さん、何か言ってやってくださいよ」

樋口は面倒くさかった。

「何人で行くんだ？」

照美はこたえた。

「三人」

「男の子も一緒か？」

「全部、女の子」

たしかに、夜中のクラブというのは心配だった。いったい、どこの誰がそんなイベントを企画するのだろう。樋口の常識では考えられなかった。だが、若者たちの常識と樋口の常識は違う。

「どこでやるんだ?」

「飯田橋にあるクラブ」

照美は、クラブの名前を言った。『トリプルスター』というクラブだ。

恵子が反対するのは当然だ。樋口も、照美にそんなイベントに行ってほしくはない。しかし、照美を説得するのが面倒くさかった。

「少年課に話をして、チェックを入れさせよう」

「それ、どういうことです?」

恵子が言った。

「何か危険なことがあったら、対処させる」

恵子は信じがたいという顔で樋口を見た。

「照美がイベントに行くのを許すというんですか?」

樋口は、恵子から眼をそらした。

「黙って出かけるよりいいだろう」

「高校生が朝まで外で遊んでいるというんですよ。それを許すというのですか？」

「学校をさぼるわけじゃないんだろう？」

照美が言った。

「次の日は休み」

樋口は冷蔵庫からビールを取り出して、飲みはじめた。

「お父さん、ありがとう」

照美はそう言って、自分の部屋に引き上げた。

二人きりになると、恵子が樋口に言った。

「どういうつもりです？　照美はまだ高校生なんですよ」

「わかってる」

樋口はビールを飲み干した。「食事にする」

恵子は動こうとしない。

「あなたは、照美に媚《こび》を売ってるんですか？」

「何だって？」

「照美に嫌われるのが怖いんでしょう？」

「何を言ってるんだ」

「そんなんでちゃんとした教育ができると思いますか？」

「以前、照美が友達とスキー旅行に行きたいと言ったときのことだ」

樋口は、向き直り言った。「私は反対した。だが、おまえは照美を行かせた。アメリカでは、大学生も高校生もキャンパスライフを楽しんでいる。日本もそれに学ぶべきだと、おまえは言ったような気がするがな」

「スキー旅行と、夜遊びは違います。悪いことは悪いことだとしっかり教えないといけないんです」

樋口もそう思う。しかし、売り言葉に買い言葉という状態になっていた。

「照美も自分のことに責任を持つ年頃だ。それこそが教育じゃないのか？」

「責任が取れないようなことが起きたらどうするんです」

たしかに、樋口は心配だった。無言でビールを一口飲んだ。

照美に、行っていいと言ったのは失敗だったような気がしてくる。しかし、今さら取り消すわけにはいかない。

恵子は怒っていた。

「あなたは、いつもそうです。他人の顔色ばかり見て……。人に嫌われるのが怖いんです。だから、いつも自分を曲げて人に合わせてばかりいる。ついに、自分の子供にまで合わせようとするんですか?」

樋口はかっとなった。

「うるさい!」

ビールを飲み干し、寝室に行った。

ものすごく腹が立ち、空腹を忘れていた。これ以上恵子と話をしたくなかった。疲れ果てて、ようやく家にたどり着いたというのに、家では疲れを癒すどころか、面倒な問題が待ち受けていた。

その上、妻に一番気にしていることを指摘された。樋口は怒り、何もかも嫌になってしまった。風呂に入る気もしないし、夕食を食う気にもなれない。

ベッドに入り、毛布をかぶった。このまま寝てしまうしかない。樋口は思った。

夜中に目が覚めた。腹がすいていた。

だが、起き出すのも億劫《おっくう》だった。隣のベッドでは恵子が寝ている。

また腹が立った。他人の顔色ばかり見ている。人に嫌われるのが怖い。いつも自分を曲げて人に合わせている。

恵子が指摘したとおりだ。それが樋口という男だ。その点が樋口の劣等感だった。

子供にまで媚を売っているというのか。

樋口は、何だか情けなくなってきた。

若者は、好奇心が旺盛だ。その好奇心を大人が握りつぶすことはできない。しかし、同時に、恵子が言ったとおりに、教育が必要だ。やっていいことと、悪いことの区別を教えることが大切なのだ。

若者の好奇心だけに任せていては、世の中は収まりがつかなくなる。事実、現実の世の中はそうなりつつある。

すべてが、若者の欲求の方向に動いているように思える。大人たちは若者の文化に媚を売る。なぜなら、それが経済効果を生むからだ。日本の社会というのは、教育より経済効果が優先なのだ。

そう考えるとますます腹が立ってきた。

夜中のイベントなど、若者の欲求のままに企画されたものだ。それ自体に犯罪性はない。しかし、そういう場を用意することで、犯罪が生まれる恐れがある。

麻薬の売買、暴力に性犯罪。

照美がそういう犯罪の餌食《えじき》にならないとは言いきれない。

だんだんと心配になってきた。恵子が言ったことはもっともだったかもしれない。

たしかにスキー旅行とは違う。危険な夜遊びなのだ。イベントに集まる若者の多くは、ライブを楽しみにしているだけかもしれない。しかし、ある割合の連中はよこしまなことを考えているかもしれない。

樋口は、後悔しはじめていた。恵子の言うとおりにするべきだったかもしれない。

恵子は自分が正しいという自信があったのだろう。それを否定されたので、頭に来て樋口の欠点をあからさまに指摘したのだ。それは理解できるが、ああいう言い方はやはり許せないと思った。

腹は減るし、喉も渇いていた。

樋口は、ついにそっとベッドを抜け出して台所に行った。冷蔵庫からビールを取り出そうとした。ふとテーブルの上を見ると、ラップを被った料理がある。鶏肉と野菜の煮付けだ。

樋口は、缶ビールのプルタブを引き、料理をつまんで飲みはじめた。暗い台所で、一人もそもそと冷えた料理をつまんでいると、ひどくみじめな気分になってきた。

妻は起きてこない。おそらく、樋口が台所でごそごそやっているのに気づいているだろう。まだ腹を立てているに違いない。

樋口も、恵子が正しいと思いながら、まだ腹を立てていた。

やがて、料理を平らげ、ビールを飲み干した。

樋口はトイレに行ってから、そっとベッドに戻った。喧嘩した翌朝は特に気まずい。暗澹《あんたん》たる気持ちになる。

加えて、照美のことが心配だった。少年課にチェックさせるだけでは不足のような気がしていた。

寝返りを打ったとき、樋口は、ある男のことを思い出した。荻窪署の生活安全課少年係に、氏家譲《うじいえゆずる》という男がいる。かつて、ある捜査本部で一緒になったことがあった。四十歳になるがまだ独身で、少々変わったところがある男だった。

どういう畑を歩んできたか、樋口はよく知らない。しかし、少年係が長いようだった。そして、どうやら彼には少年係の水が合っている。

明日、朝一番で彼に相談しよう。そう思うと、少しだけ気が楽になった。

翌朝は案の定、険悪な雰囲気が続いていた。樋口は、こうしたときに為す術《すべ》を知らない。ただ、黙っているしかない。

それが、恵子にはよけいに腹立たしいらしい。

樋口は、無言で朝食を食い、そのまま家を出た。家で揉め事があると、その気分をどうしても職場でも引きずってしまう。

樋口は、捜査本部にやってくると、まず荻窪署に電話をした。土曜日だが、午前中なので、氏家は署にいた。

「樋口だ。ご無沙汰だな」

「これはこれは、班長殿」

どこか人を食った、氏家のしゃべり方だった。「あんたから電話があるたびに、俺は何だか忙しい思いをするような気がするんだがな……」

樋口は心苦しかった。

「相談に乗ってくれると助かるんだが……」

「いやだ」

氏家は言った。「……とは言えないだろう。何だ？」

「照美のことだ」

樋口は、イベントのことを話した。

樋口が説明し終わると、氏家は笑った。

「何がおかしいんだ？」

「問題解決の方法は簡単だ」

「簡単？」

「あんたが一緒に行けばいいんだ」

樋口は一瞬絶句した。

「私が一緒に……」

「保護者同伴だ。奥さんも安心だろう。それに、何か起きたときには、現行犯逮捕できる。手柄が増えるぞ」

「娘が納得すると思うか？」

「納得させるんだよ。条件闘争だな。その条件を飲まなければ、行かせるわけにはいかないと言ってやるんだ」

樋口は考えた。

父親が娘の遊びにくっついていく。いいアイディアとは思えない。

「あんたに電話してみてよかったよ」

「当然だ」

氏家は言った。「俺以上に頼りになるやつが思いつくか？」

樋口は礼を言って電話を切った。

父親として考えれば、娘の遊びに付き合うというのは、どうにもいただけない。

だが、娘に同行すると言えば、たしかに恵子は納得してくれるかもしれない。若者たちに囲まれて、朝まで過ごすというのは、どう考えてもとても楽しくはなさそうだが、照美の身を心配しながら待っているよりはいいかもしれない。

警察官としてはどうだろう?

たしかに、警察庁からは、少年犯罪に力を入れるようにとのお達しが来ている。少年犯罪の温床となるような施設には、重点的に手入れをしているし、摘発も相次いでいる。

だが、樋口は強行犯係であり、現在、殺人事件を抱えている。

やはり、樋口がそのイベントに付き合うというのは、あまりいい方法とは思えない。

第一、気が進まない。

しかし、他にアイディアはなさそうだった。娘の安全を守り、妻を納得させるには、氏家が言ったことが一番正しいような気がする。若者のイベントに出かけるのが、気乗りしないのはあたりまえだ。

当初、氏家がイベントに行ってくれないものかとも考えていたのだが、それはあまりに虫がいい。樋口には、娘に許可を与えた責任がある。恵子は、無責任な態度を責めているのだ。

樋口がイベントを監視するというのは、責任ある態度といえるかもしれない。

考えているうちに、氏家のアイディアは悪くないような気がしていた。

それにしても、やれやれ、だ……。樋口は、そっと溜め息をついていた。

15

島崎は、捜査本部で昨日の夜のことを思い出していた。

刑事たちが丈太郎に何を尋ねたか、それに丈太郎がどうこたえたかが気になり、丈太郎に訊いてみたのだ。

丈太郎は、こたえた。

「別にどうってことなかったよ」

二人はリビングルームでテレビを見ていた。妻は、台所で洗い物をしていた。

「具体的に教えてくれ。刑事たちは何を尋ねた？」

「富岡さんとの関係とか、富岡さんはどんな人だったか、とか……」

「何をこたえたんだ？」

「小学校・中学校時代に柔道を教わっていたと言ったよ。それから、大学の柔道部では先輩に当たることも言った」

「それから……？」

「富岡さんを尊敬しているとこたえたよ。実際、尊敬していたからね」

「あんなことさえなければ、ずっと尊敬していられたんだろうがな……」

丈太郎はそっぽを向いたまま言った。

「そのことは、忘れることにしたと言っただろう」

「そうだったな」

島崎が丈太郎に尋ねたかったのは、刑事たちのことだけではなかった。もっと気になっていたのは、英次が殺人事件の日に家にいたかどうかだ。

島崎が、それを尋ねると、丈太郎は怪訝そうに島崎を見た。

「それ、どういうこと？　英次が事件と何か関係があるの？」

島崎は、どう説明しようか迷った。考えた末に島崎は言った。

「富岡のマンションの近くで、英次のような人相の若者が何人かに目撃されている。確認を取りたいんだ」

「父さんは疑っているの？」

「そういうわけじゃない」

島崎は顔をしかめた。嘘をつかねばならなかった。「ただ、確認したいだけだと言っただろう」

「事件の日って、火曜日？」

た。

「正確に言うと、水曜日の未明だ」

丈太郎は考えた。英次は部屋にいたというこたえを期待していた。やがて、丈太郎は言った。

「あの日、英次はずっと出かけてたよ」

「ずっと？」

「そう部屋にはいなかった」

「何時頃出かけて、何時頃に戻ってきたかわかるか？」

丈太郎は記憶をまさぐっている。

「いちいち覚えてないな……」

「大切なことかもしれないんだ。思い出してくれ」

「やっぱり疑ってるんじゃない」

「違う。万が一、英次に疑いがかかったときのことを考えているんだ」

丈太郎は、真剣に考えはじめた。

「そうだな。火曜日でしょう？　俺、レポート書いてたな……。レポート書けば、試験免除してくれるって言われてたから……。そうそう、英次は八時過ぎに出ていったんだ」

「午後の八時過ぎだな？」

「そう。戻ってきたのは何時かわからない。少なくとも、一時前には戻ってないね。俺、寝たのが一時頃だったけど、まだ英次は帰ってなかった」

「確かだな……」

「間違いないよ」

島崎は、その後に丈太郎が言った言葉に衝撃を受けていた。

「そういえば、英次のやつ、妙に富岡さんのことを気にしてたな……。結婚してるのか、とか、一人暮らしかとか……。なんでそんなこと気にするのかと思ったけど……」

丈太郎は不安げな表情になった。

「気にするな。おまえは柔道に専念しろ」

島崎はそう言うしかなかった。

その会話を思い出して、島崎は、ますます英次への疑いを募らせた。いや、今では、単なる疑いではなく、確信に変わりつつある。

島崎は、ぼんやりと樋口がどこかに電話している姿を眺めていた。

何やら娘の話をしている。友達と深夜のイベントに出かけるのが心配だという。何と平和な話だろうと島崎は思った。英次が朝まで帰らないのはしょっちゅうだ。

どこで何をしているのか、知ったことではないと思っていた。だが、人を殺していたとなると、話は別だ。

徹底的に調べる必要がある。捜査はじきに英次にたどり着くだろう。そうなれば、島崎は言い逃れができない。

英次のことに気づいていたはずだと、捜査員の誰もが思うだろう。捜査本部よりも先に真相を知りたいと思った。

英次が犯人だということがはっきりとしたら、どうすればいいのか。島崎にはわからない。ただ今は、いち早く真相を知ることが大切だと思った。

やがて、捜査会議が始まり、樋口が、児島美智代はしばらく留守にしているようだと告げていた。捜査員たちは、その言葉に興味を示している。

被害者と児島美智代の関係は何一つ明らかになっていない。だが、姿を消しているという事実は捜査員たちの関心を引くのに充分だった。

田端課長が言った。

「参考人ということで、行方を追ってくれ」

島崎は、それどころではなかった。捜査会議が終わったら、一人で徹底的に英次のことを洗おう。そう考えていた。

山口県警に連絡して、児島美智代の実家を調べてもらうと田端課長が言っていた。単なる参考人なので、捜査員を山口県まで派遣することはないと判断したのだ。

島崎はじりじりとした気持ちで捜査会議が終わるのを待っていた。やがて、田端課長が会議の終わりを宣言すると、島崎は樋口に言った。

「ちょっと調べたいことがある。今日はこのまま戻らないかもしれない」

樋口は、黙ってうなずいただけだった。

娘のことについて何か言ってやろうかとも思った。だが、何を言っていいのかわからない。樋口は、相変わらずのポーカーフェイスだ。

きっと悩んでいるのだろうが、それがまったく表に出ない。かわいげがないと島崎は思った。

田無署を出ると、島崎は自宅に電話した。妻が出た。

「私だ。英次はどうしてる？」

不審げな好子の声が聞こえてくる。

「どうして英次のことを気にするんです？」

妻だってばかではない。急に英次のことを話題にしはじめれば、何かあったと思うのが当然だ。

「あいつだって、小学校時代に富岡に柔道を習っていたんだ。多少はショックを受けたかもしれない。気になっているんだよ」

島崎は苦しい言い訳をした。

「あなたが、英次のことを気にするなんて思いませんでしたよ」

「ばかを言うな。父親だぞ」

その言葉は、我ながら白々しいと感じていた。だが、妻はそうは思わなかったようだ。

「何にしても、気にしてくれるのはありがたいですよ。英次は、部屋にいますよ」

「わかった」

「話をしてやってくれるんですか？」

「ああ」

島崎は、曖昧に言った。「そのうちにな……」

電話を切ると、島崎は自分の自宅を張り込むことにした。英次が出かけたら尾行するつもりだった。

外から自宅を眺めていると、妙な気分だった。古い木造の家屋だ。みすぼらしい家だが、今時一軒家に住めるのはありがたいと思わなければならない。

庭を削って作ったガレージに大衆車が停まっている。二階の物干しに洗濯物がかかっていた。雨は小康状態だが、空気は相変わらず湿っぽい。洗濯物は乾きにくいだろう。

家族の生活感が妙にいとおしかった。子供たちがまだ幼かった頃を思い出す。あの頃はよかった。こんな苦労をすることなど、想像だにしなかった。島崎は何だか悲しくなってきた。

しばらくすると、近所の眼が気になりはじめた。普通の張り込みとは違う。付近の住民は顔見知りなのだ。

こんなところを、近所の誰かに見られたら変に思われるだろう。そして、誰かが変に思ったら、その噂はたちまち広まるかもしれない。

島崎は、考えた末に車のキーを取り出した。ガレージに停まっている車の中なら人に見られる心配も少ない。見られたとしても、自分の車の中にいるのだから問題はない。何か捜し物でもしているようにしか見えないだろう。

島崎は、車に近づきドアを開け、運転席に座るとできるだけ静かにドアを閉めた。車での張り込みは慣れたものだ。ここなら何時間でも粘ることができる。

実際に、それから何時間もそこにいることになった。英次は家から出てこようとしなかった。

英次は何を考えているのだろう。

島崎は想像してみた。

人を殺したことを、後悔しているのだろうか？　警察の影に怯えているのだろうか？　それとも、犯罪の成功をひそかに喜んでいるのだろうか……。

それにしても、どうして英次は富岡を殺さねばならなかったのだろう。その点が解せなかった。

英次に、富岡を殺さねばならない理由はない。丈太郎がやったというのなら、わからないでもない。だが、英次は家族のことに無関心だったはずだ。

というより、家族との関わりを積極的に絶っていたのだ。

ただ、頭に来ただけなのだろうか。丈太郎から話を聞いて、富岡に腹を立てたということはあり得るだろうか？

だが、どうして腹を立てるのだろう。

単なる義憤というのは考えにくい。考えられるとしたら、英次が島崎や丈太郎のために腹を立てたということになるが、そんなことはとてもありそうになかった。

どうやら、英次は日曜日に一度富岡に会いに行っているらしい。そのときに、柔道の技で簡単にやっつけられてしまい、ひどく腹を立てたということは考えられる。

だが、そもそも何をしに会いに行ったのかがわからない。根本的な動機が不明だった。

突然、玄関のドアが開いて、思考は中断した。島崎は慌てて姿勢を低くした。玄関から現れたのは妻の好子だった。買い物に出かけるようだ。

まだ五時を過ぎたばかりだ。まだまだ日暮れには間がある。英次が出かけるとしたら、日が暮れてからではないか……。島崎は漠然とそう思っていた。

だが、それから二十分ほどして、英次が玄関から出てきた。母親が出かけたので、二階から下りてきたのだ。

やはり、家族とは顔を合わせたくないらしい。だとしたら、あのときわざわざ島崎に富岡のことを言いに現れたのは不自然だ。

あれは挑戦だったのだろうか？

刑事である父親に対する挑戦。今の英次ならそういうことを考えても不思議はないような気がする。父親を嘲笑い、警察を嘲笑い、社会を嘲笑っているのだ。

島崎は、そっと車を出た。ドアを閉めるときには細心の注意を払った。すでに英次は、かなり先を歩いているに違いない。ひばりヶ丘の駅の方向に歩いていった。

島崎は尾行を開始した。尾行には慣れているが、これは通常の尾行ではない。ちらりとでも見られたら終わりだ。島崎は、持てる尾行テクニックを最大限に活用しなければならなかった。

決して真後ろからは尾行しない。細い一本道は避けて、回り道をする。見失う危険もあるが、発見されるよりましだ。

英次は、ひばりヶ丘駅から電車に乗った。島崎は隣の車両に乗り込んだ。人混みが尾行を楽にしてくれる。人混みの中で監視されているのに気づく人間はまずいない。

英次は池袋駅で山手線に乗り換えた。今のところ、気づかれた様子はない。尾行されているとは思ってもいないのだ。山手線の混み具合は微妙だった。立っている人はいるが、それほど混雑しているわけではない。島崎は神経がすり減る思いだった。

新宿で客が大勢入れ替わる。英次は座席に腰掛けた。島崎は隣の車両で、英次のほうに背を向けるように立ち、肩越しに様子をうかがっていた。ヘッドホンステレオで何かを聴いている。

どうせくだらない音楽だろうと島崎は思った。やかましいだけの不快な音楽だ。どうして若者というのは、あんな音楽に夢中になるのだろう。若い頃から、音楽などに縁のなかった島崎は、それが不思議でたまらなかった。

英次は渋谷で電車を降りた。島崎は慎重に距離を取って尾行しつづける。渋谷駅はひどい混雑だった。英次は背が低いので見失いそうになる。

歩いていった方向を目安に、ほぼヤマカンで尾行するしかなかった。英次は、最も混雑しているハチ公口ではなく、南口に向かったようだ。

南口を出たところで、英次の頭を見つけた。短く刈って明るい茶色に染めている。歩道橋を昇っていく。

歩道橋の上は見つかる危険がある。しかし、行くしかなかった。間に人をはさみ、大きく距離を保った。英次は歩道橋を下り、桜丘に向かう路地を進んでいった。

繁華街とは逆のほうだ。こんなところで何をしようというのだろう。

やがて、大きなビルの前に来た。そのビルは国道２４６から少しばかり裏手に入ったところに建っている。ビルの前には広場があり、贅沢な敷地の使い方をしていると島崎は思った。その広場に、若者のグループがいくつかたむろしている。皆、英次と似たような恰好をしていると感じた。

この連中はいったい何なのだろう。もうじき日が暮れる。暗くなるのを待っているようにも見える。

グループは、二、三人が目安のようだ。よく見ると、彼らはラジカセを持っている。こんなところで、何を始めようというのだろう。

飲食店があるわけではない。ただ、広場とビルがあるだけだ。

英次は、先に来ていた二人と合流した。一人は背が高く長髪だ。もう一人は、背が低い小太りの若者だった。小太りのほうがやはりラジカセを持ってきていた。

島崎は、桜並木がある通りのビルの陰に隠れて様子をうかがっていた。やがて、若者たちに動きがあった。あるグループがビルの前に移動した。彼らは、ビルのほうを向いて、踊りはじめたのだ。

島崎はようやく理解した。彼らの目的は、ビルの大きなガラスだった。その一階はすべてガラス張りになっている。それを鏡の代わりにしようというのだ。

一組が踊りはじめると、他のグループも同様に踊りはじめた。それぞれが、別々に踊っているようだ。

英次たちもビルのガラスの前に陣取った。何か打ち合わせをしている。英次は、屈託なく笑っていた。遠くからでもそれがわかる。英次があんな笑顔を家族に見せなくなって久しい。

島崎は不思議に思った。こんなことをして、何が楽しいのだろう。軽蔑したわけではない。ほんとうにただ不思議だったのだ。わざわざ渋谷までやってきて、ビルの前で踊る。その行動が理解できなかった。

島崎は、あきれて若者たちを眺めていた。英次は、どうやらあとの二人に踊りを教えているようだ。何度か、ある動きをやって見せて、それを三人で繰り返している。

首を縦に振り、腰をくねらせている。男のすることじゃない。島崎は思った。兄の丈太郎は柔道で活躍しているというのに、弟はくだらないダンスなどをやっている。

おまえは、人を殺したんじゃないのか？

島崎は、心の中で問いかけていた。

なのに、渋谷までやってきて、ダンスの真似事か？

島崎はあきれ、怒りすら覚えた。英次の行動が理解できない。

尾行を切り上げようかとも思った。こんなつまらんことに付き合う必要があるだろうか。

しかし、島崎はその場にとどまることにした。ここまで来たんだ。徹底的に尾行してやろう。

英次がどんな連中と付き合っているかわかっただけでも収穫があった。あの長髪と小太りに話を聞くこともできる。

島崎は、踊り続ける若者たちを物陰からじっと見つめていた。皆、それぞれに違った動きをしている。

素人目にもうまい連中とそうでない連中がわかる。慣れている者もいれば、ぎこちない者もいる。

彼らの動きを見つめているうちに、島崎はふとあることに気づいた。その場の雰囲気が何か奇妙だった。

街中でダンスをする若者たち。当然、浮ついた雰囲気に違いないと思っていた。だが、様子が違う。その雰囲気は何かに似ている。

島崎は、思い当たった。

例えば、それはテニスプレーヤーが壁打ちをしている姿に似ていた。あるいは、柔道部で一人黙々と打ち込みをしている部員の姿とも共通するものがあった。

皆、驚くほど真剣なのだ。

もちろん、笑顔はある。冗談を言い合っている様子も見受けられる。だが、総じて皆の態度は真摯《しんし》だった。ちゃんと動きを自分のものにしようとしているのがわかる。

それに気づいて、あらためて英次たちを見た。英次たちも同様だった。

広場には、ガラスの前を確保できなかったらしいグループが座っている。練習をしていたグループが、そのグループに声をかけた。

自分たちは練習を切り上げるので、その場所を譲ろうということらしい。場所の奪い合いなど起こらない。

島崎は驚いてしまった。そこには、ある秩序があった。スポーツの世界からは失われてしまったスポーツマンシップすら感じられた。彼らは、まるでクラブ活動をしているようだった。

それが、自発的なことなのか、誰かに強制されたことなのかはわからない。だが、最も秩序とは遠いと島崎が想像していた世界で、ちゃんと秩序が保たれている。

これはどういうことなのだろう。島崎はただ戸惑うばかりだった。

マスコミが喜んで取り上げる軽薄で危険な若者の姿ではなかった。島崎は、古いタイプの人間だ。子供の頃から柔道をやり、武道の世界のしきたりを教えられた。高校や大学の柔道部では、さらに上下の関係を厳しく叩き込まれた。

それは厳しい世界で、それこそが秩序だと思っていた。男は我慢することが大切だ。耐えることで何かが得られると信じていたのだ。

今の若者は、耐えることを知らない。島崎はいつもそう思っていた。それが現代の若者に対する最大の批判だった。我慢のないところに秩序は生まれない。

だが、今踊っている若者たちを見て、秩序のようなものを感じている。それが不思議でならなかった。端的に言うと、上下関係のないところに秩序は生まれないと、島崎は信じていたのだ。

大学の柔道部の上下関係を信じていた。一年生のときは辛いが、いずれは上に立つことができる。警察でも同じようなことを感じていた。

島崎はダンスをやる男など認めない。少なくとも、自分の息子にやらせたくはなかった。島崎の若い頃にも、ディスコに通う同級生がいた。だが、そういう連中は、軽薄でこらえ性がなく、何事もなし得ないやつらだと思っていた。

ディスコというのは、ただ享楽のためだけにあると信じていた。そんなところに出入りするやつらは、恥知らずだと思っていたのだ。音楽に合わせて体をくねらせるという行為自体が、島崎にとっては軽蔑に値した。

ばかな……。

島崎は思った。

こんなところでダンスに興ずる連中がまともなやつらであるはずがない。どうせ、クラブとかで、いい恰好がしたいだけなのだろう。

英次がダンスをやることを不快に思った。そんな育て方はしなかったはずだ。どこでどういうふうに狂ってしまったのだろう。

やがて、英次たちも練習を終えた。約一時間半ほど踊っていただろうか。彼らは、片づけを始めた。飲み物の空き缶やゴミを拾っている。

その行動も島崎には意外だった。最近の若者たちは平気でゴミを駅のホームや歩道に捨てるのだ。それを悪いことと思っていないような節がある。誰も、公徳心を教えなくなっている。

日本からは道徳が失われたのだと思っていた。

英次たちは、島崎が立っているほうにやってくる。島崎は落ち着いて移動し、細い路地に入った。

三人は、その路地の前を通り、渋谷駅のほうに歩いていく。島崎は再び尾行を始めた。日が落ちた渋谷は、すっかり若者たちの天下になっていた。

これほど居心地の悪い街が他にあるだろうか。新宿にも池袋にも大人の居場所はある。しかし、渋谷の街には大人が過ごせるような場所はない。

英次たちは、センター街に進んでいった。土曜日の夜だ。これから、街に繰り出すのだろうと島崎は思った。

彼らは、ファーストフードの店に入った。渋谷のファーストフードには、女子高校生たちが集まると聞いたことがある。それが目当てかとも思った。島崎は、通りを挟んで店を見張っていた。奇抜な恰好の若者が通り過ぎていく。少女たちはたいてい二、三人で歩いている。島崎にはその誰もが同じ顔に見える。こうして見ると、若者の服装も決して一様ではない。それぞれに、区別があるらしい。着るものにも主張があるということだろうか。

しかし、着るものにしか主張がないというのも情けない話だと島崎は思った。彼が学生の時代には、ジーパンが若者のシンボルだった。それは、何かの主張を象徴していたのかもしれない。

だが、島崎は、ずっと学生服を着て過ごしていた。流行に無頓着だったのかといえば、そうでもなかったような気がする。当時、柔道部では学生服を着て歩くのが常識だったが、その丈に微妙なこだわりがあった。

島崎は、若者たちを見ながらそんなことを考えていた。若者たちの中に身を置いてみると、自分の若い頃のことを思い出したりする。

そういえば……。

島崎は思った。

こんなに、真剣に英次のことを見つめたのは、何年ぶりだろう。そして、英次が何を考えているのか知ろうとしたのは、いつ以来のことだろう。

英次に富岡殺しの疑いをかけなければ、こうして見つめることはなかったかもしれない。皮肉なものだ。

もっと早く見つめてやれば、もっと早く考えてやれば、英次は人殺しなどをせずに済んだのだろうか……。

島崎はかぶりを振った。

今さら考えてもしかたのないことだ。問題はこれからどうするか、だ。

英次たちが、ファーストフードの店から出てきた。どうやら、ただ食事をしただけのようだ。ハンバーガーばかり食べていると、栄養が偏る。最近の若者がキレやすいのは、その栄養の偏りのせいだと指摘する学者もいる。

島崎は、またしてもつい若者に批判的になっていた。

腹ごしらえをして、遊びに行くつもりだろうか。島崎は、人混みの中、尾行を再開した。

仮装行列のような若者たちに混じると、自分がひどく浮いているような気がしてくる。

英次たちは駅に向かった。ハチ公前のスクランブル交差点から改札口にかけては、若者があふれている。車を止めて演説をしている政治結社の連中がいたが、それを聞いている若者はいない。

背の高い英次の友人が目印になり、尾行はやりやすくなった。若者でごったがえす駅の前に来ると、英次は二人の友人と別れた。

島崎は肩すかしを食らったような気分になった。英次は、地下鉄半蔵門線・新玉川線の入り口の階段を下っていった。

島崎は一瞬迷った。だが、すぐに何をすべきかを決めた。

英次と別れたばかりの二人に近づき、声をかけた。

「君たち、ちょっといいか？」

二人は同時に振り向き、島崎を見た。とたんに、険悪な表情になる。今までの、無邪気な顔つきは消え去り、猜疑《さいぎ》心と反感があからさまになった。

その反抗的な表情に、つい島崎もむっとする。

背の高い、長髪の男が言った。

「何か用？」

島崎は、警察手帳を出して言った。

「ちょっと、話が聞きたい」

二人の若者は、顔を見合った。二人の眼に不安がよぎる。島崎は、少しばかり快感を覚えた。

「俺たち、何にもしてねえぜ」

長髪が言った。

立ち止まっていると、人にぶつかる。人の波に押し流されそうな状態だった。

島崎は苛立った。

「話が聞きたいだけだ。ちょっとこっちへ来てくれ」

島崎は、比較的人が少ないハチ公前広場のほうに二人を連れて行こうとした。

「何が訊きたいんだよ」

二人は動こうとしない。

「君たちは、島崎英次の友達か？」

長髪と小太りは同時に表情を曇らせる。

「そうなんだな？」

島崎が念を押すように言うと、長髪が言った。

「そうだけど、それがどうしたんだよ」

「島崎英次について訊きたいことがあるんだ。とにかく、ここじゃ話ができない。こっちへ来てくれ」

二人は、ようやく歩きだした。

人がまばらな、ガードのそばまで来ると、島崎は言った。

「まず、名前を聞かせてもらえないか？」

二人は躊躇していた。

「心配するな。別に君たちをどうこうしようってんじゃない」

長髪の若者が言った。

「俺、大野ってんだけど……」

「そっちは？」

「小山……」

島崎はうなずいた。

「君らは、島崎英次とどういう関係だ？」

長髪の大野が言った。

「ねえ、あんた、本当に刑事？　英次のオヤジさんも刑事なんだよ。知ってんの？」

「知ってる。島崎英次とはどういう関係なんだ？」

「どういうって……、友達だよ」

「どういうふうに知り合った？」

「最初に会ったのは、池袋のゲーセンかな……。最初、態度のでかいやつだと思ってたけど、話してみると妙に気が合ってよ……」

島崎は、小太りの小山に尋ねた。

「そっちは？」

「俺、中学校時代からの知り合いだよ」

「二人は、島崎英次と普段どんなことをしてるんだ？」

大野は肩をすくめて見せた。

「どんなって……。別にいっしょにぶらついてるだけだ」

「一緒にダンスをやってるんじゃないのか？」

大野と小山の眼に警戒心が浮かんだ。

警察に何かを指摘されるというのは、緊張するものだ。島崎はその気持ちが手に取るようにわかった。

小山がこたえた。

「最近、始めたんだよ。それが、どうかしたのかよ」

この口のきき方は頭に来る。

日本人は、戦後民主主義という名のもとに多くのものを得たが、また、同時に多くのものを失った。

島崎はそう考えていた。

「ダンスのことはどうでもいい。普段何をやっているかを知りたいだけだ。今日もダンスをやってきたんだな？」

「ダンスに夢中なのは英次だよ」

大野がぼそりと言った。「あいつがスクールに行っていろいろ練習してきて、それを俺たちに教えてくれるんだ。いつかは、発表会みたいなものに出たいって言ってるけど、俺たちじゃなあ……」

大野は小山に同意を求めた。

小山はうなずいて言った。

った。


「英次、ダンスに夢中だしよ……。彼女の影響かもしれねえけど」

英次がダンススクールに通っているという話も、彼女がいることも初耳だった。島崎は、今さらながら英次のことを何も知らない自分に気づいたのだ。少なからず衝撃だった。

「その彼女のことを聞かせてくれるか？」

「何でそんなこと訊くんだよ」

大野が胡散くさげに島崎を見ている。「だいたい、どうして英次のことを訊くんだ？」

「島崎英次は、面倒ごとに巻き込まれている恐れがある」

「面倒ごと？　何のことだ？」

「彼の柔道の先生だった人物が殺された」

「ああ……」

小山が言った。「あの銀行員のことだろう」

「島崎英次はそのことについて何か言っていたか？」

小山はこたえた。

「こないだ殺された銀行員に、小学校の頃柔道を習ってたって……」

「それだけか？」

「それだけだよ」

「何か、変わった様子はなかったか？」

「変わった様子って？」

「何か普段と違う様子だ。何かを気にしている様子だったとか……」

「別に……」

島崎は、大野に尋ねた。

「君は何か気づかなかったか？」

「変わった様子なんて、ねえよ」

「俺たちには、わかんねえよ。でも、タエなら知ってるかもよ」

「タエ？」

島崎は小山に尋ねた。「それが、島崎英次の彼女か？」

「そう。俺たち、あまり面倒くせえ話、しねえんだよ」

「タエってのは本名か？」

「どうだか……。いつも、英次がそう呼んでるから……」

「苗字は？」

「知らねえ。なあ」

小山は大野に同意を求め、大野はうなずいた。

島崎は尋ねた。

「どこに行けば、そのタエに会える？」

「知らねえ」

小山はこたえた。

「知らないはずはないだろう」

「なあ、もういい加減にしてくれよ。これ以上話が聞きたいんなら、令状持ってくるんだな」

最近は、こういう台詞をテレビドラマで覚えるらしい。島崎は腹が立ったが、なんとか自分をなだめすかしていた。ここで怒りを爆発させたら、聞き出せることも聞き出せなくなる。

「もうしばらく、付き合ってくれ」

島崎はできるだけ下手に出た。「島崎英次が、タエについて何か言ってなかったか？　どこに住んでいるとか……」

大野が言った。

「キャバクラに勤めているって言ってたけど、店は知らねえよ」

「キャバクラ……」

島崎はまたしても衝撃を受けた。キャバクラ嬢がどうのと言いたいわけではない。息子がそういう職業の女性と付き合っていることがショックだったのだ。

「あいつらに会いたいんなら、今から六本木のヒートに行けよ」

「ヒート？」

「クラブだよ」

「クラブ……。君らとダンスをしたあとに、また踊りに行ったというのか？」

「デートだろう。あいつら、ダンスに夢中なんだ。俺たち、ちょっと付いていけねえよ」

島崎は、そちらに向かおうと思った。また、雨が降り出した。街に雨のにおいが満ちている。

「最後にもう一度聞かせてくれ。島崎英次は、死んだ富岡について何か言ってなかったか？」

大野は、嘲笑を浮かべた。島崎は、どうして最近の若者はこういう笑い方をするのだろうと思いながら見ていた。

「ざまあみろって言ってたよ」

「ざまあみろ？　なぜだ？」

「知るかよ。むかつく野郎だったんだろう。もしかして、刑事さん、英次が殺《や》ったと思ってるの？」

からかうような口調だった。冗談を言っているつもりなのだろう。だが、島崎には冗談に聞こえない。

「引き留めて悪かったな……」

島崎はそう言うと、六本木に向かうことにした。

16

児島美智代の行方は依然として不明だ。

山口県警から知らせが入った。実家には姿を見せていないという。

事件との関連を疑う捜査員が増えはじめる。しかし、いまだに事件と児島美智代を結びつける要素は明らかになっていない。

銀行内で不倫をして、そのために銀行を辞めたのだという噂があるだけだ。その相手もまだ特定されていない。

物証も状況証拠も何もないが、樋口は児島美智代と事件の関わりを疑っている捜査員の一人だった。何かがにおう。

日和銀行内では、引き続き聞き込みを行う予定になっているが、それも月曜日まで待たなくてはならない。

さらに、児島美智代の自宅に張り込みが付いていた。彼女が帰宅した様子はない。

夜の捜査会議が始まったが、島崎はまだ帰らない。今日は戻らないかもしれないと言っていたのを思い出した。捜査員が上がりの時間に戻らないのは珍しいことではない。

しかし、張り込み担当でもないのに、捜査会議の時間に戻らないというのはどういうことだろう。

樋口は思った。

何か、独自の手がかりを見つけたのだろうか？　捜査員の中には秘密主義者もいる。情報源を共有したがらない刑事は少なくない。捜査本部ではすべての情報を共有するのが望ましいが、やはり、手柄を独占したがる者はどの世界にもいる。

樋口は、島崎の仕事のやり方をよく知らないが、もしかしたら手柄を欲しがるタイプなのかもしれないと思った。

二課からたった一人でやってきている。他の捜査員と足並みをそろえるのは難しいし、そういう立場になると、手柄を焦ることがある。

ホワイトボードをぼんやりと眺めていた樋口は、そこに記されている日付で、月が変わったことをようやく実感した。

そうか。今日から七月か……。

月が変われば、ツキも変わると、捜査員はよく口にする。犯罪捜査にはツキがおおいに影響するのだ。人の生き死にに関わっているうちに、刑事はだんだん信心深くなってくる。無常観のせいかもしれない。

照美がイベントに行くというのは、いつのことだったか……。日時までは聞いていなかった。深夜のイベントだから、よほど捜査が佳境に入らなければ、仕事への影響はないだろう。問題は、私の体力だな……。

樋口は思った。四十歳を過ぎると、とたんに徹夜がきつくなってきた。

刑事は徹夜をするのが仕事のようなものだ。また、たいていの警察官は、若い時代に四交替制を経験しているので、夜勤には慣れている。

とはいえ、体力は確実に衰えていくのだ。若者たちに囲まれ、神経をすり減らして朝まで過ごすのは辛いに違いない。樋口は憂鬱な気分になってきた。

周りの捜査員たちがざわめいた。

樋口は、何事かと会議のやりとりに意識を戻した。

「確実な情報か？」

田端課長が訊いていた。捜査員の一人がこたえた。

「ええ。しかし、ただ一緒に歩いているところを見かけたというだけですから……」

何のことだ……？

樋口は、顔を上げた。田無署の刑事課長が立ち上がり、ホワイトボードに向かった。

そこに黒のマーカーで書かれている、富岡和夫と児島美智代の名前を、緑の矢印で結んだ。

そして、その矢印の脇に、「一緒にいるところを目撃」と書き込んだ。

報告している捜査員は、銀行職員の聞き込みに回っていた班の者だ。

そういうことか、と樋口は納得した。

被害者と児島美智代が、どこかで一緒にいるところを、銀行員の誰かに目撃されたということなのだろう。

それ自体はたいした情報ではないかもしれない。しかし、樋口は徐々に事実の輪郭が浮かび上がってくるような気がしていた。周囲の捜査員たちもそう感じているようだ。

次に報告をしたのは、児島美智代の自宅付近で聞き込みを行っていた捜査員だった。

「付近の新聞販売店を片っ端から当たりまして、児島美智代と契約しているところを見つけました。そこで話を聞いたんですが、本人から電話で、新聞をしばらく止めてくれと言われたそうです。その電話があったのが、殺人事件のあった日の午後だそうです。つまり、六月二十八日のことですね」

再び、捜査員たちがざわざわと言葉を交わした。

田端課長は、それを制するように言った。

「みんな、焦るなよ。まだ、確実な情報はひとつもねえんだ。憶測で動くと、ろくなことにならん。確かなネタがほしいんだ。被害者と付き合っていたのは、児島美智代だったたっていうな」

「しかし……」

池田管理官が言った。「ぷんぷんにおうじゃないですか」

「だからこそ、褌《ふんどし》をしめてかからにゃならんのさ。児島美智代の写真を手に入れろ。それを持って、被害者の自宅付近で徹底的に聞き込みだ。誰か被害者宅に出入りする児島美智代を見ているかもしれない。それから、銀行での聞き込みも強化する。知っててしゃべらないやつが、必ずいるはずだ」

池田管理官が補足した。

「児島美智代の自宅付近で、被害者を見たことがある者はいないかも洗ってください。現在の自宅だけでなく、銀行時代に彼女が住んでいた、渋谷区笹塚のほうも当たってください」

方針が決まると、捜査員たちの士気も上がる。樋口は、捜査本部に活気が満ちてくるのを感じていた。

それにしても、島崎は何を追っているのだろう。大学柔道部の関係を洗うと言っていたが、捜査はそれとはまったく違う方向に進みはじめている。

島崎は見当違いな線を必死で追っているのではないだろうか。もし、そうだとしたら、それが明らかになったとき、きっと島崎は傷つくことになるだろう。

一人で突っ走ったときほど、その傷は大きい。樋口はそれが気になっていた。

樋口は、また雨の中を自宅に向かって歩いていた。雨水が靴の中に染み込んでいる。今度、防水のウォーキング・シューズを買おうと思った。先日、週刊誌のグラビアで見て、ほしいと思っていたのだ。

自宅に帰るのが、少しばかり憂鬱だ。今朝の険悪な雰囲気を思い出していた。

家に帰ると、珍しく照美がリビングルームにいなかった。部屋にいるらしい。照美と恵子はまだ冷戦状態なのだろうか。

恵子は、樋口の顔を見ずにお帰りなさいと言った。樋口は、すぐにいつものトレーニングウェアに着替えた。自宅でトレーニングウェアを着るのは、待機寮時代からの習慣だ。

恵子は無言で濡れた服をハンガーにかけている。

「氏家に相談してみた」

樋口は言った。恵子は、怪訝そうな顔で樋口を見た。

「例のイベントの件だ。あいつは、俺についていくべきだと言った」

「ついていく？　照美にですか？」

「そうだ」

「何も、そんなことまでしなくても、行くなと言えばそれで済むことです」

「俺は、行っていいと言ってしまった。その責任がある」

「責任というのは、そういうことじゃないでしょう。子供を教育する責任はどうなるんです？」

「約束を守るというのも、教育の一環だと思う。言ったことは実行してみせるのも、大人の責任だ」

恵子は、しばらくじっと樋口を見つめていた。あきれているのかもしれない。あるいは、怒りを爆発させようと、臨界点を待っているのだろうか。

樋口は、眼をそらして恵子の反応を待っていた。正直言って、びくびくしていた。樋口は、人の怒りに接するのが苦手だ。相手が妻であっても、だ。この年になっても感情的になった人に対処する術を知らない。

ちらりと恵子を見る。顔が紅潮している。珍しいことだ。やはり怒っているのか……。樋口は、次の抗議に対処すべく身構えた。

次の瞬間、恵子は笑い出した。

樋口は、その意外な反応に戸惑った。恵子は声を上げて笑っている。その様子をあっけにとられて見ていた。

「まったく……」

恵子は言った。「あなたは、相変わらずね」

「相変わらず？」

「融通が利かないというか……。要するに、唐変木《とうへんぼく》なのよね」

「何だ、それは」

「今時、子供にそれほど義理を尽くす親はいませんよ」

「だから問題なんじゃないのか？」

「本気で、イベントについていく気？」

「本気だ。照美を呼んでくれ」

恵子は、どこかうれしそうに照美を呼びに行った。

「なあに」

リビングルームにやってきた照美は、立ったまま言った。「やっぱり、イベント行くの、だめだとか言うんじゃないよね」

樋口は言った。

「行くなとは言わない。ただし、条件がある」

照美は、少しばかりふくれっ面になった。

「ほらきた。何よ、その条件って」

「父さんもそのイベントに行く」

照美は、一瞬絶句した。どうこたえていいかわからないらしい。

「高校生が朝まで遊ぶというのは、やはり問題だ。だが、おまえにも付き合いというものがあるだろう。だから、父さんも行く」

照美は当然嫌がると思っていた。

この年頃の女の子は、皆父親を煙ったがるらしい。せっかく友達と遊びに行くのに、父兄同伴では白けるに決まっている。

「しょうがないな……」

照美は言った。「お父さんが行きたいって言うなら、連れてってやるか……」

「イベントはいつなんだ？」

「来週の金曜から土曜にかけて」

「七月七日だな」

「そう。七夕」

「わかった」

「いっしょに行く子、みんなかわいいよ。お父さん、うれしい？」

「どうかな……」

照美は、宿題が残っているからと言って部屋に戻っていった。別に妻との仲違いが続いていて部屋に籠もっていたわけではなさそうだ。

「あの子、うれしいんですよ」

恵子がどこか悔しそうに言った。

「そんなはずないだろう。遊びを親が監視するんだぞ」

「でも、うれしいんですよ。普段、かまってやらないからじゃないですか」

樋口は小さくうめいた。

「その点についちゃ、申し訳なく思ってる」

「あたしも一緒に行こうかしら？」

樋口はびっくりして、恵子を見た。

「冗談ですよ。あたしは、朝まで訳のわかんない音楽聴かされるなんて、まっぴらですからね」

私だってまっぴらだと、樋口は思った。

「メシにしてくれ」

「はいはい」

恵子の機嫌はすっかり直ったようだ。考えてみれば、機嫌が悪いように見えたのは、恵子の計略かもしれない。そういう演技をして、樋口の様子をうかがっていたに違いない。樋口は何だか、そんな気がしていた。

「おい」

樋口は、恵子に言った。

「何です？」

「イベント、何着ていけばいいのかな？」

恵子はまた声を上げて笑った。

17

島崎は、六本木交差点の交番で、ヒートの場所を確認した。交差点から飯倉に向かって進み、有名なイタリア料理店の角を左に折れる。その道はじきに突き当たるので、それを右に曲がったところにあるという。

「けっこう、物騒な雰囲気の店ですよ」

交番にいた若い巡査が言った。

「物騒？」

島崎は思わず聞き返していた。

「ええ。日本人はあまり行きません。黒人さんばっかで、日本人の客は女だけだそうです」

「何か問題が起きたことがあるのか？」

「そういうわけじゃありませんが、不気味な感じですよ」

巡査の言ったとおりだった。

その店に近づくに連れて、外国人の姿が多くなってきた。通りの向こう側には、大勢外国人がたむろしている。どうやらバーからはみ出した客らしい。声高にわめき合っている。イタリア料理店の角を曲がると、まったく日本とは思えない雰囲気になった。

歩道に座り込む外国人の若者。そして、ラジカセを持ち出して踊る、アフリカ系の男たち。一時期よりは、六本木から外国人の数が減ったと聞いていた。しかし、この一帯だけは別のようだ。

　ヒートを見つけるのに苦労した。看板が目立たなかったのだ。ドアの前に立って、島崎は、あぜんとしていた。ペンキを乱暴に塗りたくったドアだ。まさか、それが飲食店の入り口とは思わなかった。


　店の中からは、重低音の規則的な振動が伝わってくる。アフリカ系の二人連れが近づいてきた。

　脇を通り過ぎるとき、二人はあからさまに島崎を睨み付けて行った。二人はドアを開けて店の中に消えていったが、その一瞬、店の中の大音響が吐き出された。

　店内はすさまじい音に満たされているようだ。

　こんな音楽をずっと聞き続けていては、まともに頭が働かなくなるのは当然だな……。

　島崎はそんなことを思った。

　英次とタエとやらは、この店内にいるのだろうか。

　中に入って確かめるわけにはいかない。それほど広くない店のようだから、すぐに英次に見つかってしまう。

　外で張り込むしかないと思った。あまり居心地がよくなさそうだ。細いアスファルトの通りに、雨に濡れた紙くずやら空き缶が落ちている。外国人がバーの店先で立ち話をしていた。まるで、映画で見るアメリカの大都市のスラムのような雰囲気だ。危険が満ちているように感じられる。このあたりにたむろしている連中には、日本の警察手帳の効き目がないような気がしてくる。

左手を見ると、公衆便所があり、その向こうに細い路地があった。地形からすると、墓地のほうに向かう路地らしい。そのあたりにも、外国人たちがたむろしている。

どこか、このヒートの出入り口を見張れる店を見つけてねばろうか。そう考えたが、そんな店は見当たらない。どうやら、外で張り込むしかないようだ。

島崎は心細かった。張り込みは通常二人でやるものだ。そして、待っていれば交代要員がやってくる。

あの細い路地のあたりで張り込むことにするか……。

島崎は、そちらに近づいた。ラテンアメリカ系とアフリカ系が何か話し合っていた。島崎は彼らを無視して、物陰に立った。島崎が近づくと、彼らはその場を離れていった。もしかしたら、麻薬の売買でもやっていたのかもしれない。

どこの国の犯罪者も、警察官のにおいには敏感だ。

やがて、また雨が降り出した。どこかで傘を買ってくればよかったと思った。さっきまで、

んだ。

小糠雨《こぬかあめ》だった。だが、雨足が強くなってきた。

たちまち、背広の肩が濡れた。髪も濡れ、滴が頬に流れる。たまらず、公衆便所に逃げ込

あたりのネオンが濡れた地面に映っている。

それを見ていると、惨めな気分になってきた。何で、私だけこんな思いをしなければならないのだろう。

雨のおかげで、あたりに人影がなくなった。歩道にいた外国人たちは、どこかに消えていた。このあたりの店に逃げ込んだのだろう。

何もかもが濡れていく。夜気には、島崎の感情を拒絶するような雰囲気があった。

唐突に、島崎は説明のつかない衝動を覚えた。大きな失敗をした後のような、ひどく情けない気分だ。

その情けない気持ちが、ある決意を促した。

この苦労は何のためだ？

単に、英次の罪を明らかにするためか？

そうではない。

父親として、男として決着をつけるためだ。

では、どうやって決着をつける？

英次と話し合うのか？　そして、自首を促すのか？

そんな屈辱には耐えられそうになかった。屈辱は、丈太郎が捜査情報を富岡に洩らしたときに充分味わった。もうたくさんだ。

誰の助けも借りられず、こうして雨の中、夜の公衆便所にたたずんでいる。こんな惨めな気持ちは、もう味わいたくはなかった。

一つの傘で寄り添うようにして歩いてくる男女に気づいた。島崎は、公衆便所の壁に身を隠した。

女のほうが背が高いようだ。驚くほどスタイルがいい。男のほうは、これといって特徴がない。近づくにつれて、それが英次だとわかり、島崎は驚いた。自分の息子に気づかなかったのだ。

家の中で見るのとは印象が違う。英次は、小さく見えた。

二人は、公衆便所の前で右に曲がった。ヒートへ行くのだ。てっきり、もう店の中にいるものと思っていた。出てくるのを待つつもりだったのだ。

これから入るとなると、当分出てはこないだろう。島崎は、張り込みを切り上げて帰ろうかとも思った。すでに、十時近い。だが、今度英次がいつタエと会うかわからない。タエの身元だけは洗っておきたかった。英次の行動も徹底的に知りたい。

島崎は、雨の中、孤独な辛い張り込みを覚悟した。

18

一つの傘で一緒に歩くだけで、英次は有頂天だった。今は何もかも忘れて、この幸福感だけを味わっていたい。英次はそう思っていた。

タエはいい匂いがした。コロンなのかシャンプーの匂いなのか、英次にはわからない。体温が伝わってきて、ふわふわしたいい気持ちで街を歩いていた。雨など気にならない。

タエとは、六本木のスターバックスコーヒーで待ち合わせた。

英次は六本木などほとんど知らなかったので、タエに詳しく場所を教えてもらわなければならなかった。スターバックスコーヒーは、大通りに面していて、店の前にテーブルが二つ置かれている。

雨が降っているにもかかわらず、その外の席にラテンアメリカ系らしい外国人が陣取っていた。まるで、そこが自分の指定席のような態度だった。

ただのブレンドコーヒーを頼もうと思ったが、そんなものはなく、なんだかややっこしい飲み物の名前がメニューに並んでいる。英次は、適当にその中のひとつを指差した。カップの大きさを尋ねられ、中くらいとこたえた。

一人で店内にいると落ち着かなかった。渋谷のファーストフードとは雰囲気が違う。やっぱり六本木だと、英次は思った。

タエは待ち合わせに十分遅れてやってきた。その十分は英次にとって針のむしろだったが、タエの顔を見たとたん、怒る気はまったくなくなってしまった。

タエは慣れた口調でモカなんとかをカウンターで注文した。

食事は、回転寿司でした。六本木まで来て回転寿司というのも何だか情けないが、タエが無駄な金を使う必要はないと言って譲らなかった。

食事を済ませると、ヒートに向かった。タエは傘を持っていなかったので、相合い傘という恰好になった。時折、二人の腕が触れ合う。

「やっぱり、エージ、ちょっと変だよ」

タエが突然言った。英次はどきりとした。

「変……？」

「エージ、ずっと変だったじゃん」

「そうか？」

「家族のことで何かあったんでしょう?」

「別に……」

「何があったか話す気、ない?」

英次はそっと溜め息をついた。

「ちょっとおかしなことになってな……」

「おかしなこと……?」

「なんか、俺、みんなどうでもいいような気分になってきてよ……」

タエの声が少しばかり低くなった。

「どうでもいいって、どういうことよ」

「言ったとおりの意味だよ。あ、でもダンスのこととか、別だぜ。俺、ダンス、やれる間は、一所懸命にやるよ。スクールも休まない」

「自棄《やけ》になってるってこと?」

タエは、自棄とかどうでもいいとかの後ろ向きの言葉をひどく嫌う。英次は慌てて言った。

「違うよ。そんなんじゃねんだ。なんだか、こう、うまく説明できねえけどよ、くよくよするのがばかばかしくなったっていうか……」

「いったい、何があったの?」

タエの声がさらに低音になる。

英次はどうこたえていいかわからなかった。

「わかんねえ……。俺、わかんねえよ」

「ふうん……」

公衆便所の前を通り過ぎると、すぐにヒートに着いた。英次は、面倒くさい話を終わりにできてほっとした。

あれこれ考えたくない。考えてもしょうがない。それが、今の英次の心境だった。

ペンキを乱暴に塗りたくったようなドアの向こうから、腹に響くビートが聞こえてくる。

英次は、まだこういうクラブには来たことがない。

タエによると、これがホンモノだという。

どういう意味なのか、英次にはいまひとつぴんとこなかった。

ダンスのことだけ考えていよう。今は、いろいろと勉強して、少しでもダンスがうまくなりたかった。少しでもタエに追いつきたい。

他のことは考えたくない。ダンス以外の実生活は、もう、何もかもが面倒くさかった。

タエは何の躊躇もなく、ドアを開けた。とたんに、音の洪水に包まれた。

中は薄暗い。壁は黒く塗られており、シンプルなクラブだった。だが、英次が知っているクラブとは、雰囲気がかなり違う。ほとんどの客がアフリカ系だ。

英次はたじろいだ。

声を上げる者、大笑いをする者、フロアで踊る者……。すでに、店内には独特の熱気があふれている。

「エーイ、タエ」

誰かが声をかけてきた。タエが片手を上げると、大きなアフリカ系がその手をぴしゃりと叩いた。ハイタッチだ。

「彼、エージ。エージ、レナードよ」

「あ、ども……」

みんな、大音響の中で話をするので、自然に顔が近づき、大声になる。

「ボーイフレンド？」

レナードは、タエに尋ねた。

「まあね」

タエがそうこたえたので、英次はうれしくなった。

「ラッキー・ガイね」

レナードが英次に言った。「タエはダンスィング・クィーンよ」

英次は、かかっている音楽が気になっていた。英次が知っているクラブというのは、たいていは、シンセサイザーを使った単純なビートの、速い曲がかかっている。

ユーロビートだ。テクノから発展したダンスミュージックだとタエが教えてくれたことがある。だが、この店でかかっているのは、アメリカのリズム&ブルースが中心だ。

ファンクのダンサーは、ユーロビートじゃ踊れないの。

かつて、タエがそんなことを言ったことがある。まだ、英次がダンスをよく知らない頃のことだ。

そんなことがあるはずがないと、英次は思った。ダンスがうまい人なら、どんなダンスミュージックにだって乗れるはずだ。

だが、タエの言うとおり、ユーロビート系のクラブで、アフリカ系を見かけたことはほとんどない。

タエは、英次の袖を引っ張って、カウンターのほうに連れて行った。バーテンダーもアフリカ系だ。レナードは背が高かったが、バーテンダーは小柄だった。

へえ、アフリカ系にも小柄なやつがいるんだと、英次は妙なことに感心していた。そのバーテンダーも、タエに笑いかけた。やはり顔見知りらしい。

タエはコーラを注文した。彼女はクラブなどで、滅多にアルコールを摂《と》らない。酒を飲んでダンスをするのが嫌なのだろう。英次もそれにならっていた。英次もコーラを注文した。

コーラを一口飲んで、カウンターにもたれて立っていると、英次は不思議な感覚に包まれはじめた。

暗い店内。絶え間なく続く、バスドラムとベースのビート。それが耳障りではない。そこにいることが、すごく自然な気がした。音楽のない日常にいるほうが、不自然に思えるのだ。立ってビールを飲んでいる肌の黒い男たちも、椅子に腰掛けている連中も、床に座っているやつらも、自然にリズムに乗っている。歩くときでさえ、自然に首を前後させている。

店内の照明が点滅した。

ＤＪが、何かをわめき立てた。歓声が上がる。英次は何事かと店内を見回した。

「始まるよ」

タエが耳元で言った。

音楽が変わる。さきほどからかかっているのは、すべてリズム＆ブルースだ。タイトなビート。だが、メロディーラインはゆったりとしている。

突然、客の中から二人のアフリカ系が飛び出した。フロアにはあらかじめ、広い空間ができている。客たちは床に座ってその二人のダンスを眺めはじめる。

二人は、高くジャンプしたと思うと、低く体を沈め、大きく左右に上体を振る。床を両足の内くるぶしで擦るように歩く、いわゆるアヒルで位置を入れ替わると、一転して激しいステップに移る。

二人は勝手に動いているように見える。だが、実にぴったりと息が合っており、実は綿密に練習で合わせていることがわかってくる。

見ていると、役割が変わるのがわかるのだ。一人が派手に踊っているときは、一人は引き気味で、基本的な振りをやっている。

ダンススクールで、Kに基本的なことを習っていなければ、またタエからいろいろと教わっていなければ、こうしたことはわからなかっただろうと英次は思った。

すげえ……。

英次は思った。

どんなにばらばらに見える動きをしていても、二人の首の動きはぴたりと一致している。こうした基本的な体の動きを、インターロックというのだと、タエが教えてくれたことがある。

二人は汗を流して踊っている。だが、疲れを見せない。激しい動きに見えるが、体中がリラックスしているのだ。

そして、不自然な動きが一つもない。これはすごいことだと、英次は思った。動作から動作に移行するときにまったく隙がない。

音楽がフェイドアウトしていき、二人のダンスは終わった。拍手と歓声、指笛が飛び交う。

今までかかっていた音楽がフェイドアウトすると同時に、新しい音楽がかかった。

次に別の男がフロアに進み出た。彼は一人だ。やはりアフリカ系だ。

曲はさきほどよりは、少しばかりスローだ。新たな踊り手は、最初からトリッキーな動きを多用した。複雑なステップを踏み、フロアを広く使う。

両腕でウエーブをやってみたり、くるりと手首を返す複雑なツエルをやってみたり、また全身をゴムのように大きく横にゆすりながら、移動したり、とにかくテクニックが凄かった。

そして、彼もやはりリズムに乗っている。どんなに複雑な動きをしようと、体がぴたりとリズムをつかまえている。

彼の動きは美しい。ステップで完全に、バスドラムとベースのビートを拾っておいて、上体は、メロディーラインに反応している。

腕は、スネアのリズムを追っているように見える。完全に音楽に溶け込んでいる。

ああ、ああいうふうに踊れたら気持ちいいだろうな。

英次は思った。

次の曲は一転して、アップテンポだった。

アフリカ系男性と、日本人女性の二人がフロアに進み出た。

二人はめまぐるしく位置を変え、交互に伸び上がり、左右に交差する動きを繰り返した。今にもぶつかるのではないかと、はらはらする動きだ。

二度続けて同じステップを踏むことはない。右足でバスドラムに合わせて強く踏み込んだと思うと、次のビートで肩すかしを食わせるように、左足をするりと滑らせる。その瞬間に、二人の位置が入れ替わる。

どんと踏み込み、するりとスライド。また、一つのビートに合わせて、左右の足で三度ステップを踏んだりする。ものすごく速い動きだ。足の軌跡が残像で残るだけだ。鞭がしなるような動きだった。

それが、絶対にビートから外れない。まるで、二人の体が音楽を奏でているように感じられてくる。

彼らの足からバスドラムとベースの音が聞こえ、彼らの肩の動きに合わせてスネアが聞こえ、腰のうねりによって、ギターのフレーズが聞こえてくるような錯覚を起こす。

英次は、見ているだけで陶然としてきた。顔が紅潮し、体から力が抜けていく。

二人は大喝采を浴びてダンスを終えた。

次のダンサーは、男性一人。

やはり、リズム&ブルースに合わせて踊った。これは、英次にも馴染みのある動きだった。オールドスクールのロッキングを取り入れている。

正確なステップとリラックスした動き。そこから突然、ぴたりと決めを作る。その静止の瞬間が実に力強い。

そして、静から動へのメリハリがものすごく利いている。

難しいダウン系の動きを苦もなくこなしておいて、しなやかに上体を躍動させたかと思うと、威嚇するようなポーズをぴたりと決める。それが、ドラムとベースの直前に入ると、見ているほうも思わず動きを止めてしまう。次の瞬間、彼の体は、バスドラムの音に弾かれたように躍動する。

彼は、空手か何かの型を取り入れているようだ。ダウン系のハイテクニックを披露したかと思うと、いきなり、空中に飛び上がって、足を大きく内側に回した。カンフーのような動きだ。

その勢いを利用して空中で体をひねり、着地した瞬間に床に伏せた。そこから、ブレイクダンスのように両足を振り上げる動きで体を回転させて、すぐさま起きあがり、ポーズを決める。

それらの大技が、すべて、リズムにぴたりとはまっていた。空中に飛び上がるときも、着地の瞬間も、床から起きあがるときも、すべてバスドラムとベースのビートに一致していた。

英次は目を丸くしていた。

彼も、喝采を浴びた。

そうして、次から次とダンスが披露された。彼らは発表会をやっているのだ。

イベントやるから行かない？

タエにそう言われたとき、正直言ってあまり気乗りがしなかった。客はほとんどアフリカ系で、日本人の男性客はいないと、以前タエから聞いていたのだ。

正直に言って、ちょっと恐ろしかった。

そして、何よりもイベントを楽しむような気分ではなかった。しかし、今は心底来てよかったと思った。

タエが言っていたことが、少しだけわかったような気がした。

ファンクとユーロビートは根本的に違う。

それは事実なのだ。

ブラックミュージックと、ファンクは、同じリズム感覚で出来上がっている。それは、アフリカ系の人々の体から自然とわき上がってきたリズムなのだ。

それが、彼らの踊りを見ているとよくわかる。

だから、彼らはごく自然に全身で楽しむことができる。どんなに複雑に見える動きでも、彼らの感覚からすると自然なのかもしれない。

イベントはまだまだ続きそうだ。

英次は、いつまでもこの雰囲気に浸っていたいと思った。店を満たすリズム&ブルースに身を任せて、たゆたうような気分でいたい。

外の世界に戻るのが嫌だった。

タエが英次の腕をつついた。

「そろそろ行こうか？」

「え……？」

「最後まで付き合ってたらたいへんよ」

「ああ……」

英次は、時計を見た。十一時半だ。

タエとの楽しい時間は、終わったようだ。朝まで一緒にいたいと思ったが、それは言い出せなかった。

ヒートを出ると、まだ雨が降っていた。

「すごく楽しかったよ」

「一杯、付き合わない？」

それは、意外な誘いだった。「お酒、飲めるでしょう？」

「ああ……」

タエは、表通りには出ずに細い路地を進んだ。墓地の脇を通り、左に折れたところにある小さなバーに入った。

そこにも、日本人はいなかった。カウンターの中にいるのも、白人の女の子だった。

タエはバドワイザーを注文した。英次も同じものを頼んだ。英次はタエが酒を飲むところを初めて見た。

一気にグラスの半分くらいを飲み干すと、タエは大きく息を吐いた。

「ああ、おいしい……。お店以外じゃ滅多に飲まないんだけどね」

英次もビールを口に運んだ。正直に言って、ビールをうまいと思ったことはない。だが、冷たいビールは喉に心地よかった。

「ヒート、どうだった？」

タエが尋ねた。

「すごかったよ」

情けないが、それ以上の言葉が見つからない。

「あたし、ああいう連中と勝負しなければならないんだ」

「そっか。タエ、ただダンスを楽しんでいるだけじゃねえんだな」

一瞬、タエは沈んだ表情になった。英次は、どうしていいかわからず、ビールを一口飲んだ。

タエが、英次のほうを向いて尋ねた。

「エージは、あたしのこと、どうでもいいと思ってるの？」

唐突な質問で、英次は慌てた。

「そんなわけ、ねえだろう」

「じゃあ、ダンスとあたし、少なくとも、大切なものが二つあるんだね」

英次は考えてからこたえた。

「そうだな」

「変なこと、考えてないよね」

「変なこと？」

「例えば、自殺とか……」

「なんで俺が自殺するんだよ」

「最近、簡単に自殺するやつ、いるじゃん。あれって、大切なものがないやつがするんだよね」

「大切なものがないやつ？」

「じゃなきゃ、大切なものが見つけられないやつ」

「俺はダンスもタエもものすごく大切だ」

「じゃあ、話して」

「何を？」

「何があったか。何か、隠し事されているみたいで嫌なんだよね」

英次は、眼をそらした。

我ながら煮え切らない態度だと思う。

「タエとは、楽しい話がしたいんだよ」

「なんか、ばかにされてるみたい。むかつく」

「何でだよ？」

タエの表情が険しくなった。

「あたしとは、大事な話ができないってこと？　エージが悩んでいるときに、あたしは力になれないの？　それって、あたしをばかにしてるってことじゃん」

タエは、ビールをもう一杯頼んだ。

英次は、すっかり度を失ってしまった。タエは憧れの対象であり、タエから何かをしてもらおうなどと思ったことはない。

「迷惑をかけたくなかっただけなんだ」

「迷惑かどうかは、あたしの問題でしょう。迷惑だと思ったら、忘れるわよ」

英次は、タエの顔を見つめた。

タエは俺のことを心配してくれていたんだ。

ようやくそのことが実感できた。

英次は、眼をそらしてビールを飲んだ。気持ちを落ち着かせるためだ。ここまで言われて話さないわけにはいかない。どこから話せばいいか考えていた。

「俺の兄貴は大学で柔道をやっている」

英次は話しはじめた。「小学校のときは、俺も一緒にやっていたんだ。そのときの先生が富岡ってやつでよ。そいつ、兄貴の大学のOBでもあるんだ。その富岡がよ……」

英次は、富岡が丈太郎にやらせたこと、そして、父親がそれに巻き込まれたことを説明した。

「オヤジも兄貴もおたおたしちまってよ。てんで情けねえの。俺、あったまきちゃってよ……」

「それで……？」

「俺、富岡に会いに行ったんだ」

「会ってどうするつもりだったの？」

英次はそう訊かれて、即答できなかった。

「わかんねえ。とにかく、黙っていられなかったんだ」

「ふうん。家族思いなんだ……」

「そんなんじゃねえよ」

英次は吐き捨てるように言った。そして、あらためて、言い直した。

「家族なんてどうだっていいさ。どうしようもねえやつらなんだ。富岡に何も言えねえんだ。何か問題が起きたら、それをちゃんと解決しようとしねえで、誰かが何とかしてくれるんじゃないかと、待ってるだけなんだ。息をひそめて、怖いものが早く通り過ぎてくれないかとびくびくしているネズミみてえにな……。あいつらには、何もできねえ。何かやれるとしたら、俺しかいねえと思ったんだ」

タエは黙って話を聞いている。

話しながら、英次は気持ちが整理されていくのを感じていた。

「俺、家族の中のはみ出し者だからよ。俺がどうなったって、オヤジやオフクロは、邪魔者がいなくなったって思うだけだろう。だから、俺なら何をやってもいいと思ったんだ」

タエの表情が曇った。

「会ってどうしたの？」

「富岡のやつは俺に説教しようとした。俺、キレちまってよ。かかっていったんだ。けどよ、富岡って柔道の先生だ。簡単にやられちまったよ。あっという間に投げられたんだ。ものすごくむかついたけど、どうしようもなかった」

「それでスクール休んだのね？」

「そう。俺、むかついてむかついて、どうしていいかわからねえくらいだった。それで、もう一度、富岡に会いに行ったんだ」

「それで？」

英次は、肩をすくめた。

「富岡は死んだ」

19

雨足は弱まらない。濡れた服が不快だった。特に、ズボンの裾のあたりが濡れて脛《すね》にまとわりつく感触には閉口した。だが、島崎は張り込みの辛さを感じなくなっていた。

英次のことは、島崎自身が決着をつけなければならない。その責任感のほうが、張り込みの辛さよりもはるかに勝っていた。

こんな出来事がなければ、私は英次に本気で眼を向けることはなかったかもしれない。つくづく皮肉に思えた。

英次をちゃんと見てやらなかった責任は自分にもある。だから、私自身で責任を取らなければならない。

それが、けじめだ。

ヒートからかすかに聞こえていた音楽が、急に大きくなった。ドアが開いたのだ。島崎は、そっとそちらをうかがった。

英次とタエが出てくるのが見えた。二人で一つの傘をさして、こちらにやってくる。島崎は、トイレの中に身を隠し、様子をうかがっていた。

英次とタエは、公衆便所の前を通り過ぎ、大通りには向かわずに細い路地へ進んだ。再び尾行を開始する。動きがあったことで、島崎はほっとした。尾行のほうが、公衆便所で張り込んでいるよりもはるかに楽だ。

英次とタエは、バーに入っていった。未成年者が入るような店ではない。島崎はまた張り込みをしなければならなくなった。

隣の雑居ビルの一階は広いホールになっていて、雨をしのげる。階段の脇に身を隠すこともできる。島崎は、そこに落ち着くことにした。

雨は、少しばかり小降りになっただろうか。夜は更けて、雨が降っているというのに、大通りのほうでは人通りが絶えない。島崎のいる路地を、外国人が行き交う。

本当に外国にいるみたいだ……。島崎は思った。

英次とタエの二人は、思ったより早く店を出てきた。二十分ほどしかいなかった。時計を見ると十二時になろうとしている。これからまたどこかへ行くつもりだろうと、島崎は思った。

不良どもにとっては、まだまだ宵の口だろう。これから本当のお楽しみが始まるに違いない。

二人は、六本木交差点に出ると、地下鉄の入り口を下った。

六本木から移動しようというのか……。

彼らは、中目黒方向のホームに向かう。島崎は、細心の注意を払って尾行を続けた。これほど神経を使ったことはないかもしれない。

通常、尾行は複数でやるし、顔を知られていることはまずない。

英次とタエが電車に乗り込むと、島崎は隣の車両に乗り込んだ。電車は混み合っている。連結の近くに立ち、二人を監視した。

電車の中は酒のにおいが満ちている。それと雨に濡れた衣服や傘のにおい。気を滅入らせるじっとりとしたにおいだ。

電車が恵比寿に着くと、多くの乗客が降りた。それに混じって英次も降りた。島崎も電車を降りようとしたが、タエが車両に残っている。

どういうことだ?

島崎は戸惑った。尾行を察知されたのだろうか? いや、そんな様子はない。

ならば、ここで別れるということか?

じきに列車のドアは閉まる。

島崎は、このままタエを尾行することにした。英次は自宅に戻るのかもしれない。その可能性は大きい。自宅に帰る息子を尾行しても意味はない。

タエには顔を知られていないし、尾行もやりやすい。

やがて、電車は恵比寿を出て終点の中目黒までやってきた。ここで、東横線に乗り換える客は多い。だが、タエは出口に向かった。改札を出ると、裏道を通って商店街に出て、祐天寺の方向に歩きだした。

ずいぶんと長い距離を歩いた。十分以上歩くと、商店街は突き当たりとなり、タエは左に曲がった。さらに、細い道を進む。このあたりは、住宅街で、細い曲がりくねった道が複雑に交差している。

やがて、タエは小さなアパートにたどり着いた。とてもマンションとは呼べない。路地に面して窓が並んでいる二階建てのアパートだ。

タエが入る部屋を確認した。二階の左から二番目の部屋だ。部屋に明かりが灯る。どうやら、一人暮らしのようだ。ドアの脇に張ってある表札には、藤代《ふじしろ》とあった。それがタエの苗字らしい。

島崎は、ドアをノックした。返事がない。もう一度ノックする。

「はい……」

警戒心に満ちたタエの声が聞こえる。

「すいません、警察の者ですが、ちょっとお話をうかがえませんか?」

「警察……?」

「はい。銀行員殺害事件の捜査本部の者です」

しばらく、沈黙があった。

島崎は言った。

「島崎英次さんをご存じですね」

やがて、ドアが開いた。しかし、チェーンがかけられたままだ。

島崎は、その隙間に向かって警察手帳を提示した。

怪訝そうなタエの顔がのぞく。やがて、タエは、小さく溜め息をつくといったんドアを閉め、チェーンを外してまたドアを開いた。

「エージがどうかしたんですか？」

「島崎英次さんが、被害者と争っているところを、目撃した人がいるんです。それで、お話をうかがえればと思いまして……」

「こんな時間に……？」

タエは、眉間にしわを寄せた。

「お帰りをお待ちしていたんですよ」

これは嘘だが、タエは信じるに違いない。

「被害者って、富岡って人のこと？」

「そうです。富岡和夫。日和銀行に勤めていました」

「それって、エージの柔道の先生だったたって人ね？」

「そのようですね」

「だったら、エージは関係ないですよ」

「関係ない？」

「英次を疑っているんでしょう？」

「そういうわけではありません」

これも嘘だ。「何か事情をご存じないかと思いまして……」

「たしかに、何か腹が立つことがあって、その富岡って人に会いに行ったって言ってたわ。でも、それだけよ」

「どうしてそう思うんです？」

「英次がそう言ってました」

「その言葉は、信じられますかね？」

「あたしは信じるわ」

だが、島崎は信じない。

「腹を立てた理由について、何か言ってましたか？」

「お兄さんとお父さんが、何かされたって言ってた。でも、詳しくは知らない」

「お兄さんとお父さんが……？」

島崎は戸惑った。

英次は、丈太郎と私のために腹を立てたというのか？　英次が嘘をついているのではないだろうか？　しかし、タエに対してそのような嘘をつく理由がない。

「家族は何もできないから、俺がやらなきゃならないんだ。エージはそう言ってたわ。自分は、家族のはみ出し者だから、何かあっても邪魔者がいなくなるだけだって……」

その言葉が島崎に鋭く突き刺さった。

「それで……？　それで、島崎英次は、富岡に会いに行ってからどうしたんです？」

「知らないわ。でも、あたしは、エージを信じてるわ」

「六月二十七日の夜から、二十八日の朝にかけて、島崎英次がどこにいたかご存じありませんか？」

「六月二十七日……？」

「火曜日です」

ほんの一瞬だが、タエの表情が曇った。何かを思い出したようだ。刑事の鋭い眼はそれを見逃さなかった。

「何かご存じなんですね？」

「たいしたことじゃないわ」

「何があったんです？」

「英次は、ダンススクールを休んだ。ただそれだけよ」

「ダンススクールを休んだ……。そのダンススクールというのは、何時から何時までなんですか？」

「五時半から七時まで」

「毎週火曜日なんですか？」

「そう」

「その日、島崎英次はなぜダンススクールを休んだか知っていますか？」

「腰を痛めたと言ってたわ」

「どうして腰を痛めたか知っていますか？」

タエはごまかそうとしているようだ。しかし、それをあきらめたように言った。

「富岡って人に柔道で投げられたんだと言ってたわ。でも……」

タエは言った。「それは殺人事件とは関係ないわよ」

「六月二十七日の夜から二十八日の朝にかけて、島崎英次がどこにいて何をしていたか、あなたはご存じないのですね？」

タエは抗議しかけて、またあきらめた。

「ええ。知らないわ」

島崎にとっては、それで充分だった。

英次は、富岡が捜査情報を洩らすように丈太郎に強要していたことに腹を立てていた。そして、信じがたいが、島崎が利用されたことにも腹を立てていたようだ。

そして、英次は富岡に会いに行った。問題を解決しようと思ったのだろうか？　だが、あいつに解決できるはずはない。簡単に追い返されてしまった。

それにますます腹を立てて再度出かけていき、殺した。

それにしても、英次の動機が家族のためだったというのが信じられない。

「島崎英次は、いつからダンスをやっているのですか？」

「三カ月くらいまえかなあ」

「あなたが、ダンスについていろいろと教えているようですね」

「誰がそんなこと、言ったの？」

タエの眼に警戒の色が浮かぶ。

「島崎英次の友達ですよ。たしか、大野と小山とかいう……」

「ああ、あの二人ね。三人で練習しているらしいわね」

「島崎英次はあなたの影響でダンスを始めたのですか？」

「最初に会ったとき、あの三人でダンスの練習していたのよ。スクールに通うことを勧めたのはあたしだけど……」

「キャバクラにお勤めなのですか？」

「お金のためにね」

「どこの何という店です？」

「渋谷のティアドロップという店よ」

島崎は、もっと英次について尋ねたいと思った。おそらく、タエは島崎よりずっと多くのことを知っているはずだ。

英次は何を考え、何が好きで、何をやろうとしているのか。そして、家族をどう思っているのか……。

しかし、何を尋ねていいのかわからない。やがて、島崎は、言った。

「夜分遅く、失礼しました。ご協力を感謝します」

タエはうなずき、ドアを閉めた。鍵とチェーンのかかる音がする。

島崎は、再び雨の中を歩き始めた。夢中で尾行していたときとは違い、道のりは長く感じられた。

それにしても……。

英次が、家族のために犯行に及んだというのが、どうしても信じられなかった。しかし、もしそうだとしたら、それは犯行の動機になる。

どうして、ばかなまねをする前に、一言相談してくれなかったのだ……。

島崎は、そう思ってから、かぶりを振った。

それはどう考えてもありそうになかった。島崎と英次は、ここしばらく言葉を交わしていない。英次が会話を拒否していると思っていた。しかし、同時に島崎も拒否していたのだ。

面倒くさかった。

家族の問題というのは、何よりも面倒くさい。つい、仕事に逃げたくなる。だが、刑事の仕事というのは、逃げ込むにはきつすぎる。島崎は八方ふさがりだったのだ。だが、自分をそこに追い込んだのは、自分自身のような気がした。

英次の犯罪を捜査して、初めてそれに気づくとは……。

私は、捜査を始めるまで、英次をまったく見ていなかった。まるで、英次をいないものとして考えようとしていた。それが、お互いのためだと思っていた。

だが、その間も英次は生きていた。生きているということは、考え、悩み、揺れ動くものだ。その揺れが、家族のほうに振れていたこともあったかもしれない。

島崎は顔を上げた。

何を考えても、今となっては遅い。刑事の息子が人を殺した。そして、その原因を作ったのは刑事だった。捜査情報を被害者に流していたのだ。

それが、新聞やテレビで報道されたときのことを考えると、島崎は叫び出したくなる。そんな屈辱に耐えられそうにない。

島崎は厳格な父親に育てられた。父は、教師をやっており、男は何よりも恥を知らなければならないと常に言っていた。柔道も父に言われて始めたのだ。

その教育が体に染みついている。生き恥をさらすことは、何よりも耐え難い。英次がああいう育ち方をしてしまったのも、すべて自分の責任だと感じはじめていた。

ならば、その責任を取らなければならない。今まで家族をおろそかにしてきたツケが回ってきたのだ。きついツケだが、仕方がない。起きてしまったことはどうしようもないのだ。

急にぐったりと疲れが出た。

耐え難い疲労感だった。今までの人生の疲れが一気に出たような気がした。

それにしても、ダンスとはな……。

島崎は思った。

ダンスなど、男のやるものではないと島崎は思っていた。テレビで見る限り、それは軽蔑の対象でしかなかった。若い、女性的な男がくねくねと身をくねらせて、女たちにきゃあきゃあ騒がれている。

ディスコやクラブは、少年犯罪の温床としか思っていなかった。踊ることが恰好いいと感じる感性が理解できなかったのだ。

だが、夕刻に渋谷で見た光景はたしかに不思議だった。そこには、一種の禁欲的ですがすがしい雰囲気があった。

素人目にも、うまい連中とそうでない連中がわかった。練習の成果が見て取れたし、向上しようとする意欲があった。

タエという女性も想像していたのとはずいぶん違っていた。

キャバクラに勤めていて、ダンスに夢中の女。それだけで偏見を持っていたのかもしれない。どうせ、英次はたぶらかされているだけだ。そう思っていたのだ。

しかし、話をしてみたタエの印象はまったく違っていた。

今時の若い娘にしては、たいへんにしっかりしていた。意外にも、島崎は好印象を持っていたのだ。

タエはちゃんと相手の眼を見て話す。その眼は、はっきりとした意志を持っていることを物語っていた。何かを真剣に見つめている眼だと島崎は思った。その何かというのは、ダンスなのかもしれない。

大野と小山が言っていた。タエはレベルが違うと。他人にそう言わせるということは、少なからず努力をしているということだ。その夕エに影響されているのだから、英次のダンスに対する興味も、ひょっとしたら本物なのかもしれない。

英次から話を聞くべきだった。

島崎の胸に押し寄せるのは、後悔ばかりだった。

いや、もし、英次が突然ダンスをやりたいなどと言いだしたら、私は頭ごなしに反対していたはずだ。

商店街が終わり、山手通りが見えてきた。タクシーの空車が並んでいる。山手通りをまたぐ形で、中目黒駅のホームが見えている。まだ明かりが点いている。

ひばりヶ丘まで行く最終電車は、池袋を零時四十四分に出る。今から電車では間に合わない。そして、何より島崎は疲れ果てていた。

島崎はタクシーに乗ることにした。

シートに座ると、思わず声が洩れた。張り込みに尾行と、ずっと立ちっぱなしだった。ふくらはぎがぱんぱんに張っており、靴の中で足がむくんでいる。さらに、靴の中は雨で濡れており、うんざりした気分だった。

行き先を告げ、タクシーが走り出すと、島崎はぼんやりと窓から山手通りの景色を眺めていた。まだ、飲食店の看板に明かりが点《つ》いている。

コンビニにビデオショップ。夜中だというのに、人通りが絶えない。

東京では見慣れているはずのその風景が妙に新鮮に見えた。人の営みがいとおしい。意匠を凝らした看板が美しい。そして、雨に濡れた地面に映る明かりや、車の赤いテールランプが美しい。

窓の外を見ているうちに、なぜだか、泣きたい気分になってきた。

それは、島崎の覚悟のせいかもしれなかった。六本木でひそかに心に決めた、一つの覚悟がいっそう強固なものになっていた。

責任の取り方にはいろいろな形がある。しかし、今の私には、これしか考えられない。

英次にとっても、私にとってもこれ以上の方法はない。

島崎は、決意していた。

それを実行する日まで、せめて、英次をしっかりと見つめていてやろう。

島崎はそう思い、目を閉じた。

20

日曜日だったが、樋口は捜査本部に出かけた。田端課長や池田管理官は、背広ではなく普段着だった。いつもは、本庁に顔を出すので背広を着ているが、日曜日はその必要がない。捜査員の中にも、ラフな恰好をしている者が目立つ。

樋口は、島崎が現れたので、彼に声をかけた。

「昨日は、どうでした？」

島崎は驚いたように樋口を見た。島崎は憔悴《しょうすい》しきっている。疲れがはっきりと顔に出ていた。

「ああ、あまり進展なしだ」

樋口はうなずいて、児島美智代の件を話した。島崎は、うつむいてテーブルの上を見つめたままその話を聞いていた。

あまり反応がない。捜査員ならば、眼を輝かせてもいい情報だ。

「今、捜査員たちは、必死で児島美智代の行方を追っています。本部の幹部は、捜査員を山口に送ることも考えているようです」

「そうか……」

島崎が、樋口のほうを見た。「それで、例のチャパツの少年の件はどうなった？」

その質問に、樋口は何かひっかかるものを感じた。だが、それが何かわからない。樋口は、そのことを考えながら、こたえた。

「地取り班が聞き込みに回っていますが、有力な情報はまだないようですね。鑑取り班も、ひょっとしたら、かつて被害者が柔道を教えた人物じゃないかと考えて洗っていますが……」

「私もその少年の捜査に回ろうかと思うのだが……」

「柔道部の関係はどうなったんです？」

島崎はかぶりを振った。

「必死で嗅ぎ回ったが、何も見えてこないんだ。この事件には、柔道部の人脈はからんでいないと考えていいと思う」

樋口はうなずいた。

「捜査員たちの多くは、児島美智代に関心を抱いています」

「誰かが貧乏くじを引かなきゃならんさ」

島崎が言った。「チャパツの少年は犯人でないとしても、それを確認するのも刑事の仕事だろう？」

そのとき、唐突に、樋口は気づいた。

島崎は、例のモンタージュ写真の若者のことを、さきほどから少年と言っている。これまで、誰一人、少年と言ったことがないのだ。

「そうですね」

樋口は言った。「たしかにそれも、刑事の仕事です。ところで、そのチャパツについて何か心当たりがあるんですか？」

「ない」

島崎は即座に言った。「なぜそんなことを訊く？」

「島崎さんはさきほどから、そのチャパツのことを、少年と言っています。彼が少年か成人か、誰も知らないのです」

島崎は、赤く充血した眼を樋口に向けた。充血しているが、妙にぎらぎらと光っているような気がした。

樋口はその眼の光り方が気になった。

島崎は何かを知っている。樋口の勘がそう告げていた。

「そう思っただけだ。管理人らの話からそういう印象を受けた。それでつい、そう言ってしまったんだ。訂正するよ」

樋口はさらに尋ねた。

「やはり、独自に動かれるのですか？」

「ああ」

島崎は言った。「そうさせてもらえれば、ありがたい」

「やはり、強行犯の捜査本部には馴染めませんか？」

島崎は眼をそらして、またテーブルの上を見つめた。

「そういうことではないんだ……」

何か思い詰めているように見える。

「島崎さん。何かあったら、私に言ってください。たった一人で二課から来られているというのはかなりの負担でしょう。おなじ予備班の私に、何かできることがあれば……」

島崎は、樋口を見てほほえんだ。

「すまんな。気をつかってもらって……」

樋口は、そのほほえみと彼の言葉にまた驚いた。淋しげな笑いだった。

島崎は、そのような笑い方をしたり、他人の気づかいに礼を言ったりするようなタイプではないと思っていた。

皮肉な笑いが返ってくることを予想していたのだ。

捜査会議が始まり、二人の会話は中断された。樋口は、島崎の様子が気になっていた。ただ、手柄を立てようと思っているだけならそれでもいい。だが、今し方の反応はどうもそれだけではなさそうだ。

児島美智代の行方は、まだわからない。友人から携帯電話の電話番号を聞き出していたが、ずっと電源が入っていないようだった。休日は出かけている人が多く、また商店、飲食店なども休みが多くて、聞き込みがはかどらない。明日以降に期待するしかなさそうだ。

山口に派遣される捜査員二名が選ばれた。樋口班の部長刑事と田無署の若い刑事のペアだ。実家の近辺に身を隠している可能性はないか、また、故郷の友人宅にいる可能性はないか、確認を取らなければならない。さらに、同郷の友人で東京にいる人間のリストを作成する必要もある。

県警に協力してもらうことになるが、他人の庭の事件には、なかなか本気になってもらえないものだ。その重い腰をひっぱたき、またなだめすかして動いてもらわねばならない。派遣される捜査員は、なかなか荷が重いのだ。彼らは、捜査会議が終わるとすぐに山口に旅立つ。

児島美智代の現在とその前の住居の周辺で聞き込みをやった結果は、あまり芳しくない。誰も、被害者を見かけていない。

児島美智代が被害者と付き合っていたという証拠が何も見つからない。被害者の自宅からは、児島美智代に関わりのあるものは何も見つかっていない。携帯電話にも、彼女の番号はなかった。児島美智代が犯行の直後に出かけたのも、被害者と一緒にいるところを人に見られたのも、ただの偶然ではないかという慎重論も出はじめた。

だが、樋口はそうは思わなかった。

被害者の鑑取りをやっても、他に付き合っていたらしい女性が見つからない。事件の前夜、一緒に酒を飲んでいた女性というのは、児島美智代に違いないという気がしていた。

田端課長も池田管理官も、そう考えているようだ。しかし、彼らは立場上捜査員を煽《あお》るような発言はできない。予断は禁物というわけだ。

慎重論の代表は、田無署の木原刑事課長だった。

彼は、被害者宅から児島美智代と結びつく手がかりが何も出てこないことを論拠としていた。

「男と女が付き合ってるんですよ」

木原課長は言った。「何も痕跡がないはずがない」

田端課長は苦い顔をしている。

木原課長はさらに言った。

「一緒に写した写真とか、電話番号とか、手紙とか……。何か残っているはずです。なのに、児島美智代に関するものは何もない」

田端課長はちらりと樋口を見た。樋口の意見を求めているようだ。樋口は言った。

「たしかに、被害者宅からは、児島美智代に関するものは何も見つかっていません」

木原課長が樋口を見た。

「そうだよ。だからさ、これ、違うんじゃないかと……」

「しかし」

樋口は言った。「他の女性の痕跡もないのです」

「それはわかっているが……」

「ならば、誰とも付き合っていなかったのか、ということになりますが……。じゃあ、事件の直前に一緒に酒を飲んでいた女性は誰かということになります。被害者には奥さん以外に特定の女性がいたらしいことは、マンションの住人らの証言で明らかなんです」

「じゃあ、なんで被害者の部屋に何の痕跡もないんだね？」

「被害者は別居していましたが、正式に離婚していたわけじゃありません。そういうことには慎重になるんじゃないかと思いますが……」

「我々がほしいのは確証なんだ。推測だけじゃ物事は進まない」

木原課長の言葉は、力を失っていった。彼も樋口に反発したいわけではないらしい。ただ、焦っているのだ。

「よし」

田端課長は、決心したように言った。

「ガサをかけよう」

捜査員たちが、いっせいに田端課長を見た。田端課長は、力強く言った。

「明日一番で令状を取る。彼女の部屋を捜索すれば、何か出てくるかもしれない」

「不倫が理由で銀行を辞めたという噂。事件直後に行方がわからなくなった。一緒にいるところを見かけた者がいる……」

池田管理官が言った。「これだけの根拠で令状が下りますかね?」

「被害者宅に出入りしていた女性と、児島美智代は人相風体が一致しているんだろう。何とかする。私が直接、判事に掛け合ってもいい」

池田管理官はうなずき、捜査員一同に言った。

「よし、令状が下り次第、ガサをかける。それから、都内の旅行代理店を片っ端から当たってみてくれ。まずは、児島美智代の自宅の近くからだ。これだけ行方を追って見つからないとなると、海外に行っているということも考えられる」

「児島美智代の件はそれでいい」

田端課長は言った。「チャパツの若者の件はどうなった?」

樋口は、そっと島崎の様子をうかがった。島崎は会議が始まってからずっと手元を見つめて何か考えている。話題が、チャパツの若者のことになっても、何も反応を示さなかった。

地取り班からの報告は、依然として、手がかりなしというものだった。鑑取りのほうからも、それらしき知り合いは見つかっていないと報告した。進展なしだ。

そのとき、ようやく島崎が反応を示した。小さく吐息を洩らしたのだ。それは、よほど注意していなければ気づかないほどに小さな反応だった。

捜査会議が終わると、島崎は、今日もこのまま戻らないかもしれないと言って出かけていった。

あまり、捜査本部の足並みを乱して欲しくない。樋口はそう思ったが、何も言わなかった。とりあえず、しばらく様子を見たほうがいいと判断したのだ。

捜査員たちが出かけると、樋口は、しばらく考えた後、内密の電話がしたいと田無署の係員に言った。彼は、それならば、小会議室の電話をつかってくださいと言って、場所を教えてくれた。樋口は礼を言って小会議室へ行き、天童一係長の自宅に電話した。

天童は自宅でくつろいでいるらしく、いつもよりもいっそう穏やかな声音だった。

「おう、ヒグっちゃんか。どうした？」

「島崎さんのことでちょっとうかがいたいことが……」

「ああ、今、銀行員殺しの捜査本部にいるんだったな。島崎がどうかしたか？」

「どういうタイプなのかと思いましてね」

「見てのとおりのタイプだよ。根は単純だ。大学の体育会上がりだから、上下の関係にうるさくて、その意味では警察官向きだな。どちらかというと古いタイプだ」

「協調性という意味ではどうでしょう？」

「あるほうだと思うよ。集団行動には向いている」

「功名心は強いほうですか？」

天童はしばらく考えていた。

「そうとは思えんな」

「他人を信用せず、独自の捜査をやりたがるとか……」

「そんなことはないはずだ。ちょっと待て、ヒグっちゃん。いったい、何でそんなことを訊くんだ？」

「私も、島崎さんは、今天童さんが言ったとおりの人だと思っていました」

「それがどうかしたのか？」

「どうも、ここの捜査本部に来てから、ちょっと様子がおかしいのです」

「様子がおかしい？　どうおかしいんだ？」

「日に日に、消耗していくように見えます」

「帳場が立てば、捜査員は誰でもそうだろう」

「それに、島崎さんは、一人で行動したがるんです。外で何を調べてきたのかも言いたがりません」

天童は、何も言わなかった。眉間に皺を刻んで、考え込んでいる天童の姿が目に見えるようだった。

「島崎さんは、二課から一人でやってきています。気苦労は我々よりずっと大きいでしょうから、そのせいかとも思っていたんですが……」

「たしかにそうだろう。彼は慣れない殺人の捜査で疲れているのかもしれない。普段一緒に働いている仲間もいない。緊張しているのかもしれない」

「緊張に弱いタイプですか？」

この質問に、天童はまた考え込んだ。

「いや、そうは思えないな。彼は頑丈な男だよ。肉体的にも、精神的にもな。少々のことではへこたれない。それに、もともと楽観的なタイプだ。あまり物事を複雑に考えない。むしろ、短絡的なところがあるくらいだ」

「短絡的……？」

「ああ。それに頑固だ。自分がこうと決めたら、梃子《てこ》でも動かない。強情なんだよ。シンプルで強情。そういう男がストレスに弱いとは思えない。むしろ、周りにストレスをかけるタイプかな……」

　天童の最後の一言は、冗談のようだった。しかし、樋口には冗談に聞こえなかった。

「だとしたら、今の島崎さんはかなりおかしいと言えるでしょう。ひどくやつれていますし、何か思い詰めたような様子です」

「だから、それは慣れない殺人の捜査本部にいるせいじゃないのか？」

「ただ、それだけとは思えないんですが……」

　天童は、しばらく無言だった。

「本人に尋ねてみたのか？」

「それとなく……」

「島崎は、単刀直入にものを言うのを好む。それとなくじゃあなあ……」

　訊いてもこたえてくれそうな雰囲気ではない。しかし、天童の言うとおりかもしれなかった。微妙なニュアンスが通用する相手としない相手がいる。また、たしかに、はっきりものを言わない相手を嫌う者もいる。

　あれこれ詮索するよりも、本人にはっきり尋ねたほうがいい場合がある。いや、たいていの場合はそうなのだ。

「わかりました。今度、島崎さんと話をしてみます」

「そうしてくれ。島崎とはハコ番をやっているときからの付き合いだ」

「お休みのところ、どうもすいませんでした」

「ヒグっちゃん、私はあんたのそういうところを買ってるんだ」

「何のことです？」

「たいていの刑事は事案を追うだけで精一杯だ。他人のことを気にするのは、気に入らないやつがいるときと相場が決まっている。だが、あんたは、島崎のことを気づかってくれる」

「そういうわけではないんです。天童さんも、一目見たら気になりますよ」

「そうか……。まあ、あいつのことだから、心配ないとは思うが、様子を見てやってくれ」

「はい」

天童は電話を切った。

私が、島崎のことを気にするのは、何か事件に関係がありそうな気がするからだ。別に島崎のことを気づかっているわけではない。

樋口はそう思った。

その点、天童さんは誤解している……。

樋口が、小会議室を出て捜査本部に戻ると、痩せて背の高い連絡係が電話に向かって言った。

「あ、ちょっと待ってください。今、いらっしゃいました」

樋口は、連絡係に言った。

「私に電話か？」

「そうです。荻窪署生活安全課の氏家さんと名乗っておられますが、ご存じですか？」

樋口はうなずいて、電話を代わった。

「樋口だ」

「ああ、家に電話したら、捜査本部のほうだというから……」

「どうしたんだ？」

「娘さんの件はどうなったかと思ってな」

「気にしてくれているのか？」

「まあな」

「私が一緒に行くことにしたと、話したよ」

「奥さんにか？　娘さんにか？」

「両方にだ」

「今の日本に、お宅のような家族がいることは、奇跡のように思えるな」

「少年犯罪を扱っているからそんな気がしてくるのだろう。わざわざそんなことを確認するために電話をくれたのか？」

「イベントはいつだ？」

「どうしてそんなことを訊く？」

「知ってるだろう。そういうイベントは少年係のチェック項目なんだ」

「七月七日の夜から翌朝にかけてだそうだ」

「場所は？」

「待ってくれ、メモしてある」

樋口は手帳を取り出した。「飯田橋、『トリプルスター』」

「知っている。クラブというよりディスコだな。パラパラで有名なところだ」

「パラパラ……？」

「ユーロビートに乗ってな、みんな同じ振りで踊るんだ」

樋口には何のことかよくわからなかった。

「とにかく、私は憂鬱だよ。場違いな場所で何時間も過ごさなければならない」

「娘さんは、あんたが同行することを認めたのか？」

「特に文句は言わなかったな」

「一緒に楽しんでくればいい」

「おまえさんとは違うよ」

「人間、心がけ次第だよ」

電話が切れた。

こいつは、何のためにわざわざ電話をかけて来たんだろう。樋口はあきれて、受話器を置いた。

氏家は、どうやら樋口の家庭に興味を持っているようだ。それは、かなり複雑な興味なのかもしれない。

彼は、四十歳で独身だ。今のところ、結婚するつもりはまったくないらしい。勝手気ままに生きているように見える。人生をすべて冗談で笑い飛ばしているようなところがある。

男としてうらやましい生き方ともいえる。

だが、それは氏家の生い立ちから来ているらしい。彼はそういう生き方しか選択できなかったのかもしれない。

幼い頃に、彼の両親は離婚している。母親が男を作って逃げたのだと、彼は言っていた。

氏家は父親に育てられた。母親が去ってからの父親は酒に溺れて、暴れたそうだ。幼い頃は地獄だったと氏家は言っていた。

その父親が今どうしているのか、尋ねたことはない。もしかしたら、もう他界しているのかもしれないし、まだどこかで生きているのかもしれない。

氏家の眼には、樋口の家庭が奇妙なものに見えるのかもしれない。今時の日本で、樋口の家庭は奇跡のようだと氏家は言った。それは、彼の本音かもしれない。

島崎の家庭はどうなのだろう。

ふと、樋口はそんなことを思った。そういえば、次男がグレていてたいへんだと言っていた。

島崎が憔悴しているのは、もしかしたら、家庭の事情なのかもしれない。だとしたら、他人には言いにくいだろう。

捜査に出ると言って、何か家庭の問題のために駆けずり回っているということも考えられる。

照美は、問題なく育っているように見える。その照美が夜通しのイベントに出かけるというだけで、家庭内は混乱するのだ。高校を中退して、世の中から不良と呼ばれている息子を持つ親はたいへんだろう。

樋口はあらためて考えてみた。

島崎の長男は、柔道で活躍している。島崎のお気に入りに違いない。だが、次男は高校中退の不良だ。

島崎は、その次男のことをどう思っているのだろう。非行に走るには、何かの兆候がある。そして、さまざまな原因があるはずだ。その原因を理解しているのだろうか？　あるいは、理解できないまでも、知ろうとしたことがあるのだろうか……。

余計なお世話だと思って、これまで何も言わなかった。だが、一度話をしてみてもいいかもしれない。

そこまで考えて、樋口は急に気になりはじめた。

髪を茶に染めた若者のモンタージュ写真が配られたときのことだ。その写真を眺めていた島崎が、笑いながらこう言ったのだ。

「うちの次男もこいつと同じような恰好をしている」

島崎は、今時の若者はみんな同じような恰好をしていると言いたかったのだ。たしかにそうかもしれない。モンタージュ写真のような恰好をした若者は、街中にはごまんといる。島崎の次男もその一人に過ぎないのかもしれない。

だが……。

樋口は考えた。

島崎の次男も被害者の富岡に柔道を習ったことがあると言っていた。面識があったのだ。

そして、島崎の自宅と被害者宅は近い。

そう考えると、日曜日に被害者と言い争っていた若者というのは、島崎の次男である可能性がある。

樋口は、思わず唇を噛んでいた。

その若者は、依然として容疑者リストに載っているのだ。

樋口は落ち着いて考えようとした。これは単なる思いつきに過ぎない。本当にその可能性はあるだろうか？　可能性があるとしたら、それはどれくらいだろう。

島崎の不自然な行動。それも、もし、次男を犯人だと思っているとしたら説明がつく。モンタージュの若者のことを調べたいと言いだしたのもそれが理由かもしれない。

島崎は何かを知っているのだ。彼の次男が犯人なのだろうか？

では、児島美智代はどうなるのだろう。捜査本部はまったく見当違いの方向に力を注いでいることになるのだろうか？

地取り班は、今もモンタージュ写真を持って現場付近の聞き込みをやっている。そのうち、誰かが島崎の次男に気づくかもしれない。そうなったとき、島崎の立場はどうなるだろう。

当然、捜査員たちは知っていて隠していたと考えるだろう。モンタージュ写真の若者が、島崎の次男と決まったわけではない。だが、その可能性は無視できない。

捜査本部の幹部に話すべきかどうか、樋口は迷った。気づかない振りをしていても、いずれ誰かが調べ出す。時間の問題だ。それも、限られた時間の……。

まず、捜査本部の幹部たちに話す前に、島崎と話をするべきだと樋口は思った。携帯電話の番号リストを見て、島崎に電話した。

コールが聞こえる。電源は切っていないようだ。樋口はいらいらした。五回の呼び出し音を聞いて切ろうかと思った。その直後、電話がつながった。

「はい。島崎」

「樋口です」

「どうした？」

「ちょっと、相談したいことがあるんです。今日は、何時に上がられます？」

「今日も、このまま直帰ということにしてくれ」

「できれば、今日中にお話ししたいのですが……」

「話なら電話でもできるだろう。何だ？」

「電話では、ちょっと……」

樋口は、捜査本部内をそっと見回した。部屋の中には、捜査本部の幹部、つまり田端課長、池田管理官、田無署の木原刑事課長、それに連絡係や会計総務係らがいる。

「明日じゃだめなのか?」

「はい。できれば……」

しばらく間があった。

「わかった。六時に戻る」

「すいません」

電話が切れた。

樋口は、受話器を置いたままの恰好で考え込んでいた。

これは微妙な問題だ。田端課長らに相談すべきなのかもしれない。捜査本部全体のことを考えれば、それが最良の方法だ。だが、理屈では割り切れないものがあった。

島崎の憔悴しきった様子を思い出したのだ。彼は何かに思い悩んでいる。それが、次男のことである可能性は大きい。島崎の気持ちもわかるような気がした。二課からたった一人で捜査本部にやってきて、その上、息子に疑いをかけられては、まったく立場がない。

樋口の中で、理性の声が聞こえる。

ばかな。これは殺人の捜査だぞ。

樋口は、その声に抗《あらが》った。

わかっている。何も、もみ消そうというのではない。夕刻までだ。島崎が戻るまで、胸の中にしまっておくだけだ。

21

樋口からの電話を切った後、島崎は言いようのない不安に駆られた。

あいつは、気づいたのではないだろうか。

樋口のポーカーフェイスを思い出していた。何があっても、彼は感情を表に出さないように見える。そして、他人に自分の考えを悟られるのを、巧妙に避けているようにも思えるのだ。

もしかしたら、すべてを知っていて、私を泳がしているのではないか。

そんな気さえした。島崎は、焦りを覚えた。

彼は、また、自宅に駐車した車の中で、張り込みをやっていた。空はどんよりと曇っている。いつ、降り出してもおかしくはない空模様だ。

昨日と同じ状況だが、島崎の気持ちはまったく違っていた。昨日は、疑い、苛立っていた。だが、今は不思議なほど穏やかな気分だった。

やるべきことは決まっていた。決まっていないのは、いつやるかということだけだ。

それまでは、英次を見ていてやろう。英次を観察して、彼が何を考えて、何をするのかを理解しようと考えていた。

その日、英次はずっと部屋にこもっているようだった。一日中部屋にいるというのは、どういう気持ちなんだろう。

島崎は、初めて想像してみた。

まるで、幽閉されているようなものだ。もちろん、自分から引きこもっているのだが、外に自分を受け容れるものがないと感じているのなら、それは閉じこめられているのと同じだ。自分の部屋だけが安心できる空間なのかもしれない。

最近の引きこもりというのは、パソコンと密接な関係があるらしい。実際の社会に拒否されたと感じる若者は、パソコンのネットに自分の居場所を見つけようとする。

英次は、パソコンを持っていない。だが、携帯電話を持っている。携帯電話もまた、パソコンのネットと同様に、擬似的な社会を構築していると指摘する学者がいる。

部屋にこもり、電話をかけ続ける若者。それは、島崎にとってはひどく淋しい姿に思えた。

島崎も若い頃に、あちらこちらに電話をかけまくった経験がある。当時、自宅の電話は居間にしかなかったので、十円玉を山ほど持って、公衆電話に行った。酒に酔い、なぜだかひどく淋しい気分になったとき、知っている女の子に片っ端から電話するのだ。それで、淋しさが癒えるわけではない。よけいに、淋しさが増すだけだ。それでも、電話をかけずにいられなかった。

英次の気持ちは、そのときの島崎の気持ちと似ているのだろうか？　それとも、まったく違ったものなのだろうか？

島崎にはわからない。しかし、たしかに、島崎にも淋しさに耐えかねた、若い頃があったのだ。そんなことがあったことさえ、忘れていた。

家族を見失うということは、自分を見失うということなのかもしれない。

島崎はそんなことを思っていた。

英次は、閉塞感を感じていたのではないだろうか。そして、孤独だったはずだ。そんな生活の中で、英次はダンスを見つけた。おそらく、すがるような思いでダンスに熱中したのではないだろうか。

島崎は、ダンスなど男のやるものではないと、今でも思っている。しかし、何かに熱中するというのは悪いことではない。何かを一所懸命にやっている人間は、活き活きとしているはずだ。もし、英次をよく観察していれば、その変化にも気づいたかもしれない。

島崎はまたしても後悔していた。

時間はゆっくりと過ぎていく。

考える時間はいくらでもあった。島崎は、何度も英次が犯行に及ぶまでのことを想像していた。

丈太郎から話を聞いた英次は、腹を立て富岡に会いに行った。そして、軽くあしらわれて、追い払われた。そのときに、腰を強打したらしい。大好きなダンススクールを休まねばならないことで、いっそう腹を立てたのかもしれない。

一人で部屋にこもっている英次は、その怒りを発散する術を知らない。怒りは募っていき、ついに、犯行に及んだのだ。

富岡のマンションはオートロックだが、マンションに入る方法はいくらでもある。英次の場合、忍び込む必要はなかったかもしれない。富岡は英次のことをよく知っていた。

インターホンで連絡するだけで、部屋まで行けたのだろう。日曜日にもめ事を起こした相手だが、柔道の腕に自信がある富岡は気にしなかったのかもしれない。

マンションの前で騒がれるより、部屋に呼んだほうがいいと判断したことは充分に考えられる。そして、富岡と英次は部屋で話を始めた。

やがて、口論になり、激高した英次は隙を見てゴルフクラブで殴りかかる。そして、ゴルフクラブが後頭部に当たり、富岡は倒れる。英次は咄嗟に近くにあったネクタイを手に取り、それで富岡の首を絞めて殺した……。

それが島崎の推理だ。おそらく、外れてはいないだろうと思った。事実と違う部分があったとしても、それは些細なことに違いない。

英次が富岡を殺した事実は変わらない。島崎は、今やそれを確信している。

驚いたり、疑ったり、うろたえたりという時期はもう過ぎ去った。今は、その事実を受け容れようと思うだけだ。

動機だけが、いまだに信じられない。あの英次が、丈太郎や自分のために腹を立てたのだ。もしかしたら、島崎と丈太郎のふがいなさに腹を立てたのかもしれない。だとしても、英次が家族のことを思って、怒りを覚えたことに変わりはない。

島崎は時計を見た。五時半になろうとしている。樋口に、六時までに戻ると言った。そろそろ、田無署に向かったほうがいいかもしれない。

英次が出かけるとしたら、日が暮れてからだろう。今日のところは、尾行をあきらめよう。

島崎はそっと車を降りて、田無署に戻った。


捜査本部では、樋口が待っていた。

捜査会議は、六時半から始まるという。樋口は、島崎を小会議室に連れて行った。二人だけで話をしたいらしい。

「話というのは何だ？」

「チャパツの若者のことです」

島崎は、無言で先をうながした。樋口は言った。

「島崎さん、その若者について、何か知っているんじゃありませんか？」

「どうしてそんなことを訊くんだ？」

「モンタージュ写真を見ながら、島崎さん、言いましたよね。うちの次男坊も、似たような恰好をしているって……」

「そうだったっけな……」

島崎は、軽口を叩いたことを後悔していた。

「モンタージュ写真の若者は、おそらく被害者と知り合いでした」

「何が言いたい？」

樋口の言いたいことはわかっている。だが、島崎はそう尋ねるしかなかった。

「お宅の息子さんは二人とも、被害者に柔道を習ったことがあったのでしたね。つまり、次男も被害者のことを知っていたということになります」

くそっ。やはり、樋口は気づいていたか。

「だから、何だと言うんだ？」

「モンタージュ写真の若者は、お宅の次男なのではないですか？」

「どうだろうな……」

「島崎さんは、それに気づいて、独自に捜査をしようとしているのではないですか？」

島崎は、どうすべきか迷っていた。

笑い飛ばすべきか、それとも怒って見せるか……。どちらも得策ではないような気がした。

「かなわんな……」

島崎は言った。「あんたの言うとおりだよ。考えれば考えるほど、被害者と揉めた若者というのは、うちの次男坊のような気がしてきたんだ。英次というんだがな……。英雄の英に次《つぎ》という字だ」

樋口はうなずいた。

「それで、何かわかったのですか？」

「情けない話だがな、英次とは没交渉なんだよ。ずいぶん前から口をきいてくれない」

「ならば、別の捜査員に質問させなければなりません」

別の捜査員が質問をする？

「英次を引っ張るのか？」

「そうですね。もし、モンタージュ写真の若者が英次君だとしたら、そうしなければならないでしょうね。その前に、確認を取る必要があります。英次君の写真をお持ちですか？」

島崎は、考えた。英次の写真を最後に撮ったのはいつのことだろう。

「家にあるのは、ずいぶん前に撮った写真ばかりだ。髪型もかなり違う」

「ないよりましでしょう。それを持って、マンションの管理人や住人、それから日和銀行の根岸課長に確認を取るのです」

「わかった。明日、持ってこよう」

「このことを、捜査本部の幹部に話していいですね？」

「まだ、話していないのか？」

「話していません」

「じゃあ、このことを知っているのは……？」

「私だけです。もっとも、すでに誰か気づいているかもしれませんが……」

「そうだな……」

樋口の言うとおりだ。いずれ、捜査員の誰かが気づく。英次が引っ張られたら、自白するのは時間の問題だろう。私に残された時間はわずかだ。島崎はそう思った。

「そろそろ、捜査会議が始まります」

「ああ……。先に行っててくれ」

樋口はうなずいて小会議室を出ていった。

島崎はじっと考えていた。

英次を捜査本部に渡すわけにはいかない。始末をつけるのは、この私でなければならない。ぐずぐずしてはいられない。

すみやかにやるべきことをやらなければ……。


捜査本部に戻ると、島崎はまず、幹部たちの様子をうかがった。特に島崎のほうを気にしている様子はない。島崎は、いつもの席に腰を下ろして、隣に座っている樋口にそっと尋ねた。

「まだ話してないのか？」

「まだです」

樋口は言った。「会議の後に、田端課長だけに話すことにしました」

こいつは、私の立場を気づかっているのだろうか。樋口というのは、冷徹な合理主義者だと思っていた。しかし、武士の情けも持ち合わせているということだろうか？

島崎は、ますます樋口のことがわからなくなった。

会議では、取り立てて注目すべき発言はなかった。児島美智代の行方はまだわかっていない。

モンタージュ写真の若者の話題になり、樋口が何か発言するのではないかと思い、そっと様子をうかがっていた。結局、樋口は何も言わなかった。

会議が終わると、ほとんどの捜査員は帰路についた。捜査本部に土日は関係ないというものの、やはり日曜日くらいは早く帰りたいというのが人情だ。

樋口が、田端課長に近づいていった。島崎は、樋口だけに任せておくわけにはいかないと思い、席を立って田端課長と樋口に近づいた。樋口は、それに気づいたようだ。

田端課長が言った。

「何だ？　話っていうのは……」

樋口が言う。

「例のモンタージュ写真の若者ですが……」

樋口はちらりと島崎のほうを見た。田端課長は、どうやら島崎が問題を抱えているのに気づいたようだった。

「あのチャパツか？」

田端課長は、樋口と島崎を交互に見て言った。「何かわかったのか？」

樋口は言った。

「島崎さんの次男である可能性があります」

田端課長は、じろりと島崎を睨んだ。迫力のある眼だ。

「本当か？」

島崎はうなずいた。

「ええ。モンタージュ写真がそれほど似ているとは思いませんが……。たしかに、息子は被害者を知っていましたし……」

「その次男坊が被害者と揉めるような心当たりはあるのか？」

「いいえ」

島崎は嘘をついた。「そういうわけではありませんが……」

田端課長は、島崎を見つめたまま何事か考えている。

樋口が言った。

「任意で引っぱることになるでしょうね？」

田端課長は唸った。

「あんた、息子から何か聞いていないのか？」

島崎はかぶりを振った。

「次男とは、しばらく話をしていないんです」

「話をしていない……？」

「ちょっと、グレてましてね……」

島崎は、ひどく恥ずかしかった。

くそっ。こんな思いをするのも樋口のせいだ。

「いくつだ?」

「十七です。高校を中退しまして……」

「難しい年頃だな……。それで、どんな様子なんだ?」

「別に……。普段と変わりなく見えますが……」

この言葉は正確ではなかった。普段の英次がどういう生活をしているのか、知らなかった。

田端課長はさらに何事か考えていた。やがて、課長は言った。

「しゃあねえな。明日にでも、任意で引っぱることになるが、あんた、かまわねえな?」

「もちろんです」

島崎は言った。

「捜査員の中には、あんたが気づいていて今まで黙っていたんじゃないかと疑うやつも出てくるだろう。ちょっとばかり、辛い立場になるぜ」

「仕方がありません」

「何も、英次君が犯人だと決まったわけじゃないんです」

樋口が島崎に言った。「ただ、日曜日に被害者と口論していたのが、英次君かもしれないというだけのことです」

島崎は無言でうなずいた。

「明日は忙しい一日になるぜ」

田端課長は言った。「俺は、判事を説得して児島美智代宅の家宅捜索・押収の令状《オフダ》をもらってこなけりゃならねえ。令状が降りたら、すぐにガサだ。ヒグっちゃんは、ガサのほうに回ってくれ」

島崎は、尋ねた。

「私はどうしましょう？」

「息子さんを引っぱってきて、尋問するのは他の者に任せたほうがいい。あんたも、ヒグっちゃんと、ガサに付き合ってくれ」

「わかりました」

島崎は、そう言うしかなかった。

22

戸をノックする音が聞こえた。英次は、返事をしなかった。誰であろうと、どうせろくな用じゃないと思った。

　またノックの音。

「英次。俺だ」

　丈太郎の声だ。

「何だよ、……ったく……」

　小さな声で毒づいて、英次はベッドから起きあがった。戸を開けると、丈太郎が立っている。

「何か用かよ」

「ちょっといいか？」

　英次は、いかにも面倒くさいという表情をしてみせた。だが、実は、兄が訪ねてくるのはその表情ほど嫌ではなかった。

　英次は場所をあけて、兄を部屋に入れた。それからふてくされたように、ベッドに横になった。いかにも迷惑だという演技をしているのだ。

「音楽のボリューム、ちょっと絞ってくれないか？」

　英次は、舌打ちをしてわざとのろのろと手を伸ばして、ボリュームを下げた。

　丈太郎が言った。

「富岡さんのことなんだけど……」

英次は何も言わなかった。

「俺も父さんも、富岡さんのせいで困り果てていた。その矢先に富岡さんは殺された」

「ラッキーだったじゃん」

英次は、皮肉な口調で言う。

「人が死んだんだ。ラッキーってことはないだろう」

「だけど、それが本音なんじゃねえの？　兄貴もオヤジもよ」

丈太郎はしばらく黙っていた。

英次は、その沈黙にふと不安になり、兄の顔を見た。兄は戸の前に立ったままだった。その表情が硬い。

やがて、丈太郎は言った。

「おまえは、富岡さんについていろいろ俺に尋ねたな？　結婚しているのか、とか、一人暮らしか、とか……」

「そうだっけな？」

「まさか、おまえが……」

英次は、嘲《あざけ》るような笑いを浮かべて見せた。

「そう思うか？」

丈太郎は絶句している。英次は、優越感のようなものを感じていた。たしかに、今英次は、丈太郎より優位に立っている。

「おまえじゃなく、俺がやるべきだったんだ」

丈太郎がぽつりと言った。「もとはといえば、すべて俺のせいなんだ」

「自分を責めてるのか？　やっぱ、おりこうさんだよな」

「最初に俺が突っぱねれば、こんなことにはならなかったんだ」

「後悔したって遅いさ。兄貴は、富岡にオヤジの捜査情報を渡しちまった。オヤジはそれをネタに脅されてさらに、捜査情報を教えなきゃならなくなった。もう後戻りはできねえんだからな」

「おまえが、やらなくてもよかったんだ」

英次は、起きあがった。丈太郎のこの言葉にかちんときた。

「兄貴にゃ、できなかったよ」

丈太郎は、驚いた顔で英次を見た。

「何だって？」

「兄貴だけじゃない。この家の誰にだって、問題を解決することはできなかった」

「何を言ってるんだ……？」

　丈太郎は、理解できないというふうな顔つきで英次を見つめていた。丈太郎からは、いつもかすかに湿布薬のにおいがする。

「何か問題が起きると、それをお互いのせいにするだけじゃねえか。そして、さらに悪いことが起きないかびくびくしているんだ。ひょっとしたら、誰かが問題を解決してくれるかもしれない。心の片隅でそう思いながら、問題から眼をそらして、表面的な日常の平穏を保っているだけなんだ」

「俺は何も……」

「兄貴は、言ったじゃねえか。柔道部の先輩後輩というのは、どうしようもねえもんだって。そりゃそうだろうな。それが、秩序ってやつなんだろう？　大学の柔道部の秩序だ。そいつを乱したら、今の兄貴の立場はなくなっちまう。せっかく練習しても、試合に出してもらえなくなるかもしれねえ。それが怖かったんだろう」

　丈太郎は、反論しかけた。しかし、何を言っていいかわからないらしく、結局何も言わず目を伏せてしまった。

　英次は、話しながら感情が高ぶってくるのを意識していた。

「哀れなもんだよな。苦労して練習してんのは、選手だ。それを、先輩だＯＢだと、でかい面した連中が、顎でこき使ったり、無理なことを言いつけたりするんだ。それって、あたりまえのようで、全然あたりまえじゃねえと思うぜ」

「わかってるさ……」

丈太郎は力なく言った。

「そう。わかってるけど、何にもできねえ。それが、うちの家族だよ。オヤジだってそうだ。だから、俺が富岡に会いに行ったんだ。俺は家族のはみ出し者だからよ。はみ出し者にしかできねえことって、あるんだよ」

「だからって、殺すことはないんだ」

丈太郎は、苦しげに言った。「殺すことは……」

英次は、かぶりを振った。

「俺がやったと思っているのか？」

「だって、自分でそう言ったじゃないか。富岡さんに会いに行ったって……」

英次は急速に気分が萎《な》えていった。

「もういいよ。出てってくれよ」

丈太郎は、戸口の前から動こうとしなかった。

短い沈黙があった。

「おまえ、何か始めたんだろう？」

丈太郎が突然言った。英次は驚いた。

「何かって……」

「俺だってスポーツ選手だ。体つきを見ればわかる。おまえ、最近、急に体が締まってきたじゃないか。何か運動をやっている証拠だ」

「兄貴にゃ関係ねえだろう」

「関係ないってことはあるか。弟が何をやっているかくらい、知っていてもいいだろう」

英次は、こたえるのが面倒くさかった。どうせ、丈太郎はダンスに偏見を持っているに違いないと思っていた。

「何だっていいだろう」

「何か、格闘技か？」

「うるせえな。ダンスだよ」

「ダンス……？」

「俺、スクール通ってんだ。今はロッキングやってるけど、いろんなジャンルを習うつもりだ」

「そうか……。ダンスか……。最近、流行ってるらしいな」

「軽蔑してんだろ？　男がダンスなんかやるの」

「そんなことはない。リズムに乗って体を動かすのって、どんなスポーツでも大切だ。柔道でもそうだ。リズムに乗れないときは、苦しい戦いになる」

まさか、丈太郎がそんな言い方をするとは思わなかった。英次は、何を言っていいかわからなくなり、丈太郎を見つめていた。

丈太郎は言った。

「ダンサーは喧嘩が強いって言ったのは、空手の大山倍達《ますたつ》だったっけな……。ダンサーって、運動能力が高くなきゃできないんだろう？」

「ああ……」

英次は何だか照れくさくなって、わざとふてくされたような態度を取った。「だから苦労してんだよ。筋トレとかよ……」

「それで、体が締まってきたんだな。一所懸命やっている証拠だ」

「それが何だってんだよ」

「面白いんだろう？」

「うるせえな……。大学で柔道やるよりは、ずっと楽しいよ」

「俺は……」

丈太郎はそこまで言って、言葉を切った。「俺は大学の柔道部でやっていくしかないんだ。俺だってやめたくなることはある。何でこんな辛い練習してんだろうと思うことはあるさ」

「じゃあ、何で続けてんだよ」

「俺は期待を裏切りたくないのかもしれない。父さんの期待、先輩の期待、大学のコーチや監督の期待……」

英次には、丈太郎の辛さがよくわかる。選ばれた者の辛さだ。家族の期待も丈太郎が背負っている。その点について、丈太郎を怨んだことはない。

不思議なくらいに、ねたましいと思ったことがないのだ。ただ、自分は兄とは別のところで生きていると感じているだけだった。

英次は、ダンスのことを兄に話したいと思いはじめた。こんな瞬間が来るとは思ってもいなかった。

「スクールって、部活なんかとは違うんだ」

英次は、眼をそらして話しはじめた。

「そうだろうな」

「先生が丁寧に教えてくれる。俺は先生を尊敬している」

「へえ……」

「別に先生だからって尊敬してるわけじゃねえ。先生は俺たちにできないことがちゃんとできる。何をやっても、俺たちよりカッコいい。そして、どうやったらそれができるのかを、ちゃんと教えてくれる。だから、尊敬しているんだ」

「なるほどな……」

「昨日できなかったことが、明日はできるようになるかもしれない。それって、すごく感動的なんだぜ。それを手助けしてくれるのが先生だ。だから、尊敬している。それに、その先生もクラブのイベントなんかで踊っている現役だ。そのイベントなんか見ると、本当にすげえ踊りなんだ。感動させてくれるんだ。尊敬しろと言われて尊敬しているわけじゃねえ。素直に尊敬できるんだ」

「そうなんだろうな……」

「ちゃんと教えねえと、生徒が付かねえ。だから、先生も本気で教える。先生が本気だから生徒もやる気になる」

「それはそれでいいさ……」

丈太郎は、戸口から部屋の中に入ってきて、空いていた椅子に座った。「だけど、それは先生が素人を相手にしているからじゃないのか？」

英次は、眉をひそめた。

「どういうことだよ?」

「例えば、プロのダンサーを相手に振り付け師が教えるのなら、雰囲気は変わってくるはずだ。スクールなんかより、ずっと厳しいやり方になるんじゃないのか?」

英次は、考えたこともなかった。

タエはスクールのことをどう思っているのだろう。プロになろうというからには、たしかに素人相手のスクールに通うだけでは不足なはずだ。

いずれは、さらに厳しい指導を仰がなくてはならないのかもしれない。タエが自分に厳しいのは、そういう世界のことを視野に入れているからなのかもしれない。

「俺が言いたいのはさ……」

丈太郎は言った。「ダンスの世界だって、プロになれば、先輩後輩の関係だってあるだろうし、振り付け師やなんかとの関係もあるんじゃないのか?」

「だからって……」

英次は言った。「兄貴の大学の柔道部が普通だとは思えねえな」

「仕方がないさ。自分で選んだ道だからな」

「オヤジのために選んだんじゃないのか?」

丈太郎は溜め息をついた。

「おまえは誤解している。俺がオヤジのご機嫌を取るためだけに、柔道を続けたと思っているのかもしれないが、そんな気持ちで続けられるほど甘い世界じゃない。たしかに、周囲の期待にこたえようとしている。だが、それだけじゃない。俺は、自分自身のために柔道をやっている。少なくとも、そう信じている」

英次は、その言葉に少しばかり驚いていた。丈太郎は父親の操り人形のように思っていたのだ。これまで丈太郎自身の思いを聞いたことなどなかった。

「柔道やってて楽しいのかよ？」

「もちろんだ。辛いこともあるけど、比べてみると、楽しいことのほうが多い。柔道は今のところ、俺の生き甲斐なんだ。別に、オヤジや先輩のためだけにやっているわけじゃない」

「生き甲斐……」

その言葉は、新鮮な響きがあった。英次には、長い間生き甲斐といえるものがなかった。だが、見つけたのだ。今は、丈太郎に対してそれを素直に言えるような気がした。

「俺もよ……」

英次は、思い切って言った。「俺も、ダンスが生き甲斐なんだ」

「そりゃいい」

「本当にそう思うのか？」

「ああ。何かを一所懸命やるというのはいい。本当にやってることが好きなら、その組織や団体がどんな体質だろうと我慢できる」

「つまり、兄貴は柔道が本当に好きだから、柔道部のくだらねえ体質も我慢できるってことか？」

「そうだ」

英次は、またしても驚いていた。兄はただ組織からはみ出るのが怖いだけの小心者だと思っていた。だが、そうではなかったのだ。兄の言葉が嘘や言い訳でないことが英次にはわかった。兄は本心を語っている。そして、その本心が、英次には驚きだった。

もし、ダンススクールが、大学の体育会のような雰囲気だったら、俺はどうするだろう？

英次はそれを考えた。それでも、俺はダンスが好きだと言い切れるだろうか……。

「筋トレとかもやってるって言ったな？」

丈太郎が尋ねた。

「ああ。腹筋とか腕立てとかな……。あとジャンプスクワットとか……。けっこうきついんだ」

「腹筋は間違ったやり方すると、腰を痛めるぞ。自分のへそを見て、背を丸めるようにして体を起こすのが正しいんだ。腕立ては、手をくっつけるくらいに近づけるのと、広く開くのを両方やったほうがいい。別々の筋肉が鍛えられる。腕を広げると、肩の三角筋や上腕二頭筋が鍛えられるし、狭めてやると、大胸筋や広背筋が発達する」

「ああ、やってみるよ」

丈太郎は、ふと暗い表情になった。

「俺がそんなことを言えた義理じゃないな。俺のせいで、おまえは何もかもをなくそうとしている」

「そんなこたあねえよ」

「いや、俺のせいだ。俺が、富岡さんに言われたことを断ってさえいれば……」

「富岡はもういねえんだ。いいじゃねえか」

「おまえは、それでいいのか？　警察に捕まったら、ダンスだってできなくなるんだぞ」

「本当に俺が殺《や》ったと思っているのか？」

「だって、おまえは……」

「俺は、富岡に会いに行ったと言っただけだ」

丈太郎は、英次の顔をしげしげと見つめた。長い間そうしていた。それから、ささやくように言った。

「何だって……？」

「俺は」

英次は言った。「俺は富岡を殺しちゃいない」

23

月曜日の朝、島崎はいつもと同じ時刻に家を出たが、向かった先は田無署ではなかった。玄関を出るとすぐに車に乗り込んで、警視庁へ向かった。朝のラッシュが始まっており、時間だけが過ぎていく。

また、雨が降り出していた。雨は小粒だが、空気はじっとりと湿っており、常に汗をかいているようで不快だった。車のエアコンを入れても、その不快感はなかなか去らない。

特に、掌と脇の下に汗をかいている。やがて、それが緊張のせいであることに気づいた。

信号待ちの間に、島崎は、ポケットからプラスチックの丸い札を取り出していた。ホテルのクロークで渡される番号札のような、何の変哲もない札だが、それが拳銃の引き替え札だった。

そのプラスチックの札を渡して拳銃を受け取るのだ。今、島崎はそのために警視庁に向かっているのだった。

もう、何も考えるまい。やるべきことをやるだけだ。昨夜、遺書を書いてきた。簡単なものだった。思うことは山ほどあるのだが、いざ書こうと思うと、何も浮かんでこない。何を書けばいいかわからず、ただ、「迷惑をかけて申し訳ない」という意味のことを書いた。

できれば、もう一度、青空を見てから死にたかった。

島崎はそう思った。

それは、おそらく英次も同じなのではないかと思うと、たまらなく切なくなった。

何も考えまいとするのだが、つい昔のことを思い出してしまう。英次が幼かった頃のことだ。

幼い英次が言った何気ない一言で大笑いをしたこと。英次が、犬に追われて泣いて帰ってきたこと。初めての旅行。英次が発熱して、寝ずに看病したこと……。

信号が変わり、車の列がのろのろと動き出した。時間はもう戻せない。

島崎は思った。

起きてしまったことには、責任を取らなければならない。そのためには、拳銃が必要だ。

警視庁に着くと、島崎はプラスチックの札を取り出し、握りしめた。

ベルトの腰の部分にあるずっしりとした重さを意識して、島崎は再び車に乗り込んだ。警視庁を後にすると、来た道を引き返す。まだ朝のラッシュが続いているが、下りの道はそれほど混み合ってはいなかった。

雨がフロントガラスに粒を作る。ワイパーがそれを拭い、また、雨粒が付く。その繰り返しは、催眠作用のようなものがある。島崎は、次第に落ち着きを取り戻していた。

自宅に戻ったのは十時半頃だった。見慣れた家が新鮮に感じられる。長年、家族とともに暮らしてきた家だ。島崎は、車を駐車場には入れず、家に戻った。

妻の好子が驚いた顔で出てきた。

「忘れ物ですか？」

年を取ったな……。その顔を見て、島崎はあらためて思っていた。それは島崎も同様だ。それが二人で経てきた年月を物語っている。思えば、苦労をかけ通しだった。

「いや」

島崎は、眼をそらして言った。「英次に用がある」

好子は、怪訝そうな顔をした。

「英次に……」

「二階にいるだろう」

「きっとまだ寝てますよ」

島崎はかまわず、二階に上がった。

「英次、いるか？」

英次の部屋の戸をノックする。返事がない。部屋は鍵のかからない引き戸だ。島崎は、戸を開けた。

ベッドから半ば身を起こして、英次が言った。

「何だよ……」

寝ぼけ眼《まなこ》だ。その無防備な顔は、昔の英次と変わらない。

「用がある。一緒に来るんだ」

「こっちには、用なんてねえよ」

目が覚めるにつれて、反抗的な態度に変わってきた。これまでの島崎なら、そこでひるんだかもしれない。英次が恐ろしいというより、家庭内のもめ事が面倒くさかった。

だが、今は違う。

「そっちになくても、こちらにはあるんだ。さあ、早く身支度を整えて、一緒に来るんだ」

「眠いんだよ」

「私に手錠を使わせたいのか？」

「手錠……」

「ぐずぐずしていると、他の捜査員がやってくる。早くしろ」

英次は、呆然と島崎を見ていた。島崎も見返していた。

やがて、英次は大儀そうにベッドから下り、ジーパンをはいた。タンクトップの上にチェックのシャツを羽織ると、言った。

「顔くらい洗わせてくれよ」

「五分だけ待ってやる」

島崎は先に一階に降りた。英次は、洗面所に行った。

「いったい、どうしたんです？」

妻の好子が心配そうに尋ねた。

島崎は靴をはいて玄関に立っていた。

「英次と話をする」

それが、ただの話でないことを、妻は肌で感じ取っているはずだった。だが、好子は何も言わなかった。ただ、おろおろとした態度で立ち尽くすだけだ。

これから起きることに、妻は耐えられるだろうか。

刑事の父が容疑者の息子を撃ち殺し、自分も死ぬ。

事後にそれを知ったとき、妻はその事実を受け容れることができるだろうか。

これ以上妻の顔を見ていると、決心が鈍りそうだった。英次が早くやってこないかと苛立った。英次は、ふてくされた顔でやってきた。だが、それは演技に違いなかった。

島崎の態度に不安を感じているはずだった。だが、これから起きようとしていることは、その不安のはるか上をいくのだ。

英次は、わざとのろのろと靴をはいた。腰を下ろして紐を結んでいる。島崎は、何も言わずその様子を見ていた。やがて、英次は怨みがましい眼で立ち上がった。

島崎は玄関のドアを開けて、先に英次を外に出した。それから、妻を振り返った。

何も言わず、このまま行ったほうがいい。そう思ったが、どうしてもそれができなかった。

「いろいろと、済まなかったな」

島崎は言った。そして、不思議そうな顔をして立ち尽くす妻に背を向けて玄関を出た。雨足が強まり、たちまち髪と肩を濡らした。英次は雨に顔をしかめている。

「車に乗れ」

「何だよ。ドライブしようってのか?」

皮肉な笑いを作っている。だが、その笑いがひきつっているのがわかる。

島崎は、助手席のドアを開けて待った。英次は、小さく舌打ちしてから助手席に乗り込んだ。島崎は、車に乗り富岡が住んでいたマンションに向かった。

英次は、何も言わず正面を見ている。

もう、どこへ行こうとしているかわかっているはずだ。島崎も何も言わなかった。

ワイパーが雨を拭う。規則的なその音が聞こえてくる。

ああ、もう一度、青空が見たかったな。

島崎は、またそう思っていた。

24

樋口は、落ち着かない気分だった。捜査本部に島崎が姿を見せない。朝一番で、田端課長が直々に裁判所に行っている。管理官も島崎のことを気にしているようだが、何も言わない。

捜査会議で、今日の段取りが決められた。メインイベントは、児島美智代宅の家宅捜索だ。

モンタージュ写真の若者が、島崎の次男、英次かもしれないという話を、池田管理官が伝えたとき、捜査員たちは複雑な表情を見せた。

もともと、被害者は、島崎父子と関わりがあった。次男が何かの理由で被害者に会いに行ったとしても、それほど不自然ではないかもしれない。

一晩経って、樋口はそう思いはじめたところだった。しかし、島崎が姿を見せない。妙な胸騒ぎがした。

「児島美智代宅のガサが最優先だ」

池田管理官が言った。「島崎さんの息子さんのことは、午後にしよう」

樋口は、発言しようとした。

早く島崎英次の身柄を押さえたほうがいいような気がしたのだ。島崎が捜査本部に現れないことが、どうしても気になる。

島崎は、他の捜査員に息子が尋問されるのが嫌で、自分で話を聞いているのかもしれない。

ただ、それだけならそれほど問題はないかもしれない。

たしかに、田端課長の言いつけには背いているが、それが捜査上大きな問題になるとも思えない。

だが、万が一、島崎英次が犯人で、島崎がそれをかばおうとしているのだとしたら……。

だが、そのとき、田端課長が勢いよく部屋に入ってきて、大声で言った。

「令状《オフダ》だ。さあ、行くぞ」

その勢いには勝てなかった。捜査員たちは、鑑取りと家宅捜索の二手に分かれ、出発した。

樋口も、家宅捜索に向かわねばならなかった。

児島美智代の自宅に到着したのは、九時半だった。管理人に鍵を開けさせ、手順通り家宅捜索が始まった。

1DKのマンションだ。独身用で、奥の部屋にベッドがある。その部屋にテレビやラジカセがあり、そこをリビングルームのように使っているようだった。

押入の下の段にタンスがある。上の段には、洋服かけがあり、クローゼット代わりに使われていた。

ダイニングキッチンの棚に、アルバムがあった。そこから児島美智代と思われる写真を入手した。

捜査員たちは手慣れていた。どんな小さなものも見逃すまいと、手際よく作業を進める。部屋は若い女性独特のいいにおいがしている。化粧品のにおいだろうか。

冷蔵庫の中には、タマネギと大根、半分に切ったキャベツ、ニンジンなどが残っていた。また、口の開いた牛乳のパックもある。卵も三個残っていた。

新聞を止めるように、販売店に連絡はしたが、冷蔵庫の中を片づける時間はなかったということだろうか。樋口は、その状況について想像してみた。

あらかじめ予定していた旅行ではないらしい。電話一本で済む手筈は整えたが、それ以外のことは放り出して出かけなければならなかったに違いない。

洗濯機の脇にある、洗濯物入れの籠《かご》もそのことを物語っているようだった。籠の中には、洗濯するための衣類が詰まっている。

部屋の中のゴミ箱にも紙くずが入っていた。その紙くずを調べていた捜査員が、電話番号が書かれたメモを見つけた。

樋口は、すぐにその番号にかけてみた。

「毎度ありがとうございます。ジョイ・トラベルです」

若い女性の声だった。

「旅行代理店ですか?」

「はい……」

池田管理官の読みが当たったということか……。

「警視庁捜査一課の樋口といいます。ちょっとお尋ねしたいことがあるのですが……」

「警察ですか……?」

疑わしそうな女性の声。

「最近、児島美智代さんという方が、そちらに旅行の手配を依頼したと思うのですが……」

捜査員たちが、手を止めて樋口のほうを見ている。

「お客様の個人的な情報はお教えできないのですが……」

「令状を取って押し掛けるようなことはしたくないので、お願いしているのです」

「ちょっとお待ちください」

電話が保留になった。ディズニーの「星に願いを」のメロディーが流れてくる。美しいメロディーのはずだが、その電子音は妙に耳障りだ。

やがて、保留が解除されて、男の声が聞こえてきた。

「お電話代わりました」

樋口は、名乗り、もう一度同じことを質問した。

「ですから、お客様の個人的なことは……」

「お願いします」

樋口は言った。「殺人の捜査なんです。協力してください。お宅にご迷惑はおかけしません」

短い沈黙。

「うちから聞いたということは内緒にしてくれますか?」

「約束します」

「ちょっとお待ちください」

ややあって、再び同じ男の声が聞こえてきた。「児島美智代さんですね。たしかに、うちで手配をされてますが……」

「海外旅行ですか？」

「いえ。行き先は沖縄です。七泊八日の予定でお発《た》ちですが……」

「ツアーですか？」

「違います。急いでお発ちだというので、当社で航空券とホテルの予約だけやらせていただきました。その日のうちにお発ちになられました」

「それは何日のことです？」

「六月二十八日です」

それから、樋口は沖縄のホテルの名と電話番号を尋ねた。それをメモすると、礼を言って電話を切った。

捜査員たちに、今のやり取りを簡単に説明し、すぐに沖縄のホテルに確認の電話を入れた。

ホテルマンらしい丁寧な口調の男が出て、予約を確認してくれた。

「ですが、児島様は、もうお発ちになりましたよ」

ホテルマンは言った。

「発った？　予約は、七泊のはずでしょう？」

「ええ。ですが、今朝早く予定を切り上げられて……」

「どこへ行ったかわかりませんか？」

「当方ではちょっとわかりかねますが……」

「そうですか。ありがとうございました」

電話を切ると、樋口は捜査員たちに言った。

「すでにホテルを引き払っている」

捜査員の一人が言った。

「せっかく居場所を突き止めたと思ったんですがね……。また、振りだしですか……」

樋口は、唇を嚙んだ。気落ちしないといえば嘘になる。

そのとき、小さな本棚を調べていた捜査員が声を上げた。

「班長……」

樋口はそちらを見た。その捜査員は、厚い単行本を開いている。そのページに写真が挟まっていた。

「これ、児島美智代ですよね」

樋口は彼に近づき、写真を覗き込んだ。

「隣に写ってるの、被害者でしょう？」

樋口は、写真を手に取り仔細に眺めた。間違いない。すでに児島美智代の人相はアルバムで確認している。一緒に写っているのは、被害者の富岡和夫だった。その写真は、どこか海の見えるレストランで撮影されたものだ。観光地かもしれない。二人で旅行したときのショットのように見える。

その写真を本の間に大切に挟んであったということが、二人の関係を物語っているように思える。

それはたしかに収穫であり、捜査員たちは再び勢いづいたように見えた。

「よし」

樋口は言った。「捜査本部に引き上げよう」

帰りの車の中でも、樋口はずっと島崎のことが気になっていた。

今頃、捜査本部で涼しい顔をしているかもしれない。樋口は期待感を持ってそう考えていた。だが、その期待はやはり裏切られた。島崎は、依然として捜査本部に姿を見せていなかった。

樋口は、捜査本部で捜査員たちの帰りを待っていた田端課長たちに、報告をした。田端課長は、即座に言った。

「沖縄県警に連絡して手配してもらおう」

網は確実に狭まっている。児島美智代はまだ容疑者ではないが、何かを知っているに違いないという確信が、樋口にはあった。

事件の夜、被害者と一緒に酒を飲んでいたのは、児島美智代である可能性が強まった。その事実が確認されれば、児島美智代を容疑者と考えてもいい。動機は、いずれ鑑取り班が洗い出すだろう。

別れ話のもつれ、といった線だろうか。

捜査本部が活気に満ちてきた。ようやく重い水車が回り始めたような感じだ。一度回り始めると、勢いがついて今度はなかなかその動きを止めることができなくなる。

樋口は、どうしても気になったので、田端課長に近づいて言った。

「島崎さんのことなんですが……」

田端課長は、捜査の勢いに水を差されたくない様子だった。

「何だ？　まだ、何かあるのか？」

「今日は一度も姿を見ていません」

「何だって？」

田端課長は、しげしげと樋口の顔を見た。

「一緒にガサに行っていたんじゃないのか？」

「朝の捜査会議にも出ませんでした」

田端課長は眉をひそめ、考え込んだ。

「次男坊の件かな……」

「それ以外に考えられません」

田端課長は、苛立ちを露わにした。島崎と息子の行方を追う必要があるかもしれない。

そのとき、電話を受けていた捜査員が怪訝そうな顔で課長の名を呼んだ。

「何だ？」

田端課長は、怒鳴るように言った。

「署の受付からなんですが……」

「受付？」

「ええ。児島美智代と名乗る女性が、署に来ているというんですが……」

捜査本部内の動きが、一瞬、すべて静止した。

「ヒグっちゃん」

田端課長は言った。樋口はうなずくと、受付へ急いだ。

児島美智代は、ショートカットの魅力的な女性だった。大きな眼が印象的だ。コットンパンツにジージャンというラフな恰好をしているが、見事な体の曲線が見て取れる。

彼女は、明らかに憤慨していた。取調室に案内した樋口は、田端課長と木原課長がやってくるのを待って、話を聞いた。

どうやら、家宅捜索に腹を立てているらしい。彼女は、捜査員とほとんど入れ替わりのような形で帰宅したようだ。

「どうして、うちが捜索されなければならないんですか？」

彼女は、抗議の姿勢だった。田端課長と木原課長は、彼女が突然現れたことで、面食らっているようだ。樋口も同様だった。

「ええと……、こういうことですか？」

樋口は、彼女の説明を確認のために繰り返した。

「沖縄から、お友達に連絡されたときに、お友達があなたに、伝えたんですね。富岡さんが死んで、そのことで警察があなたの行方を追っていると……」

「そうです。ちょっと、用を思い出して、電話してみて驚きました。それで急いで戻ってみると、家が荒らされていたんですよ」

家を荒らすという表現が、この際正しいかどうかは問題ではない。樋口は言った。

「ずっとあなたと連絡を取ろうとしていたのです。携帯電話にもかけてみました」

「旅行中は電源を切っておこうと決めたんです。わずらわしいことを、全部忘れて楽しもうと思ったので……」

抗議の姿勢が、やや弱まった。樋口には、この言葉が言い訳に聞こえた。

「いいですか」

樋口は言った。「あなたには、富岡和夫さん殺害の容疑がかかるかもしれないのですよ」

「あたしは、沖縄から友達に電話するまで、富岡さんが死んだことすら知らなかったんですよ」

「テレビや新聞で報道されていました」

「ニュースや新聞を見なかったんです。どうせ、沖縄に行くんだから、俗事を全部忘れようと思ったんですよ」

樋口は、この言葉が本当かどうか児島美智代をじっと観察していた。樋口には判断がつかなかった。

「あなたと、富岡さんが付き合っておられたのは確かですね」

「ええ。まあ……」

児島美智代は言った。「だから、こうして警察にやってきたんです。あたし、本当に驚いて……。でも、警察があたしの部屋を勝手に捜索したと聞いて、何が何だかわからなくなって……。ここに来る間に、だんだん腹が立ってきたんです。富岡さんに死なれて、その上部屋を捜索されるなんて……。なんで、あたしがこんな目にあわなきゃならないのかって……」

彼女は、たしかに興奮しているが、度を失っているわけではない。恋人の死に直面した女性がこの程度の興奮で済むものだろうか。

必死で自制しているのかもしれない。だが、彼女の言葉を真に受ける気にはなれなかった。

「あなたは、事件のことを何もご存じなかった。昨日お友達から聞いて初めて知った。そうですね」

「はい」

「富岡さんが殺されたのがいつなのかもご存じないのですね？」

「正確には……。でも、あたしが沖縄に旅立った日の前日だったとか……」

「正確には、その日の未明です」

「それで、あたしを疑っているんですね」

「そして、その前夜、富岡さんは女性と一緒に自宅で酒を飲んでいた……。私たちは、その女性があなたなのではないかと考えています。指紋を取らせていただければ、確認が取れます」

児島美智代の顔が少々青ざめた。表情が引き締まる。それは、ただの緊張のせいだろうか？　それとも、罪を暴かれつつあることに恐怖したせいだろうか？

樋口には、まだ判断がつかない。

「それ、たしかにあたしです」

児島美智代はあっさりと言った。

樋口は、思わず田端課長の顔を見ていた。

「でも……」

児島美智代は、さらに言った。「富岡さんが殺されたの、未明って言いましたよね。あたしは、夜の十時頃に富岡さんの部屋を訪ねましたけど、十一時半頃に帰ったんです」

「十一時半に帰った？」

樋口は尋ねた。「ずいぶんと短い訪問ですね。失礼だが、男女が夜に部屋で酒を飲みはじめて、たった一時間半で切り上げるというのは、考えにくいですね」

「あたしだって、帰りたくなんかありませんでした。せっかく出かけていったんですからね。でも、帰ってくれと言われたんです」

「なぜです？　喧嘩でもしたんですか？」

この質問の意図は、児島美智代に伝わっただろうかと、樋口は思った。男女間で殺人事件が起きるのは、痴話喧嘩の末のはずみということが多い。恋愛という感情は、あるきっかけで殺意に変化するのだ。

「いいえ」

児島美智代は言った。「電話があったんです」

「電話？」

「ええ。富岡さんは、電話に出た後、急に客が来ることになったから、帰ってくれないかと、あたしに言ったんです」

「それは誰からの電話だったんでしょうね？」

「わかりません。富岡さんは言いませんでしたから……」

徐々に児島美智代の言葉が力を失っていくように思える。最初は、部屋を勝手に捜索されたという怒りと、殺人の容疑をかけられたことへの抗議で、勢いづいていた。そして、自分が、犯行の時刻に部屋にいなかったと主張するときも、自信に満ちていた。

しかし、急に態度が落ち着かなくなってきた。それは些細な変化に過ぎない。普段の生活の中では見落としてしまうようなものだ。だが、今樋口は、尋問の最中だ。仕事中の刑事の眼をごまかすことはできない。

この変化の意味は明らかだ、と樋口は思った。

児島美智代は、すべてをしゃべったわけではない。自分に都合がいいことだけを話しに来たに過ぎない。何かを知っていて隠しているに違いないのだ。ならば、それを聞き出さねばならない。

「誰からの電話か言わなかったのですか？　なのに、あなたは帰れと言われておとなしく帰ったのですか？」

「そうです」

児島美智代は語気を強めた。

虚勢を張りはじめたのだと樋口は思った。今まではなかったことだ。質問の内容を考えると同時に観察を忘れない。児島美智代は、それまで力を抜いていた手をいつしか握りあわせていた。指を動かしはじめる。

いい兆候だと樋口は思った。ここから刑事の反撃が始まるのだ。

「最近の若い女性にしては、ずいぶん物わかりがいいような気がしますね」

これは、いろいろな意味で失礼な発言かもしれない。樋口は相手を挑発しているのだ。

「それは……」

児島美智代は言った。「相手の都合が悪くなったというのだから、しかたがないでしょう」

「あなたの立場が弱いということでしょうか？」

「立場が弱い……？」

「相手には奥さんがいた。つまり、不倫ということになりますね」

「そんなこと、あまり考えたことありませんね」

児島美智代は、やや自信を取り戻したように言った。自分はいい女だという自負があるのだろう。たしかに、美人でスタイルもよい。言い寄る男は多いに違いない。

「そのとき、富岡さんがどう言ったか、正確に教えてもらえませんか？」

「急に、客が来ることになった。悪いが、今日は帰ってくれないか……。たしか、そう言ったと思います」

樋口はうなずいた。

「あなたが帰られた後、その客はやってきた」

「そうだと思います」

「確認しなかったのですか？」

「確認……？」

児島美智代は怪訝そうな顔をした。

「そうです。やってくるのは女性かもしれないでしょう。気にならなかったのですか？」

「あたし、そういうこと、気にしないことにしてるんです。お互いに縛られるのは嫌ですから……」

都合がいい女というわけか……。

しかし、恋愛関係にある相手に対して、そうも割り切れるものだろうか……。樋口は疑問に思った。

彼女が帰った後に、誰かが来たというのは、嘘なのではないか。それを証明できるのは、死んだ富岡だけだ。死人に口なしというわけだ。

「では、あなたは、あなたが帰った後に部屋にやってきた人物が、富岡さんを殺したと考えているのですか？」

「そんなこと、言ってません。ただ、あたしは、富岡さんが殺された時刻には、部屋にいなかったと言っているだけです」

「それを証明できる人はいますか？」

児島美智代は考えていた。また、組み合わせた手の指を動かした。

「いないと思います」

「そうですか……」

「それって、アリバイってことですか？」

「そういうことになります」

児島美智代の眼が怒りのためにぎらぎらと光りはじめた。

「どうしても、あたしを犯人にしたいんですか？　あたしが富岡さんを殺す理由がないじゃないですか」

「それをあなたからお聞きしたいんですよ」

「冗談じゃないわ」

児島美智代は吐き捨てるように言った。「殺してもいないのに、その理由を話せるわけないでしょう」

「世の中は、昔に比べればずいぶんと社会的な規範が緩やかになったような気がします。たいていのことは許されるような時代になったように思えますが、それでも不倫というのは心理的にたいへんでしょう。別れ話のもつれで、殺人事件が起きるのは、よくある話なんですよ。相手の浮気というのも、殺人の動機になります」

児島美智代は、またしてもあきれたような顔をした。

「あたし、不倫だからどうこうと考えたことなんてないんです。付き合っている人に、奥さんがいようがいまいが、関係ないと思います。奥さんがいたって、恋愛しちゃうのはしかたのないことでしょう？」

しかたのないことなのだろうか？

「だって、不倫じゃ結婚できないじゃないですか」

「恋愛のゴールが結婚とは限らないでしょう？　あたし、結婚しようとは思ってませんし」

こういう女性が増えているという話は聞いたことがある。結婚だけが女性の幸福ではないと考える女性だ。

「あなたは、不倫がもとで、銀行を辞められたのではないのですか？」

「誰がそんなことを言ったんです？」

「銀行ではそういう噂になっていますが……」

「ただの噂です。別に不倫が理由で辞めたわけじゃありません。貯金もいちおうの目標額を達成したし、やりたいことが見つかるまでしばらくのんびりしようと思ったんです。銀行では働きづめだったし、どうせ女性が出世できる世界じゃないし……。もっとやり甲斐のある仕事を見つけるつもりでした」

「しかし、不倫をしていたのは事実ですね？」

また、児島美智代は落ち着かなくなってきた。どうこたえていいか考えているらしい。ごまかせるものなら、ごまかしたいと思っているのだろう。だが、彼女はそれを諦めたようだ。

「ええ。してました」

「その相手は、富岡さんだったのでしょう？」

児島美智代はさらに落ち着きをなくした。こたえようとしない。

樋口は言った。

「どうなんです？　相手は富岡さんだったんですね？」

「違います」

「違う？　富岡さんじゃなければ、誰だったというんです？」

「そんなこと……」

彼女は、怒りの演技をしていた。「捜査に関係あるんですか？　あたしのプライバシーじゃないですか」

「捜査に必要な情報だと、我々は考えています」

「あたしは逮捕されたわけじゃないんですよね。自分からここにやってきたんですよ。だから、こたえたくない質問にはこたえなくていいんですよね」

「そうです。でもたいてい、こたえなかったことで、後悔することになります」

「どういう意味ですか？」

「言ったとおりの意味ですよ。そして、一つ嘘をつけば、それを守るために次々と嘘をつくはめになり、次第に追いつめられていきます。話すなら、本当のことを話したほうがいいですよ」

「あたしは、さっきから本当のことをしゃべってます。そちらが信じないだけじゃないですか」

「信じないわけではありません。もっと詳しく知りたいと思っているだけです。銀行で働いている当時の不倫のお相手は誰だったんです？」

彼女はまた抗議しかけた。しかし、言葉が見つからないようだ。樋口の眼を睨んでいる。

樋口は冷静に見返していた。

やがて、児島美智代は敗北を認めるように、小さく溜め息をついた。

「そうですね。隠すことで、どんどんあたしの立場は悪くなるかもしれない……」

「そう。隠し事はよくない。特に警察を相手にしたときは……」

樋口は、彼女の真意を測りながら言った。

「相手は、運用計画課という部署の課長です」

「富岡さんの課の課長ですね？　根岸民雄さんですか？」

「そうです」

「では、根岸さんと別れた後、その部下である富岡さんとお付き合いを始めたということですか？」

「いいえ」

樋口は眉をひそめた。

「どういうことです？」

「根岸さんとは、今も続いています」

「つまり、二股をかけていたということですか？」

「課長には内緒で付き合おうと、富岡さんに口説《くど》かれたんです。あたし、それも悪くないかなと思って……」

「では、富岡さんは、根岸課長とあなたが付き合っていることをご存じだったのですね」

「もちろん」

富岡が異常に用心深く、女性の痕跡を自宅に残さないようにしていたのは、そのためだったのかもしれない。樋口はそう思った。

実際、根岸課長は休日に富岡の自宅を訪ねている。ゴルフクラブもやったと言っているから、かなり親しくしていたようだ。

自宅に児島美智代に関わる何かがあれば、すぐに二人の関係がばれてしまう。

同様の理由で、児島美智代の部屋にも富岡に関わるものはなかった。いや、彼女には、まだ別な男性がいるのかもしれない。彼女の部屋には、根岸課長との付き合いを物語るものもなかったのだ。

いずれにしろ、用心していたことは確かだ。樋口は、そんな生活は耐えられないと思った。それをスリルと取るか、プレッシャーと取るかの違いかもしれない。

樋口は、何か質問をしなければならないと思った。しかし、児島美智代の話から、何か別の流れが見えはじめたように思えて、それが気になっていた。

その間を、田端課長が救った。

「あんた、富岡さんが、殺されたその日に沖縄に旅行に行っているな。それも、急に思い立ったように。旅行代理店で確認を取ったよ。飛び込みで来て、飛行機と宿だけ押さえてその日のうちに出発したんだってな？」

田端課長は、凄味のある眼差しを彼女に向けている。ヤクザ者をもたじろがせる眼だ。だが、女性には、あまり通用しないらしい。

児島美智代は平然と言った。

「それが、何か問題なんですか？」

「高飛びのように思われても仕方がねえよな……」

児島美智代は、また小さく溜め息をついた。しょうがないな、といったような感じだった。

「実を言うと、それも根岸課長から言われていたんです」

「根岸課長から……？」

「そう。富岡さんとちょっと面倒な話になると思うから、関わり合いになりたくなかったら、しばらく姿を消していろって……。どうせ、沖縄に行くつもりだったから、予定を少し早めて出発することにしたんです」

樋口は驚いて尋ねた。

「根岸課長は、富岡さんとあなたが付き合っていたことを知っていたのですか？」

「知ってました。富岡さんは隠し通しているつもりでいましたけどね。知られていないと思っているのは、富岡さんだけでした」

樋口は、さらに尋ねた。

「根岸課長は、あなたにしばらく姿を消せと言ったのですね」

「そうです」

「それはいつのことです？」

「事件の起きる前の日。つまり、あたしが最後に富岡さんの部屋を訪ねた日の昼間です。電話があったんです」

「根岸課長はどんな話をするつもりだったのでしょう」

「それは根岸課長に訊いてください」

彼女の言うとおりだ。ぜひとも、根岸課長を尋問しなくてはならない。

「それで、あなたは沖縄に旅立った……」

「事件のことを知らなかったというのは、本当です。本当に新聞もテレビも見なかったし……。昨日まで友達にも電話をしなかったんです。富岡さんが殺されたって聞いて、本当にびっくりしたんですけど……。実はまだ実感がわかないんです」

生まれつきドライな性格のようだ。でなければ、不倫の二股などできないだろう。

性格がどうであれ、樋口は、彼女の話に信憑性《しんぴょう》が出てきたという気がしていた。根岸課長との付き合いを隠していたかったに過ぎないのだ。だが、それを隠し続けていれば、自分が疑われる。そう判断して、しゃべることにしたに違いない。

だとすれば、彼女が帰った後に、誰かが訪ねてきたというのは本当かもしれない。そして、それは、根岸課長である可能性が高い。根岸課長は、富岡と込み入った話をすると、児島美智代に言っていた。

彼女も、電話で話す富岡の口調で相手が誰かぴんときたのかもしれない。だからこそ、短時間で追い返される形になったにもかかわらず、素直に部屋を後にしたのだ。

彼女の話は辻褄が合っている。問題は、彼女が帰った後、富岡の部屋を訪ねた人物が根岸課長かどうかを確認することだ。その確認が取れたら、捜査にもう一本の線が加わることになる。

凶器のゴルフクラブからは、はっきりと根岸課長の指紋が検出されているのだ。

田端課長も木原課長もそれに気づいているようだ。二人とも、複雑な表情で考え込んでいる。

樋口は、児島美智代に尋ねた。

「事件当夜のことです。あなたが帰られた後、部屋にやってきた人物に心当たりはありませんか？」

児島美智代はしばらく考えていた。

「心当たりはあります。でも、不確かなことは言いたくありません」

何が言いたいかわかった。

樋口はうなずいた。

樋口、田端課長、木原課長の三人は、児島美智代の身柄を拘束する必要なしということで意見が一致した。だが、念のために、彼女に監視を付けようと、田端課長は言った。

児島美智代の話によって、急速に根岸課長がクローズアップされてきた。

「鑑取りで銀行を回っている班に連絡して、任意で引っぱってもらおうか……？」

田端課長が言った。

樋口は、こたえた。

「彼女の話が本当だという確証がほしいですね。つまり、彼女はたしかに十一時半頃に部屋を出て、その後、別の人物がやってきたのだという確証が。できれば、その人物が誰だったかが確認できればいいんですが」

「根岸だと思ってんだろう？」

「ええ。でも、確証がありません」

「マンションでもう一度聞き込みだ。何か見たり聞いたりした住人がいるかもしれん」

樋口はうなずいて、言った。

「それと、やはり、島崎さんのことが気になるんですが……」

田端課長は顔をしかめた。

「ほっとこうぜ。チャパツが次男坊だろうが、そうでなかろうが、あまり意味がなくなってきたように思えるのは、俺だけじゃねえだろう」

「たしかにそうですが……」

「チャパツは関係なかったんだよ」

「ですが……」

そのとき、樋口は名前を呼ばれた。背の高い連絡係が電話ですと告げている。樋口は受話器を取った。相手は天童第一係長だった。

「ヒグっちゃん、そっちの捜査本部で、なんか大捕り物でもあるのか？」

「捕り物はまだですが……。なぜです？」

「今朝、島崎が本庁にやってきた」

「あ、本庁に行っていたんですか」

樋口はほっとした。何か二課のほうで用があったのかもしれない。取り越し苦労だったのかと思ったのだ。

「やっこさん、拳銃持っていったそうだぜ」

ほっとしたのもつかの間だった。

「拳銃……」

「ヒグっちゃん、あいつのことを心配していただろう。だから、私もそれとなく気にしていたんだ。拳銃持ってったんで、危険な捕り物でもあるのかと思ったんだ」

「それなら、私たちも銃を携帯するはずです」

「そりゃそうだな」

樋口の胸の中に、黒い雲のような不安がわき上がってきた。

「調べてみます。わざわざ、どうも……」

「ヒグっちゃん」

「はい……」

「あのとき、言い忘れたがな。島崎ってやつは、けっこう思い込みが激しいやつなんだ。何か問題に巻き込まれているんだったら、助けてやってくれ」

「もちろんです」

樋口は電話を切った。それからすぐに、島崎の携帯に電話をした。電源が切れている。

「くそっ」

樋口は、捜査本部の捜査員リストを見て、島崎の自宅に電話をかけた。島崎の妻が出た。電話の向こうの声は、極度にうろたえているようだった。樋口の不安が増した。

樋口は言った。

「落ち着いてください、奥さん。何があったんです?」

「主人が……、主人が息子を連れて行ったんです。あの……、あの……、話をするだけだって言っていたんですが、何か様子が変で……。部屋を探してみたら、妙な手紙があったんです」

「妙な手紙ですか?」

「置き手紙です。いろいろ、苦労をかけたとか、申し訳ないとか書いてあって、あの、あたし、これがどういうことなのか……」

「二人で出ていったのは、いつのことです？」

「十一時頃です」

樋口たちが児島美智代の家宅捜索から戻った頃だ。時計を見ると十二時。もう一時間経っている。

「歩いて出かけたのですか？　それとも車ですか？」

「車がないので、たぶん……」

樋口は車の特徴とナンバーを尋ねた。島崎の妻は、車種と色を正確に教えてくれた。白のウィングロード。ナンバーも覚えていた。

「わかりました、奥さん。我々が探してみます。お宅で待っていてください」

樋口は、相手が何か言う前に電話を切った。田端課長が、樋口のほうを見ていた。

「何だ？　何があった？」

田端課長が樋口に尋ねる。

樋口は、島崎が拳銃を持ち出したこと、次男の英次を連れて車でどこかへ出かけたことを告げた。

「やべえな……」

田端課長は即座に言った。「よし、根岸の件はこっちに任せろ。ヒグっちゃんは、島崎を探してくれ。白のウィングロードだな？　緊急配備《きんぱい》を敷く。網にひっかかったら、携帯に電話する」

「私が一緒に行きましょう」

田無署の木原刑事課長が言った。「この辺の地理に明るい者が必要でしょう」

樋口はうなずき、彼と出かけることにした。署の外に出たが、どこを探せばいいのかわからない。

まず、島崎の自宅を訪ねて、妻に心当たりがないか訊くことにした。島崎の妻は、青ざめており、考えがまとまらない様子だった。心当たりはないという。ここしばらく、二人は会話もしていなかったという。

不安に押しつぶされそうな、島崎の妻をなんとかなだめすかして、島崎宅を後にした。樋口は焦っていた。このままでは、取り返しがつかないことになる。

「どこにいるんだろうな……」

樋口は言った。「息子と話をしたいと思ったら、どこに連れていくでしょう」

木原刑事課長が言った。

「さあね……。人それぞれでしょう」

樋口は考えた。

「たしかにそうですね……」

気ばかり焦って、まともに頭が回転しない。

「父と息子が話をする場所なんて、見当もつかない。しかしね……」

木原課長が言った。「刑事と容疑者。そう考えれば……」

樋口は木原課長を見た。

「そうでしょう」

木原課長はさらに言った。「島崎さんは、息子さんを容疑者と、いや犯人と思っているんでしょう。ならば……」

「現場か……」

25

被害者のマンションに着いた島崎は、管理人を呼び出した。しばらくすると、管理人の和田誠二が玄関のドアの向こうに現れた。島崎は、警察手帳を提示した。

英次は、車の中にいる。逃げたら、容赦なくその場で撃つことにしていた。だが、英次は逃げる素振りを見せない。ふてくされた態度で助手席に座っている。ここに来るまで、一言も口をきかなかった。

管理人の和田は玄関先に出てきて、どこかうれしそうに言った。

「何かわかりましたか？」

事件に関わるのがうれしいのかもしれない。好奇心がくすぐられるのだろう。それが他人事なら楽しかろうな……。島崎は思った。

「ちょっと、顔を見てもらいたい人物がいるんですがね……」

「ええ。かまいませんよ」

島崎は、雨に濡れるのもかまわず車に戻ると、助手席の窓を叩いた。英次が彼のほうを見たので、出てくるように手で合図した。英次は、いかにも面倒くさいというように、のろのろとした仕草で車から降りてきた。

容疑者に対してするように、島崎は英次の二の腕を取った。その腕の筋肉はたくましかった。島崎の知っていた英次の腕の感触は、まだ細くて頼りないものだけだった。

「この人物です」

島崎は、玄関先に戻ると、和田に言った。

和田は目を丸く見開いて言った。

「あ、こいつですよ。間違いなく。そう。富岡さんにからんでいたのは、こいつです」

「そうですか」

「間違いないですよ。さすがだな、警察は。もう捕まえたんですね」

「いったい、何なんだよ、これ……」

英次が、腹立たしげに言った。

島崎は、和田に対して言った。

「現場検証をしたいんです。二人きりになりたいので、部屋に誰も近づけないようにしてください」

「わかりました」

和田は、しかつめらしい顔つきになった。警察に協力を要請され、やる気になっているに違いない。

島崎は英次に言った。

「さ、来るんだ」

「何だよ……」

島崎は、英次の腕を取り、引っぱるようにしてエレベーターに向かった。

島崎は現場をまだ見ていなかった。

初動捜査の後に、捜査本部に派遣されたのだ。現場には、まだ鑑識係が残したチョークの跡が残っていた。人型のチョークの跡が、被害者を表している。

ドアを閉めて鍵をかけると、島崎は、現場の様子を仔細に観察していた。話題に上った、グラスが載っていたテーブル。凶器のネクタイが残されていたソファ。もう一つの凶器であるゴルフクラブが立てかけてあったのは、あの辺か……。

「何なんだよ」

英次は怒りを爆発させようとしている。「いい加減にしてくれよ。人をこんなところに連れてきて、何のつもりだよ」

島崎はゆっくりと、英次のほうを見た。

「私が管理人に言ったことを聞いていなかったのか？　現場検証だ」

「刑事の仕事に、俺を連れてくることはねえだろう？」

「今、捜査本部では、容疑者を二人に絞っている。一人は、ここで事件当夜、被害者といっしょに酒を飲んでいたらしい女性。もう一人は、日曜の夜に、被害者と喧嘩をしていたチャパツの若い男だ」

英次は、ふんと鼻で笑った。

島崎は続けた。

「被害者とそのチャパツの喧嘩を、二人の人物が目撃している。また、そのチャパツは、このマンションの住人にも目撃されている」

島崎はつとめて事務的に話をしていた。冗談では済まないということを、強調したかった。

「あの管理人がその目撃者の一人だ。つまり、彼は、そのときのチャパツがおまえだと証言したことになるんだ」

「なにまどろっこしいことやってんだよ。俺、別に隠そうなんて思ってなかったぜ。訊かれりゃこたえたさ。日曜日に、たしかに富岡に会いに行ったってな……」

「そして、おまえは、富岡に軽くあしらわれた。簡単に投げられて、腰を痛めたんだろう？」

「そうだよ」

「そして、そのせいで、ダンスのスクールを休まなければならなかった。そうだな」

英次の表情が険しくなった。

「誰にそんなことを聞いたんだよ」

「調べるのが、刑事の仕事だ。そのとおりなんだな」

「誰に聞いたんだよ？」

英次は声を荒くした。島崎は、動じなかった。刑事は、尋問の際に相手の質問にはこたえない。

「投げられて、腰を痛めてダンススクールを休んだんだな？」

英次は、憎々しげに島崎を睨み付けている。

「ああ。そうだよ」

「おまえは、そのためにいっそう腹を立てたんだ」

「あたりめえだろ」

島崎は、チョークの人型を見下ろす位置に立っていた。英次は、部屋の出入り口付近に立っている。殺人の罪を暴かれようとしているのに、英次は落ち着いて見える。とことん、世の中をなめているのだろうか。ならば、それが間違いだということを、最後に教えてやらねばならない。

「それで、おまえは、もう一度富岡に会いに行った」

「ああ。そうだ」

英次は言った。「だが、ダンススクールの話を誰から聞いたか、まだこたえてもらってないぜ」

島崎は、溜め息をついた。

「おまえは、そんなことを言える立場じゃないんだ」

「立場の問題じゃねえだろう。誰から聞いたんだよ」

「それがそんなに問題なのか？」

「ああ、問題だね。俺の世界のことだ。勝手に立ち入ってもらいたくねえな」

島崎は、英次の気持ちを考えていた。家族に疎外されたと感じた英次は、ダンスの世界に自分の居場所を見つけた。たしかに、それは大切な世界だろう。だが、その世界を自分だけのもののように考えるのはやはり間違っている。

人と人との付き合いというのは、そういうものではない。人が関わる世界というのは、その人を中心として、どこか重なり合う部分がなければならないのだ。それが、社会を形作る。

「私は父親だ」

島崎は言った。「おまえが何に興味があり、どんな仲間がいるかくらいのことは、知っていてもいいだろう」

「今さら、父親面すんなよ」

「父親面しているわけじゃない。おまえが他人だと思うのなら、それでもいい。だが、事実、私は父親なんだ。おまえを育てた責任がある」

「関係ねえよ。俺は、俺だ」

「そうだ。そして私も私だ。だが、おまえは私たちを完全に拒否しているわけじゃない」

「どうしてそんなことが、あんたにわかるんだ？」

「おまえが、私と丈太郎のことで、富岡に対して腹を立てたからだ」

「ただ情けなかっただけだよ」

英次は言った。「何もできずにおろおろしているだけの、あんたたちがな……」

「本当に他人なら、どんなに情けなかろうが、関係なかったはずだ。関係ないってのが、おまえら若者の口癖だろう」

英次は、ふと押し黙った。

おそらく、英次は自分自身でもそのあたりの気持ちの整理がついていないに違いない。島崎は、英次の犯した罪の重さを考えた。そして、それよりも重い責任が自分にのしかかっていると感じていた。

「ダンスの話が聞きたい」

島崎は唐突に言った。

英次は怪訝そうな顔で島崎を見た。

「何だって？」

「どうしてダンスを始めたんだ？」

「あんたが、嫌いだと言っていたからさ」

この憎まれ口も、気にならなくなっていた。冷静に考えれば、英次は島崎の影響下にいたということだ。本当に家族を拒否しているのなら、島崎がダンスを好きだろうが嫌いだろうが関係ないはずだ。親が嫌うことをやって見せるというのも、幼児的な一種の甘えなのだろうという気がした。

子供は大人に甘えて当然だ。それにちゃんと対処してやらないところから、歪みが生じる。今の大人は、子供の甘えを甘えとして受け取れるほどの、ちゃんとした大人になりきれてはいないのかもしれない。

この私も含めてな……。

「どのくらい続いているんだ？」

「どうだっていいだろう、そんなこと」

「聞いておきたいんだ」

島崎は冷静な口調で話していた。

「スクールに通いはじめて、三カ月くらいかな……」

「金はどうしてる？」

「今まで溜めていた小遣いとか、バイトとかな……」

「面白いのか？」

「ああ……」

英次はやりにくそうだった。こちらが、本心で話を聞きたがっているのだということが伝わったのだろう。そうなると、反発ばかりもしていられなくなる。

「たしかに、父さんは、ダンスなんて男のやるもんじゃないと思ってた。テレビなんかで見る限りはな……」

「そう言うと思ったよ」

「だが、渋谷でダンスの練習をしている若者を見て、ちょっと意外な印象を受けた。彼らは一所懸命、汗をかいていた。父さんは若い頃から柔道をやっていたのでわかる。汗は嘘をつかないものだ」

英次は、横目でちらりと島崎のほうを見た。それから、どうしていいかわからないように、そっぽを向き、それからもう一度、島崎のほうを見た。

「汗は嘘をつかない……？」

「父さんはそう思って練習したもんだ。生まれつき、体がでかいやつもいる。力が強い者もいる。器用なやつもいれば、不器用なやつもいる。だが、練習するやつにはかなわない。すぐに効果がでなくても、汗をかいた分だけきっと成果は得られる」

英次は、落ち着かない様子でその言葉を聞いていた。島崎と眼を合わそうとしない。何かを我慢しているようにも見える。やがて、耐えきれなくなったように、英次は喚《わめ》いた。

「どうして、それを小学生のときに言ってくれなかったんだよ」

それが、本音だったのか。島崎は気づいた。いつか、樋口が、言っていた。暴力そのものが問題なのではなく、暴力をどう扱うかが問題だと。樋口は英次の気持ちのことを言いたかったのだ。正しいような気がする。英次は、幼い頃に傷ついていたのだ。傷つけたのは、島崎だったのかもしれない。

もしかしたら、樋口は本当に島崎の家庭のことを心配してくれていたのかもしれない。

「済まなかったな」

島崎は言った。

今は素直にそう言うことができた。

「今さら謝られたって……」

「そうだな……」

島崎は、思った。

そのとおりだ。今さら遅い。しかし、話を聞いておきたかったし、言いたいことは言っておきたかった。

「そろそろ、本題に入らなければならない」

島崎は言った。

「本題……？」

英次は、不安そうに島崎を見た。今までほど反抗的ではなくなっていた。

「おまえは、六月二十八日の未明にもここに来たな？」

「六月二十八日未明だって？　ああ、事件の日か。そう。俺は、その夜、このマンションに来たよ。それがどうした」

「そして、富岡と再び話をした」

「ちょっと待てよ」

「話しているうちに、また言い争いになった。喧嘩になれば、富岡の柔道にかなうはずがない。おまえは、またやられそうになった。そこで、ゴルフクラブを持ち出し、富岡の後頭部を殴った」

英次は、苦笑を洩らし、かぶりを振っている。

「ゴルフクラブだって……？」

「そして、倒れた富岡の首を、落ちていたネクタイで絞めて殺した」

「やっぱり、俺を疑っていたんだな」

「おまえ以外に考えられない。捜査本部は、動機を知らない。だから、おまえをマークしていなかった。しかし、私は富岡とおまえの関係を知っていた。何より、私自身と丈太郎が富岡に強要されて、捜査情報を渡していたことを知っている」

「冗談じゃねえよ」

英次は言った。「俺は、富岡を殺してなんかいねえ」

「おまえは、富岡を憎んでいた」

「ああ。憎んでいたよ」

「死んだ富岡に対して、おまえがざまあみろと言ったのを聞いている友達がいる」

英次は顔色を変えた。

「そうか。あいつらのところに聞き込みに行ったんだな？」

「藤代タエのところにも行った」

「ちくしょう……」

「それが刑事の仕事なんだ」

「なら、ちゃんと調べろよ」

「調べた。その結論が、これだ」

島崎は、腰のホルスターからリボルバーを取り出した。

英次は、ぽかんとした顔をしている。何が起きつつあるのか把握できていないらしい。事実の重大さを認識できていないのだ。

それから、英次の顔が見る見る青白くなっていった。

「何だよ、それ……。どういうことだよ」

「これが私の責任の取り方だ。おまえも責任を取るんだ」

「ふざけるなよ……」

「ふざけてなんか、いない。おまえだけに死んでもらうわけじゃない。おまえを撃ってから、私も自殺する。それが、けじめだ」

「やめろよ……」

英次は、銃を見つめていた。「俺じゃねえって言ってるだろう」

「言っただろう。私はちゃんと調べた。言い逃れはできない」

英次の顔に再び、朱がさしてきた。彼は、銃から眼をそらし、島崎を見つめた。

「あんた、いつもそうだ」

「何のことだ？」

「俺たちの人生を自分の都合で勝手にいじろうとするんだ」

「それは誤解だ」

「何が誤解なんだ？」

「おまえの人生がどういうものか、私にちゃんと教えてくれれば、それを認めることもあるだろう」

「聞こうとしなかったじゃねえか」

「いや。おまえが話そうとしなかったんだ。何も言わずにわかってもらおうとしても、それは無理だ」

「勝手なこと言うな」

「勝手はお互い様だったんだ。だから、私は責任を取る」

急に英次の体から力が抜けた。

「撃つなら撃てよ。俺は、もうどうでもいい。父親に信じてもらえねえなんて、これほど情けねえことはねえからな」

島崎は覚悟を決めた。

「そうさせてもらう」

島崎は、撃鉄を起こした。

26

樋口は、雨の中を駆けた。木原課長は、島崎の自宅から富岡が住んでいたマンションまでの最短の道を知っていると言った。彼について、懸命に走っていた。

雨が跳ね上がり、ズボンの裾がびしょ濡れになる。髪が水を含み、頬に流れ落ちる。若い頃のようにはいかない。たちまち、肺が悲鳴を上げはじめた。それでも、走るのをやめるわけにはいかない。

パレスひばりヶ丘の玄関に駆け込んで、管理人を呼んだ。管理人はすぐさま出てきた。樋口は、警察手帳を見せた。

玄関のドアが開き、管理人が言った。

「おや、応援ですか？」

「応援？」

樋口は、あえぎながら聞き返した。

「ええ。現場検証でしょう？」

「誰か来てるのか？」

「ええ。刑事さんが……。例の容疑者を連れて。やっぱり、あいつだったんですね」

「合い鍵を持ってきてください」

「合い鍵って……、中に刑事さんがいますよ」

樋口は大声を上げた。

「早く。合い鍵だ。でないと、手遅れになる」

管理人の和田は、その剣幕に驚き、あわてて管理人室に向かった。すでに、木原課長は事態を悟って、エレベーターホールに向かっている。

樋口はいらいらした。ようやく現れた管理人の手から、合い鍵をひったくるように受け取った。

「危険ですから、近づかないでください」

「危険って……」

呆然としている管理人に背を向けて、樋口は走った。木原がエレベーターのドアを押さえている。

島崎さん。早まったことをしないでくれ……。

樋口は祈った。

エレベーターのスピードがひどくのろく感じられてもどかしい。ようやく、三階に着いた。

樋口は、エレベーターを飛び出し、三〇二号室に向かった。

外から呼びかけるようなことはしない。中にいる人間を刺激することになる。樋口は、すぐさま、合い鍵を取り出し、そっと鍵穴に差し込んだ。

「気をつけて」

木原課長が言った。「島崎さんは銃を持っているんでしょう。まともな精神状態じゃないかもしれない」

樋口はうなずき、鍵を回した。金属音が響く。ドアノブを回し、ドアを開けた。廊下の先のドアは閉まっている。樋口は土足のまま、廊下を進み、廊下の突き当たりのドアを開いた。

その瞬間、自分の息子に銃を突きつけている島崎の姿が眼に飛び込んできた。不思議なことに、島崎も息子の英次も静かな表情だった。樋口は、修羅場を想像していたのだ。互いに髪を振り乱し、興奮して罵《のの》り合っている場面を……。その想像とはまったく違っていた。

島崎がちらりと樋口のほうを見た。

「島崎さん。銃を下ろしてください」

「すまんな、樋口さん。私にはもうこうするしかない」

樋口は、銃の撃鉄が起きているのを見た。引き金を少しでも引けば、すべては終わりだ。

「島崎さん。聞いてくれ。英次君は犯人じゃない」

「思いとどまらせようとして、嘘をついても無駄だ。日曜に富岡と喧嘩したのは、間違いなく英次だった。管理人の和田が確認した。そして、こいつは事件の夜にここに来たと言ったんだ」

「事件の日にここに来たかもしれない。しかし、やったのは、英次君じゃない。現場の状況がそれをはっきりと物語っている」

島崎は、銃を英次に向けたままだ。しかし、その表情に一瞬の迷いが見て取れた。これを逃したら、もうチャンスはないかもしれない。樋口は、一気にまくしたてた。

「犯人は、今あなたが立っているあたりからゴルフクラブで被害者を殴ったんです。いいですか？　犯人のすぐ近くです。そして、被害者は後頭部を殴られている。被害者は、犯人がすぐ近くにいるにもかかわらず、背を向けていたのです。これが、何を物語るか、あなたも刑事ならわかるでしょう」

島崎は何も言わない。しかし、迷いは強まったように見える。かすかに眼が泳ぎはじめていた。

樋口は、さらに言った。

「被害者は、犯人に心を許していた。つまり、二人は親しい間柄だったということです。英次君と被害者は対立関係にあった。英次君はおそらく、部屋まで上げてもらえなかったでしょう。万が一、部屋まできたとしても、英次君がこれほど近づいた状況で、背を向けることなどあり得ないんです」

島崎は考えはじめていた。

「しかし……」

銃はまだ英次に向けたままだし、引き金に指もかかっている。「しかし、力ずくで後ろを向かせることくらいできたはずだ。揉み合ったはずみで背を向けることもある」

「現場には争った跡がなかったんです」

島崎は、沈黙した。

しきりに考えている。樋口は彼の結論を待つことにした。

長い沈黙。すべてが静止していた。樋口は、それが永遠に続くのではないかとさえ思った。だが、彼のほうから声はかけられない。今は、島崎に考えさせることが大切なのだ。

やがて、小さな動きがあった。島崎の人差し指が引き金から外れた。トリガーガードの外に出る。その後、ゆっくりと銃が降りていった。

樋口は思わず息を吐いていた。英次はその場に無言で立ち尽くしていた。島崎を見つめている。

「英次じゃないって、本当なのか……」

島崎は、呆けたような表情で樋口に尋ねた。

「今言ったとおりですよ」

樋口は、刺激せぬようにそっと近づき、島崎の手からリボルバーを取ろうとした。撃鉄が起きたままなので、細心の注意が必要だった。島崎は抵抗しなかった。

銃を受け取ると樋口は、撃鉄を親指で押さえたまま引き金を引いた。撃鉄を静かに下ろす。

樋口はもう一度、息を吐いていた。その拳銃をベルトに差した。

どこかうわごとのような調子で、島崎が言った。

「じゃあ、例の女が容疑者ということになるのか？」

樋口は、ふと思いついた。

「それについて、英次君に訊きたいことがあります」

英次は自分の名を呼ばれて、びくりと樋口のほうを向いた。樋口は尋ねた。

「事件の夜。正確には前日の二十七日の夜ということになるが、このマンションに来たというのは本当なのですか？」

英次は、何か言いかけて、咳払いし、ごくりと唾を飲んだ。緊張のため、声が出なかったのだ。

英次はうなずいた。

「このマンションのどこにいたのですか？」

「表にいたよ。実際には殺さなかったけど、殺そうと思ってた。けど、部屋まで行けなかったんだ。部屋に人が出入りしてたんでな……」

「人が出入りしていた？」

「ああ……」

「何時頃、どんな人がやってきたんです？」

「十時過ぎに、女がやってきた」

「どんな女性です？」

「ショートカットの若い女。けっこういい女だったよ」

「あなたは、マンションの外にいたのでしょう？　どうして、富岡さんの客だとわかったのです？」

「インターホンで話すのを聞いた。女は富岡の名前を言ったし、インターホンから間違いなく富岡の声が聞こえてきた」

「それからあなたはどうしました？」

「その日は諦めようと思って、池袋に遊びに行ったよ。でも、また腹が立ってきて、マンションに引き返したんだ」

「それは何時頃ですか？」

「十二時かそれくらいだと思うよ。それで、また様子を見ていたんだ。そしたら、また客が来た。見たことある男だった。すぐに富岡の客だとわかったよ」

「見たことのある男？」

「そう。日曜日に見た男だ。富岡といっしょに帰ってきたやつだよ。たぶん、銀行のやつだろう。俺、こんなに人が出入りするんじゃ、チャンスを待ってても無駄だと思って、その日は家に帰ることにした。本当だ」

樋口は、興奮を隠せなかった。木原課長を振り返る。木原は、携帯電話を取り出して、捜査本部に連絡をしている。

「島崎さんの件はだいじょうぶです。それより、事件当夜、根岸らしい男が現場のマンションに入っていくのを目撃した人物が見つかりました」

島崎は、さらに呆けたような表情になっていた。彼は、言った。

「いったい、どういうことだ」

樋口は言った。

「状況から考えて、おそらく富岡の上司である、根岸が最有力の容疑者ですね」

樋口は、木原課長に呼ばれて戸口のほうを振り向いた。携帯電話を手にした木原課長が言った。

「根岸は出勤していないらしい」

「出勤していない？」

「休暇を取っているそうだ。今、捜査員が自宅に向かっている」

樋口はうなずいた。

そのとき、島崎は、がっくりと膝をつき、突然大声を上げた。樋口は、驚いてそちらを見た。獣が吼《ほ》えるような声だ。肩が激しく震えている。

島崎が泣いているのだと気づくまで、しばらく時間が必要だった。慟哭《どうこく》だった。

声を上げ、しゃくり上げている。恥も外聞もない姿だ。うなり、しゃくり上げる合間に、彼は言った。

「よかった……。英次でなくて、本当によかった」

声を上げて泣き、「よかった」を繰り返した。

樋口は、涎《よだれ》と鼻水を流して泣く、そのみっともない姿に、感動していた。そして、なぜかうらやましいと感じていた。

英次は、無言でじっとその父親の姿を見つめていた。その表情からは何も読みとれない。

だが、嫌悪の表情でないことだけは確かだと、樋口は思った。

島崎が落ち着きを取り戻すのを待って、樋口は、現場を引き上げることにした。英次にも署に同行してもらう。四人で、島崎の車に乗り込んだ。

島崎は、ハンドルを握ったが、車を出そうとしない。何かを考え込んでいる。

助手席にいた樋口は、それに気づいて尋ねた。

「捜査本部には帰りにくいですか？」

島崎は、正面を見たままかぶりを振った。そして、決心したように言った。

「戻る前に、話しておかなければならないことがある」

「何です？」

「私が息子を疑うには、理由があった」

樋口はうなずいた。英次は、富岡に殺意を抱いたと言っていた。その理由をまだ聞いていなかった。

島崎は話しだした。

「もとはといえば、私のせいなんだ」

「だから、そのことは……」

「違うんだ、樋口君、聞いてくれ。私は二度にわたって、富岡に、日和銀行捜査の捜査情報を洩らした」

樋口は驚いたが、つとめてそれを顔に出すまいとした。これ以上、島崎を傷つけたくはない。

島崎は続けて言った。

「まず、富岡は、長男の丈太郎に言ったんだ。私の捜査情報を何とか持ち出せないか、とな。柔道部のOBってのは、雲の上の人だ。言われれば、何だって言うことを聞かなきゃならん。富岡は、それを利用したんだ。どこで手に入れたか知らんが、丈太郎は捜査情報を探り出して富岡に渡した。たぶん、私が使っているパソコンからじゃないかと思う。もちろん、たいした情報じゃない。だが、次に富岡は、それをネタに私に脅しをかけるようになった。私は、それに屈したというわけだ」

「それを知った英次君が腹を立てた……」

「まさか、英次がそんなことに関心を持つとは思えなかった」

樋口は、天童とともに飲み屋に行ったときの、島崎の憔悴しきった様子を思い出していた。島崎が渡した捜査情報によって、二課の家宅捜索が失敗したとなれば、責任は重い。その罪の意識に苛まれていたのだろう。

樋口が黙っていると、島崎は言った。

「私は、このことを、捜査本部のみんなと、二課の連中に話さなければならない」

樋口はしばらく考えていた。

「たしかに不祥事ですね」

島崎がうなずく。樋口は、島崎が何か言う前に言った。

「しかし、正直に言って、私はマスコミが取り上げる警察の不祥事とやらに、うんざりしているんです」

島崎は、怪訝そうな眼を向けてきた。樋口が何を言いたいのか理解できないようだ。

「これ以上、マスコミにネタを提供することはないと思います。警察全体のためにも……」

「樋口君……」

島崎は、あぜんとした顔をした後に言った。「黙っていろというのか？　いや、それはいかん。私は警察官だ。罪を犯したら、それを償《つぐな》わせるのが仕事だ。自分で犯した罪に、ほっかむりなどできない」

「そう。あなたは、この先、その罪の意識を背負って生きていくんです」

「私がやったことは、警察官として許されないことだ」

「それで、捜査が失敗したのなら、責任を取るべきです。しかし、二課の事案はうまく運んだのでしょう？」

「そりゃ、そうだが……」

「取引しましょう。私は、目の前で起きた殺人未遂事件をもみ消そうとしています。それについて目をつむってもらえれば、そちらの捜査情報を洩らした件も忘れることにしましょう」

「殺人未遂？」

「どこかの慌て者が早とちりして、自分の息子に銃を突きつけたんです」

島崎は、あきらかにうろたえている。

「だが……」

「ただし、後ろにいる木原課長がどう思うかは、私のあずかり知らぬところですが……」

後ろから溜め息が聞こえた。木原課長の声がした。

「殺人未遂を握りつぶす件についちゃ、私も同罪だな……」

「しかし……」

島崎は言った。「それでいいのか？　それで……」

樋口は、自信を持ってはっきりとこたえた。

「いいんです」

マスコミは正義漢面をして、警察の不祥事を叩く。だが、我々にも言い分はある。正義とは人の道だ。樋口は思った。杓子定規《しゃくしじょうぎ》に規則を守るばかりが正義ではない。島崎の件に関しては、私の決断が正義だ。

島崎は、何も言わず、エンジンをかけて車を出した。

田無署に車が到着する。木原課長に、島崎英次を取調室に案内するように言い、樋口は島崎とともに、田端課長のもとに行った。

島崎は、深々と頭を下げて言った。

「言いつけに背き、申し訳ありませんでした」

田端課長は、腕まくりをしてテーブルの前に立っていた。根岸の件で、声を張り上げて陣頭指揮を取っている最中だった。島崎を一瞥《いちべつ》すると言った。

「おう。何してたんだ」

島崎を制するように、樋口が言った。

「英次君から、耳寄りな情報を得ましてね。それを確認に行っていたそうです。事件の日、マンションに入る根岸を目撃したというのは、英次君なんです。今、取調室にいます」

田端課長は、疑わしげに眼を細めた。やがて、にやりと笑い、言った。

「お手柄じゃねえか。さ、大詰めだ。根岸が逃亡した可能性がある。おまえさんたち、予備班らしく、情報の交通整理をやってくれ」

樋口は、島崎とともに田端課長のそばを離れた。樋口は、言った。

「島崎さん、しばらくここを頼みます。私は、息子さんから話を聞いてきます」

「わかった」

「まず、第一にすることは、奥さんに電話をして安心させてあげることです。何か、手紙を残したんでしょう」

島崎は、ぴしゃりと額を叩いた。

「忘れてた……」

樋口が去りかけると、島崎が呼び止めた。振り返ると島崎は言った。

「なあ、あんた、何でそんなに他人のことに気をつかってくれるんだ？」

樋口はこたえた。

「自分が心配した分、他人にも心配してほしいと思うからじゃないですかね」

そのとき、樋口の心に、天童や、荻窪署の氏家の顔が浮かんでいた。

樋口は、取調室に向かった。


木原課長と二人で、島崎英次から詳しい話を聞いた。パソコンでそれを記録し、最後に英次の拇印をもらう。島崎英次の目撃情報は、根岸民雄を追いつめるための、恰好の材料になるだろう。

　礼を言って、もう帰ってもいいと告げると、英次は言った。

「あいつ、たいした刑事じゃないみたいだな……」

　樋口は尋ねた。

「誰のことだ？」

「オヤジだよ。まったく見当違いの推理してたじゃん」

「それは、違う」

「どう違うんだよ」

　島崎英次は、本気でそのこたえを知りたがっている顔をしていた。樋口はこたえた。

「通常なら、島崎さんだって、あんな間違いはしない」

「どういうことだよ」

「父親だからだ。身内のことには、どうしても感情的になってしまうんだ。それが、判断を誤らせる」

　英次は何も言わない。

「それくらい、家族のことを思っているということだ」

「へ、そんなもんかね……」

英次はそう言ったが、その口調からそれほど皮肉な響きは感じられなかった。

「それからな」

樋口は言った。

「何だよ」

「目上の人間には、敬語を使ったほうが、何かと得をすることが多い。覚えておいたほうがいい」

英次は肩をすくめた。

「俺が尊敬できると思った人には、敬語を使うよ」

それから、英次は言い直した。「敬語を使いますよ」

樋口はほほえんだ。

27

「根岸民雄は自宅にもいない」

樋口が捜査本部に戻ると、田端課長が苦り切った表情で言った。「今、捜査員が行方を追っているが、こりゃ、後手に回っちまったかもしれねえな」

樋口は言った。

「児島美智代に確認したいことがあります」

「何だ？」

「旅行先や宿泊するホテルを、根岸に教えたかどうか……」

田端課長は、すぐにその意図を悟ったようだ。

「張り込んでいる捜査員に確認させる」

連絡係が捜査員を呼び出し、その旨を伝えた。十分後に、折り返し電話がかかってきた。

樋口が出た。

「たしかに沖縄に行くことや、宿泊するホテルを教えたと言っています」

捜査員が言った。樋口はそれを田端課長に告げた。田端課長は、すぐに沖縄県警宛に根岸民雄の写真をファックスで送らせた。また、自ら沖縄県警に電話して事情を説明し、根岸民雄を探すように要請した。

それから、羽田空港に捜査員を張り付かせた。根岸民雄は、児島美智代が旅行を切り上げて帰ってきていることを知らない可能性が高い。

そもそも、児島美智代に旅に出ろと言ったのは、根岸だった。おそらく、捜査の攪乱《かくらん》を狙ったのだ。彼女を犯人に仕立てようと計画したのかもしれない。だとしたら、口封じのために沖縄の滞在先を訪ねる可能性がある。

　樋口はそう考えたのだ。

「指名手配しよう」

　田端課長は決断した。「今や、根岸課長は有力な容疑者と断定していい」

「逮捕状、取れますか？」

　木原課長が尋ねた。

　田端課長は、池田管理官と二言三言言葉を交わしたあと言った。

「ありったけの疎明《そめい》資料をかき集めてくれ、指紋の件だとか、児島美智代を巡る三角関係だとか……」

「おそらく……」

　島崎が言った。「銀行の『飛ばし』の件も関係しているのではないかと思います。被害者と根岸の二人は、何らかの形でそれにタッチしていたはずです。二課から資料を引っ張れると思いますが……」

　田端課長はうなずいた。

「急いでくれ。資料が集まり次第、逮捕状を請求しに行ってくる」

　捜査本部は、活気に満ちている。誰もが疲れを忘れていた。獲物を見つけた猟犬は、ただ突っ走るだけだ。

あとは、待つしかない。ふと、樋口は、背広の下の重いごつごつしたものを意識した。島崎を廊下に呼び出した。

「これ……」

拳銃を渡す。島崎は、身の置き場がないという顔でそれを受け取り、腰のホルスターに収めた。

「これから、二課に行って資料を漁ってくる。ついでに返してくるよ」

「天童さんが、心配してました」

「天童さんが？」

「銃を持ち出したと教えてくれたのは、天童さんなんです」

「わかった。一言、詫びを言っておく」

ひどく照れくさそうな笑みを残して、島崎は歩き去った。

時計を見ると、まだ午後一時半を過ぎたばかりだ。

今日は朝からいろいろなことがあって、ずいぶんと長い一日だと思っていたが、まだまだ、これからだ。樋口は、空腹を感じていなかった。興奮状態が続いているのだ。だが、この先に備えて、何か食べておくことにした。木原課長が店屋物を取るというので、それに便乗した。

捜査本部の中は独特のにおいがしている。汗と煙草のにおい。そして、人間がストレスにさらされたときに発するにおいが入り交じっている。それは、運動部の部室のようなにおいだ。

慌ただしい午前が過ぎ、倦怠《けんたい》の午後がやってきていた。捜査員たちは、雨の中を歩き回っている。樋口たち予備班と、捜査本部の指揮官たちは、書類作りに没頭していた。逮捕状を請求するための資料作りだ。

午後二時過ぎに、島崎が二課からの資料をかかえて戻ってきた。二課の調査によると、被害者の富岡や根岸の部署は、経営陣の命令を受けて、「飛ばし」の細かな実務を行っていたということだ。

それが、根岸の犯行とどう絡むかはまだわからない。しかし、犯罪は犯罪を生む可能性がある。資料として添付する価値はある。

捜査員たちからは、定時の連絡が入るだけだ。根岸の行方はまだわからない。

午後二時半。田端課長は、逮捕状請求書と疎明資料をかかえて、裁判所に向かった。沖縄県警から連絡が入ったのは、その直後だった。

池田管理官が電話に出た。捜査本部にいた全員が、注目していた。

静まりかえった捜査本部に、池田管理官の声が響く。

「ホテルに現れた？　現状は？……尾行している？　まだ、接触していないんですね」

そこで、池田管理官は、しばらく考えていた。「職質をかけてください。任意同行を求めて、身柄確保願います」

それから、一瞬間を置いて言った。「もし、任意同行を拒否したり、逃走を試みるようなら、緊急逮捕していただきたい」

それから、池田管理官は、羽田で張り込んでいた捜査員に連絡して、すぐに沖縄に飛ぶように指示した。

樋口は、田端課長の携帯に電話して、その報告をした。

「おう。見つけたか」

田端課長の声は、力がみなぎっていた。「すぐに逮捕状《オフダ》持って戻る」

遠隔地で容疑者が見つかったときには、本当に隔靴《かっか》掻痒《そうよう》という気分だ。うまく事が運ぶのを祈るしかない。樋口は、それからじりじりとするような時間を過ごした。

午後四時に、田端課長が逮捕状を持って戻ってきた。

「その後、どうだ？」

池田管理官がかぶりを振る。

「まだ、連絡はありません」

「そうか。待つ身は辛いな」

田端課長の言うとおりだった。どんなに体力的に辛かろうが、走り回っているほうが気が楽だ。

樋口は、島崎の仕事ぶりを眺めていた。慟哭していたのが、ついさきほどのこととは思えない。島崎は落ち着いて、しっかりと仕事をこなしていた。

仕事に集中することで、余計なことを考えまいとしているのかもしれない。天童には、何か言ったのだろうか。まあ、いい。もし、何も言わなくても、島崎の姿を見るだけで、天童はすべてを察するだろう……。

電話が鳴り、連絡係の「沖縄県警です」という声で、樋口は思索の世界から引き戻された。

それは待ちわびた知らせだった。

根岸民雄は、職務質問をした刑事を振り切り逃走しようとした。そして、午後四時二十分、緊急逮捕された。

根岸民雄の身柄が、捜査本部に移送されてきたのは、午後八時過ぎだった。その時点で逮捕状を示して、正式に逮捕した。

すでに、捜査員たちが引き上げてきている。捜査本部では、取り調べの態勢を整え、手ぐすね引いて待ち受けていた。予備班の樋口と島崎が取り調べをすることになったとき、木原課長が記録係を買って出た。秘密を共有する三人が取り調べをすることになった。

樋口は、思わず木原課長と目を見交わしていた。作為的な人選かもしれないが、これくらいのことは、許されてしかるべきだ。

取調室で一目根岸民雄を見たとき、樋口は驚いた。銀行で会ったときも、ひどく憔悴しているように見えたが、目の前の根岸は、さらにやつれていた。

あのときより、頰がこけていたし、顔色は完全な土気色《つちけ》だった。唇は紫色で、眼が真っ赤だった。何日もまともに寝ていない様子が見て取れる。

ワイシャツはちゃんとクリーニングされているし、背広もプレスが利いている。しかし、全体としてどこか服装が崩れているように感じられる。髪も乱れていた。心理の乱れは必ず外見に反映するのだ。

やつれて顔色が悪いが、血走った眼が異様に光っている。その風体を見たとき、樋口は、根岸の犯行を確信した。

樋口は、まず逮捕状を提示し、時刻を確認して、あらためて正式に逮捕されたことを告げた。

根岸は、樋口をぎらぎらと光る眼で見据えて言った。

「弁護士を呼んでくれ。それまで、何もしゃべらん」

法律で守られている当然の権利だ。だが、それを無条件で認めるほど、強行犯担当の刑事は甘くない。権利は守られるべきだ。だが、それも時と場合による。樋口は、被害者の権利より、犯罪者の権利を優先する気にはなれない。

樋口は落ち着いた口調で言った。

「けっこうです。しかし、私たちは取引はしません。弁護士を呼んだところで、罪が消えるわけではありません」

根岸は何もしゃべろうとしない。

「黙秘するのもけっこうです。しかし、それは時間の無駄ですよ」

根岸は、明らかに恐怖におののいている。当然だ。取調室というのは一種の極限状況だ。海千山千のヤクザでさえ、黙秘は長くは続かない。ましてや、根岸は警察沙汰など初めてだろう。

「特定の弁護士がいらっしゃいますか？」

樋口が尋ねると、根岸は決まり悪そうな顔つきになってかぶりを振った。聞きかじりの知識で、弁護士を呼べと言ったはいいが、その後はどうしていいのかわからないらしい。

樋口はうなずいた。

「ならば、国選弁護人を呼ぶことになりますが、医者の往診ではないので、やってくるのは明日になりますよ」

根岸の顔色がますます悪くなった。樋口は、どうせ、明日までは持たないだろうと踏んだ。前科を重ねて警察沙汰に慣れている者でも、取り調べというのは苦痛なものだ。

しかも、すでに根岸はぎりぎりまで追い込まれている。一押しすれば落ちる状態に違いない。

国選弁護人が明日まで来ないというのは、正確な言い方ではない。人によっては、すぐに駆けつける場合もある。だが、おおむねやってくるまでは時間がかかるので、樋口は嘘を言ったわけではなかった。

「まず、最初に確認しておきたいのは、あなたが、富岡さん殺害の容疑で逮捕されたということです」

根岸は、何も言わない。樋口は勝手に続けることにした。

「あなたは、六月二十八日の未明、富岡さんの自宅を訪問しましたね？」

根岸はこたえない。しかし、うろたえているのは明らかだった。

「六月二十八日というのは、富岡さんが殺された日です。あなたは、事前に電話を掛け、部屋を訪ねた……」

ここは事実を淡々と述べるだけでいい。樋口はそう判断していた。それだけで、根岸は追いつめられていく。彼の精神のバランスは今、辛うじて保たれているに過ぎない。

「あなたが、その時間に富岡さんのマンションを訪ねるところを、目撃している者がいるのです」

根岸の顔色がますます悪くなる。額が汗で光りはじめた。

樋口は、声の調子を落とした。これも演出だ。厳しい口調で話したり、世間話をするような口調になったりで、相手に揺さぶりを掛けるのだ。

「あなたは、児島美智代さんに、しばらく旅に出るように言ったそうですね？　富岡さんと込み入った話をするから、関わり合いになりたくなければしばらく姿を消せと……。児島美智代さんは、あなたと富岡さんの二股をかけていた。そう言われれば、当然、お付き合いのことで二人が話をするのだと思うでしょう。私も児島美智代さんと会って話をしているのですよ。あの性格ですから、面倒なことはごめんとばかり、すぐに旅に出ると思いますよねえ」

根岸は、児島美智代の名前を聞くと、いっそう落ち着きをなくした。眼球がおろおろと動き、おそらく無意識なのだろうが肩の凝りをほぐそうとするかのように肩をぴくりぴくりと動かしている。

「あなたは、六月二十七日の夜に、児島美智代さんが富岡さんの自宅を訪ねることを知っていた。それで、捜査の攪乱を狙ったのです。事件の後、すぐに姿を消せば、当然警察は児島美智代さんを疑う。現場には、児島さんの赤唇紋が着いたグラスが残されていました。赤唇紋というのはキスマークのことで、これは指紋と同様に人によってすべて違います。あなたがもくろんだとおり、捜査本部では当初、児島美智代さんを疑っていました」

根岸はまだ何も言おうとしない。

「しかし、あなたの誤算は、児島美智代さんが旅行を切り上げて、東京に戻ってきたことです。彼女は、自ら警察にいらしたのですよ。犯人にされてはたまらないと思ったのでしょう。あなたは、児島美智代さんの旅行のスケジュールや滞在先をあらかじめ彼女から聞いていた。そして、口封じをするつもりで、沖縄に行った。あなたが、児島美智代さんの宿泊していたホテルで発見されたこと、そして、沖縄県警の係員に声をかけられて、逃走したことが、それを物語っています。実際、児島さんが殺害されていたら、捜査はもっと長引いたでしょうね」

根岸は、ひどく落ち着かなくなってきた。葛藤はほとんど限界まできているに違いない。彼はしゃべりたがっている。しかし、黙秘を続けなければならないと考えているのだ。その彼自身の中の戦いは、じきに終わる。樋口は確信していた。

「凶器の一つであるゴルフクラブには、あなたの指紋がはっきりと残っていました。あなたは、部屋でゴルフ談義をし、そのときにクラブに触れたと言いました。いちおう、理屈は通っています。しかし、残念なことに、それを証明できる人はいません。唯一、証明できるのは、死んだ富岡さんだけなのです。我々は、その指紋が、富岡さんを殴ったときに付いたと考えることもできるのです」

根岸はますますしゃべりたくなってきている。それが手に取るようにわかった。

「我々の考えはこうです。あなたは、富岡さんを何らかの理由で殺害しようと思った。そのために、児島美智代さんを利用できると思った。児島さんが、六月二十七日の夜に富岡さんの部屋を訪ねるのを、彼女から聞いて知っていたあなたは、計画を立てた。富岡さんに電話をして、これから訪ねたいと言えば、富岡さんは断れない。あなたは上司だし、富岡さんは、あなたに秘密で児島美智代さんと付き合っているつもりでいました。その負い目があった。あなたの計画どおり、富岡さんは、あわてて児島美智代さんを帰して、あなたの訪問を待った。あなたは、十二時頃に富岡さんの部屋を訪ねた。そして、隙を見て後ろから富岡さんを殴り、倒れた彼の首を、近くに落ちていたネクタイで絞めて殺害したのです。部屋には争った跡が一切ありませんでした。つまり、犯人は富岡さんのごく親しい人であることが明らかなのです。あなたが言ったとおり、実際にゴルフ談義をしたのかもしれませんね。問題はその後なのです。ゴルフの話ですっかり気を許した富岡さんが、背を向けた瞬間、あなたは、手にしていたゴルフクラブで殴った……。これですべての辻褄が合うのです」

根岸は限界まできている。樋口には、それがわかった。弁護士が来るまで、もつはずがない。

「動機は、やはり児島美智代を巡る三角関係といったところですか……。女で一生を台無しにしたということです。割に合わないことをしましたね」

根岸の反応が大きくなった。呼吸が荒くなる。眼がいっそうぎらぎらと光りはじめた。奥歯を噛みしめているらしく、こめかみのあたりがぴくぴくと動いていた。

そして、ついに根岸の緊張は臨界点に達した。

「違う！」

根岸はついに口を開いた。

鼻から、フイゴのように呼吸する音が聞こえる。

樋口はあくまでも冷静に言った。

「何が違うのですか？」

「弁護士が来ないのなら、銀行に電話をさせてくれ」

樋口はかぶりを振った。

「それはできませんね」

「私は……」

根岸は、食いつくような顔で言った。「私は、女のために人殺しなどしない」

この言葉をどう解釈したものか、と樋口は考えた。殺人の容疑を否定したのだろうか？　それとも、殺人の罪は認めるが、動機が違うということだろうか？

樋口は、根岸の次の言葉を待つことにした。

一度、しゃべりだしたら、もう歯止めはきかなくなる。案の定、根岸は話しだした。

「私は、やらなければならなかったんだ。銀行を救うために……。すべて、銀行のためにやったことだ」

樋口は、言った。

「富岡さんを殺害したことを、認めるのですね？」

根岸は、じっと樋口を見つめていた。どのくらい同じ姿勢でいたろう。やがて、根岸は大きく息をついた。その瞬間に、彼の顔から大量の汗が流れだし、鼻水がしたたった。

落ちた瞬間だ。

樋口は、これまでに何度も同じ光景を見たことがある。

根岸は鼻水をすすりながら話しはじめた。

「私たちは、銀行のために重大な使命を帯びていたんだ。それなのに、富岡は、臆病風に吹かれはじめた。汚いことはいやだと言いはじめた。私は何度も銀行のためだと説得したが、しまいに富岡は銀行を辞めるとまで言いだした」

根岸は、話しながら興奮してきた。

「辞めれば済むという簡単な話じゃないんだ。私たちは運命共同体だ。やりはじめたことはとことんやらなければならない。だが、富岡は私の説得に応じなかった……」

「あなたは、六月二十五日の日曜日に、富岡さんの自宅を訪ねていますが、その説得のために行ったというわけですか？」

「そうだ。あいつの精神がもう少し強ければ、こんなことにはならなかったんだ。富岡は、銀行は間違っているとまで言いだした。もう、口を封じるしかなかった。マスコミが目を光らせている。ああいう、気の弱いやつは、マスコミの餌食になる」

根岸は、自信を取り戻しはじめていた。自分が間違ったことはしていないとでも言いたげな口振りだ。

「あんたが、捜査情報を聞き出させたのか？」

島崎が言った。根岸は驚いた顔で島崎を見た。その驚きは、捜査情報を入手していたことを指摘されたためなのか、それとも、樋口以外の者が口をきいたからなのか、樋口にはわからなかった。

「自分から言いだしたことだ」

根岸は言った。「自分の知り合いに、銀行の捜査を担当している刑事がいる。それは柔道部の先輩で、その息子は自分の後輩に当たる、と……。だが、いざ、捜査情報を聞き出す段になると、急に怖じ気づきはじめたんだ。情けないやつだ」

島崎はじっと根岸を睨み付けている。

「どうりで、富岡のやつは、泣きそうな顔をしていたはずだ……」

根岸が怪訝そうな顔をした。島崎はさらに言った。

「富岡の先輩の刑事ってのは、この私だよ」

根岸が複雑な表情をしている。何かを問いたいのだが、何を訊いていいのかわからないといった様子だ。

「富岡のやつは罪の意識に耐えかねたんだ。この私も共犯者にされたんだから、その気持ちはよくわかるよ」

「銀行を救うためだったんだ」

根岸は言い張った。「戦争なんだよ。戦争では、国のためにいくらだって人を殺すじゃないか」

樋口は、この一言に、異常に腹が立った。樋口の代わりに島崎が言った。

「あんたが、富岡を殺したところで、日和銀行は救われなかったんだ。それがわからないのか？　いま、留置場にいる経営幹部に聞いてみようか？　銀行のために人を殺したというやつがいるんですが、助けたいと思いますかってね。こたえは明白だ。組織は邪魔者を切り捨てる」

根岸は、信じがたいというふうに島崎を見ていた。

樋口は言った。

「冷静になれば、富岡さんを殺す必要などなかったことがわかるでしょう」

その言葉が、根岸の心に突き刺さるように、できる限り冷たい口調で言ったつもりだった。

根岸はぽかんとした顔をしている。どうやら、彼の心には届いていないようだった。

捜査本部に、根岸が落ちたという報告をした瞬間、捜査員たちのおうっという歓声が上がった。これから、捜査員が手分けをして山のような書類を作成しなければならない。

だが、心は軽かった。捜査本部も今日で解散ということになる。

樋口の隣に座った島崎が言った。

「富岡は、あの根岸のために俺から捜査情報を聞き出したんだな……」

「ええ」

樋口は言った。「そして、根岸はその上の誰かからやらされたと思っているのでしょう」

「組織ってやつは恐ろしいな。個人なら絶対にやらないような悪事も、自分の所属する組織のためとなったら、平気でやってのける」

「しかし、物事には限度というものがあります」

「ああ……」

島崎はうなずいた。「富岡殺しは、明らかに根岸の暴走だろう。やつは、銀行内でも跳ねっ返りだったのかもしれん。だがな、私は思うよ。いつ、私が根岸になってもおかしくないってな……。私には、そういう資質があるような気がする。自分が所属する組織が危機に瀕《ひん》したら、それを救うために多少無茶なことでもやるという……」

「誰でもそうです」

樋口は言った。「私だってそうですよ」

すると、島崎は意外そうに樋口を見た。

「あんたが……？」

「その反応は心外ですね。私だって人並みの帰属意識はありますよ」

島崎は苦笑した。

「どうやら、あんたのことが、ようやくわかりはじめた」

「どういうことです？」

「あんたのポーカーフェイスは、戦略なのかと思っていた。だが、どうやらそうじゃなさそうだ。ただ単に、照れ屋なだけなんだ」

樋口は、話題を変えたかった。

「英次君とのこと、今後もたいへんですね……」

「ああ……」

島崎はとたんに暗い表情になった。「自分を殺そうとした父親をどう思っているか……。ますます手に負えなくなるかもしれん。だが、それも私のせいだ」

「あまり自分を責めても、事態はよくなりませんよ」

「ふん」

島崎は笑った。「そいつは、私の信条だったんだがな……」

28

「あたしは信じてたけどね」

タエが言った。英次は、ダンススクールに行く前に、また渋谷のファーストフードの店でタエと待ち合わせて、軽い食事をしていた。

「ホントかな……」

「ホントだって。エージが人殺しなんてやるはずないって思ってたよ」

「マジで殺したいと思ってたんだぜ」

「殺したいやつなんて、いくらでもいるよ」

英次はちょっとだけ驚いてタエの顔を見た。タエは、目を輝かせて言った。

「ねえ、今度の発表会に、ユニット組んで踊らない？」

英次は、目を丸くした。

「タエと俺でか？」

「そう」

「待ってくれよ。タエと俺じゃレベルが違うよ……」

タエはふと淋しそうな顔になった。英次はちょっと前から、タエのこの表情が気になっていた。タエが言った。

「記念に、エージと踊っておきたいんだ」

英次の心の中に、闇が広がる。

「それ、どういうことだよ」

「決めたんだ、あたし……」

タエは、コーラのストローをもてあそんでいる。

「決めたって、何をだ？」

「ニューヨーク、行くことにしたの」

「ニューヨーク……？」

英次は、ショックだった。この間に起きたどんな出来事よりも衝撃を受けたかもしれない。

タエが、いなくなってしまう。

「そう。そのために、水商売でお金作ってたんだ。どこまでやれるかわかんないけど、ニューヨークでちゃんと、ダンスの勉強したいんだ」

英次は、ひどく淋しく、同時に惨めな気持ちだった。一人、取り残されるような気がしたのだ。タエに比べると、自分はずいぶんと中途半端だという気がした。

「いつ行くんだ？」

「準備ができ次第。まず、向こうの語学スクールに入って半年くらい勉強しなきゃ……。そのための準備もいるしね」

「本気なんだな……」

「もちろん」

英次には行くなとは言えなかった。言いたいのはやまやまだが、自分にそんな権利はないと思った。そして、タエの最大の理解者でいたかった。

「そうか……」

英次は苦労して、笑顔を作った。「がんばってくれよ」

「やれるだけやるよ」

「どれくらい行ってるんだ？」

「わかんないよ。ビザの関係もあるしね。でもいられるだけ向こうにいるつもり」

英次は泣きたいような気分になってきた。タエと付き合えて、有頂天だった。タエと通りを歩くと、男たちが振り返る。だが、やっぱり、そんな思いは長続きしなかったか……。

「そうか……。お別れだな……」

「お別れなの？」

「だって、ずっとニューヨークにいるんだろう？」

「ねえ、エージって、ダンスに関してどれくらい本気？」

あらためてタエに訊かれると、しどろもどろになる。どうしてもタエと比べてしまう。だが、英次は胸を張ってこたえることにした。

「今はまだ、タエには及ばない。でも、俺、本気だぜ。マジでダンスやるよ」

「だったら、エージもニューヨーク、行こうよ」

タエはあっさりと言った。

英次は、ぽかんとタエの顔を見つめていた。

「なあに。あたし、変なこと言った？」

「ニューヨーク行くなんて、考えたこともなかったからよ」

「本気なんでしょう？　だったら、やれるはずよ。これから一所懸命、ダンス練習して、体も作って、たくさんバイトして……」

「けどよ……」

「けどじゃないよ。趣味にするだけなら、それでもいい。遊びでやるなら、ニューヨーク行こうなんて誘わない。でも、もし、本気でダンスで身を立てようというのなら、ニューヨーク行くくらいでびびってちゃだめだよ」

英次は目を丸くした。本気でダンスをやるという言葉に嘘はない。しかし、それ以降のことは考えてはいなかった。タエはダンスで食っていくことを考えている。

タエと自分の差は、その考え方の差なのだと思った。

英次が黙っていると、さらにタエは言った。

「あたし、理想ばっか語って、それを実現しようとしない人、だいっ嫌いよ。好きなことだったら、努力できるはずでしょ」

英次は、丈太郎が言っていたことを思い出していた。本当に好きなことなら、たいていのことは我慢できるはずだ。

「そっか……」

英次は言った。「やってみっか」

タエは輝くような笑顔を見せた。

「あたし、一足先に行ってるからさ。ニューヨークで待ってるよ」

英次は、本気でニューヨークへ行くことを考えようと思った。タエにここまで言われては後に引けない。

その日のダンススクールでは、最初から気合いが入っていた。ストレッチや、基本の運動から手を抜かない。頭の中には、タエといっしょに見たヒートでのイベントのイメージが残っていた。体中でリズムを表現するアフリカ系のダンサーたち。彼らは、歩いたり、しゃべったりするときも、リズム&ブルースのビートに乗っている。ニューヨークに行ったら、そんなやつらばかりなのだ。

先生のKは、いつものように、ステップから始めて、振りをだんだん増やしていく。英次は、体でベースとバスドラムに反応しようとしていた。細かな動きは、いい。とりあえず、リズムをつかまえることだ。

それだけに専念していたせいか、いつもより乗りがいいような気がした。手順があまり気にならない。やがて、何度も同じ動きを繰り返すうちに、自然に体がリズムに反応するようになってきた。バスドラムの音に、背中をどんとどつかれるような感じがしてくる。

ステップが、バスドラムとベースのビートを確実に捉える。積極的にビートに絡んでいけるような感じだ。そうなると、リズムに遅れるようなこともなくなってきた。動きのぎこちなさがなくなったのが、自分でもわかる。

やがて、一つのビートの中で遊べるような気がしてきた。インパクトとインパクトの間で体を微妙にスイングさせたくなってくる。

今まで、一拍一拍についていくのがやっとだったのが嘘のようだ。十六ビートの感覚で八ビートを捉えるということが、初めて体感できた。乗りのスピード感覚が変わってきたのだ。一つのインパクトを狙うのに、八つに分割していた感覚が倍に増えているのだ。

そうなると、体のしなりが違ってくる。インパクトの作り方も違ってくる。ステップは八ビートだが、体全体は倍の十六ビートに乗っている。タメを作れるようになったのだ。体全体で、ベースとバスドラムのビートに反応できる。流すところは、余裕を持って流せる。

英次は、これまで感じたことのない快感を味わっていた。初めて踊れたと実感した。何かに似ていると思った。それは、初めて自転車に乗れたときの快感だ。

英次は叫び出したいくらいの喜びを感じていた。音楽に乗って体を動かすことの本当の喜びを垣間見たのだ。気分の乗りが違ってくる。

練習の後、いつものようにロビーでタエを待っていると、先生のKがやってきて、英次に言った。

「今日は、すごく乗ってたよね。いい感じだったよ」

「ええ……」

英次は、うれしかった。「すごく気持ちよかったです」

「一つ悟った感じだよね」

「俺、マジでダンスやろうと思ってますから」

「今度の発表会なんだけどさ。どうする？」

「ええ……」

そこにタエがやってきた。

「お待たせ」

英次は、Kに言った。

「タエと組んで踊ろうと思います」

Kは、笑顔を見せた。

「そりゃすげえ。エージ、マジで伸びてるから、面白いと思うよ」

「じゃあ、猛練習よ」

タエが言った。「やるからには、半端は許さないからね」

体育会系だな、と英次は思った。

「やるよ。俺だって負けたくない」

英次は、本気でそう思っていた。


家に戻ると、英次は、丈太郎の部屋を訪ねた。いつものように、丈太郎の部屋は湿布薬のにおいがする。

丈太郎も、事件の顚末《てんまつ》を知っていた。昨夜、丈太郎と母に父が話したらしい。英次は相変わらず部屋にいたが、それ以来、家の中の重苦しい空気がきれいに解消されたのを感じていた。

梅雨明けの空のようだと、英次は思っていた。

だから、今さら事件のことをごちゃごちゃ言う必要はない。お互いに気持ちはわかっているはずだった。英次は、単刀直入に言った。

「俺、マジでダンスやりたいんだ」

丈太郎は怪訝そうな顔をしている。

「それで？」

「ニューヨークへ行こうと思う」

「ニューヨーク……？」

「ああ。やっぱ、本場だからな」

丈太郎はしばらく考えていた。やがて、言った。

「たいへんだぞ。生活のこととか……。習慣も違うし、言葉の問題だってある」

「ああ……」

「俺が、大学の部で苦労しているのなんて比べものにならないくらいにたいへんなんだぞ」

「わかってる」

また、丈太郎は考えた。

「そうか……。決めたんだったら、がんばれ」

「ああ。やれるだけやるつもりだよ」

「父さんに言っておけよ」

英次は、何も言わなかった。

「父さんは、あれでおまえのことを心配してるんだ」

英次は丈太郎を見た。

「ああ」

英次は言った。「そうかもな……」


捜査本部が解散してから、すでに三日が経っていた。七月六日木曜日だ。島崎は、本庁の二課に戻り、何事もなかったように仕事を続けていた。

これでいいのだろうかと、まだ思っていた。しかし、今さら捜査情報を洩らしていたことを自ら暴露しても、誰も喜ばないことも事実だった。

樋口が言ったとおり、自分自身の胸の中にとどめて、その罪の意識をずっと背負っていくほうがいい。島崎はそう考えることにした。

定時で仕事を終えて、帰宅した。池袋に着いた頃から、空が急速に暗くなった。西武池袋線に乗っていると、すさまじい雷が鳴り始めた。時折、空がまばゆく光る。

帰宅途中のサラリーマン二人連れが話しているのが聞こえた。

「雷か……。ようやく梅雨明けだな」

梅雨明けか……。

島崎は、晴れ晴れとした気分になっていた。

ひばりヶ丘の駅に着いたときには土砂降りだった。これだけ降られると、むしろ心地よい。島崎はずぶ濡れになりながら、歩いた。まだ雷鳴が轟いている。

下着から靴下まで、ぐしょぐしょになって家に帰り着いた。妻があきれた顔で出迎えた。風呂の脱衣所に行って、濡れたものをすべて脱ぎ、乾いたトレーニングウェアに着替える。タオルで髪をごしごしと擦りながら、リビングルームに向かおうとした。

島崎は、廊下で足を止めた。

英次が立っていた。島崎は緊張した。銃を突きつけた、あの日からまだ話をしていない。思わず、島崎は眼をそらしてしまった。

二人は無言のまま廊下に立っている。何か言わなければならない。島崎は考えた。そして、その末に言った。

「済まなかった」

英次は、言った。

「話があんだよ」

島崎は英次を見た。

「何だ？」

「俺、マジでダンスやりたいんだよ」

「そうか……」

「それで、ニューヨークに行こうと思うんだ」

「ニューヨーク……？」

島崎は、戸惑った。

いろいろと言いたいことがあった。なぜ、ニューヨークに行かなければならないんだ？どうやって食っていくつもりだ？　甘い考えでは通用しないぞ……。

だが、結局、それらすべてのことを呑み込んだ。

「ちゃんとやっていけるのか？」

「ハンパな考えじゃないんだ」

「そうか。わかった」

英次が自らの意志で、何かをやろうとしている。そして、その意志をはっきりと話してくれた。それを、邪魔してはいけないと思った。失敗したときに助けてやればいい。それが親の役割だ。

英次は、背を向けて階段を昇ろうとした。

島崎は、その後ろ姿に向かって言った。

「怒ってないのか？」

英次は立ち止まり、そのままの姿勢で肩をすくめた。

「しょうがねえじゃん。俺も悪かったんだし……」

「済まなかった」

島崎はもう一度言った。

英次は振り向いた。

「俺、目一杯、汗かくぜ」

「汗……？」

「汗は嘘を言わないんだろう？」

英次は、すぐにまた背を向けて階段を昇っていった。島崎は、何も言わず立ち尽くしていた。じわりと涙が滲みそうになった。

29

昨夜、雷が鳴って、今日は朝から晴天だった。抜けるような青空だ。気温が急上昇した。

樋口はその日、ずっと憂鬱だった。捜査本部も解散し、比較的仕事に余裕があったものの、やはり、夜通し娘たちに付き合うのは気が重い。

一度家に帰って着替えようかとも思ったが、結局、背広姿のまま出かけることにした。どんな恰好をしていたって、浮くに決まっているのだ。それなら、いっそ背広のままのほうが潔い。

待ち合わせの時間は午後十時だ。

捜査本部は解散して、銀行員殺害の事案は手を離れた。だが、樋口は、心に引っかかっていることがあった。まだ、待ち合わせまでには、たっぷり時間がある。出かけることにした。

桜新町へ電車で向かう。通い慣れた路線だ。児島美智代の自宅を訪ねた。留守ではないかと思っていたが、彼女は家におり、驚いた顔で樋口を迎えた。

彼女は、やつれていた。眼が腫れている。おそらく、何度も泣いたのだろうと思った。

「まだ、何か？」

児島美智代は言った。

「様子を見に寄ってみました。今回はいろいろとたいへんだったでしょうから……」

「警察って、そんなに面倒見がよかったんですか？」

児島美智代は、皮肉な口調で言った。腹は立たなかった。彼女の気持ちはわかるような気がする。誰かに怒りをぶつけなければいられないのだろう。

「あなたは、お付き合いしていた男性をいっぺんに二人も失われた。辛い思いをされているだろうと思いましてね」

児島美智代は、溜め息をついた。

「こんな顔、見られるのが嫌でずっと部屋にこもっていたんです」

彼女は、ドアの前をあけて言った。「散らかってますけど、よろしかったら、どうぞ」

樋口は、上がることにした。

児島美智代は冷蔵庫からウーロン茶のペットボトルを取り出し、それを二つのコップに注いだ。

「お構いなく」

樋口は言ったが、児島美智代は何も言わず、コップをテーブルの上に置いた。この部屋に入るのは二回目だ。最初に来たのは、家宅捜索のときだった。

リビングルームとして使っている奥の部屋には、ベッドがあり、なんだか居心地が悪かった。だが、腰を下ろせそうなのはその部屋しかない。樋口は、小さなテーブルに向かって正座した。

彼女は、ウーロン茶を一口飲むと言った。

「あたし、どろどろした問題に巻き込まれるのが、本当に嫌なんです」

樋口は無言でうなずいた。言葉をかける必要などない。こういう場合は相手の話を聞くだけでいい。

「根岸課長が、富岡さんと話をすると言ったとき、ああ、もう終わりだ。二人とも切ろうと思ったんです。きっと、付き合いのことで何か言いに行くのだと思ったから……。沖縄に行ってきれいさっぱり忘れるつもりでした」

児島美智代は、またウーロン茶を一口飲んだ。

「根岸課長が何をしようと関係ないはずでした。でも、課長が富岡さんを殺したのだとわかったとき……。あたし、何が何だかわからなくなって……。どうしていいか、わからなくて、ただ、ぽろぽろと涙が出てきたんです。それから、日に何度も二人のことを思い出して、泣いて暮らしていました」

樋口は言った。

「根岸が沖縄で逮捕されたのをご存じですね？」

児島美智代はうなずいた。

「わかっています。根岸課長は、あたしを殺そうと考えたのですね。そうすれば、あたしを犯人に仕立て上げることができると……」

「我々はそう考えています。根岸もそれを認めています」

「そうなのかもしれません。あたしが姿を消したままだったら、まだあたしが犯人だと思われてたかもしれませんね」

「そうかもしれません」

「でも……」

児島美智代は言った。「それはわかっているんですが、それでも、根岸課長は、ただあたしをびっくりさせるために、休暇を取ってわざわざ沖縄まで行った……。そう思いたいんです。そういうことが好きな人でした。二人でいるときは、無邪気な人なんです。銀行では、やり手で有名でしたけど……」

「根岸は普通ではなかったのです」

「今の銀行にいたら、誰だってそうなります」

「そうかもしれませんね」

児島美智代は、言葉を切り、うつむいた。樋口は、そんな彼女の様子を見て、実をいうと少し安心していた。ドライな生き方を装ってはいたが、実はこれほど傷ついていたのだ。傷は時間が立てば癒されるはずだ。

児島美智代は大きな溜め息をついた。

「これって、不倫の代償なんですかね？」

不倫は社会的には認められていない。しかし、彼女が恋愛をしたことは間違いではない。ただ、リスクが大きい恋愛だったというだけのことだ。

「運が悪かったんですよ」

彼女は、うつむいたまま、また涙を流しはじめたようだ。

泣きじゃくりながら、彼女は言った。

「こんなあたしでも、幸福になれるんでしょうか？」

「幸せになりたいと思えばなれます」

樋口は言った。「知らず知らずのうちに、不幸を追い求めている人もいます。選択はあなたにあります。あなた次第なのですよ」

樋口は、引き上げることにした。


少し早いが、照美との待ち合わせの場所に出かけることにした。神楽坂にあるハンバーガーショップだ。

日が暮れても、あまり気温が下がらない。梅雨が明けて、本格的な夏がやってくるのだ。例年よりも早い梅雨明けだった。

神楽坂をゆっくりと歩きながら、樋口は、夏になるとなぜかわくわくした若い頃のことを思い出していた。照美は、そういう年頃なのだ。

待ち合わせの店には、まだ照美は来ていなかった。カウンターでコーヒーを買って、スツールに腰掛けた。コーヒーを飲み干してしばらくすると、照美たちがやってきた。照美は、「いっしょに行く子はみんなかわいい」と言っていたが、照美が一番かわいく見える。親のひいき目だろうか。

少女たちがはしゃぐ姿は、何だか見ているほうが恥ずかしくなってくる。樋口は仏頂面で三人の少女の後について行った。店の入り口で、荷物のチェックがあった。ドリンクをチェックしているのだという。

店内は、クラブというよりも、昔懐かしいディスコのたたずまいだった。お立ち台やミラーボールがある。ダンスホールは混み合っている。樋口は身の置き場がなく、バーカウンターのそばに移動した。照美たちにぴたりと張り付いている必要はない。視界に入っていればいい。

大音響で音楽が流れている。樋口たちが若い頃に流行ったテクノポップに似ている。樋口もＹＭＯは、そこそこ聴いた。

肩を叩かれて、樋口は驚いた。こんなところに知り合いがいるはずはない。振り向いて、樋口はさらに驚いた。

「氏家……」

荻窪署少年係の氏家がにやにやと笑って立っていた。「何をしているんだ、こんなところで……」

「少年係の仕事だよ」

「縄張りが違うだろう」

「荻窪あたりの少年少女だって、こういう店にやってくるんだ」

ともあれ、樋口はほっとしていた。氏家もネクタイを締めている。同類がいてくれるだけでもありがたい。

「地獄に仏って気分だな……」

氏家は、耳に手を当てた。

「何だって？　よく聞こえない」

「何でもない」

客たちは、同じ振りで踊っている。ステップは左右に踏むだけ。手だけで踊っている。それが、ぴたりとそろっているのが不思議だった。

「こういうのが流行っているのか？」

樋口は氏家に尋ねた。氏家はうなずいた。

「パラパラだ」

「この音楽は、何だか私たちが若い頃に聴いたテクノのような気がするんだが……」

「ユーロビートっていうんだ」

なるほど……。

樋口は、クラブやディスコなどというと、もっと陰湿な雰囲気なのかと思っていた。だが、みんな純粋にパラパラを楽しんでいるようにしか見えない。

氏家が言った。

「帳場のほうは片づいたんだってな」

「ああ。何とかな……」

照美たちも踊りはじめた。驚いたことに、三人とも振りを覚えているようだった。どこでどうやって覚えるのだろう。樋口は不思議に思っていた。

氏家がカウンターからビールを二つ持って来た。

「おい、おまえさんは勤務中なんじゃなかったのか？」

「あんたは、勤務中に酒を飲んだことはないのか？」

ビールは冷えていてうまかった。氏家は、どんな場所にいても、くつろいで過ごすコツを心得ているようだ。頼もしいやつだ。

「銀行員が秘密を守ろうとして、部下を殺した。たしか、そんな事件だったな？」

氏家が言った。樋口はうなずいた。

「被疑者は、組織の中で自分を見失っていたんだ。銀行という組織が罪を犯させた。被害者は、銀行に殺されたんだ」

「殺しは殺しだよ」

氏家はあっさりと言った。こういう割り切り方がうらやましい。

「実は、被疑者の検挙以外にもいろいろあってな……」

樋口が言うと氏家は、黙って先を促した。

「捜査員の一人が、自分の息子が犯人だと思いこんだ。そして、銃でその息子を殺そうとした」

氏家は、じっと樋口を見つめていた。ビールを一口飲む。それから、言った。

「少なくとも、新聞の記事にはなってないな」

「知っているのは、当事者の父子と私を含めて四人だけだ。本部に報告する必要はないと思った」

「父と子ってのは、複雑だよな」

樋口は、尋ねた。

「あんたのお父さんは？」

「五年前に死んだよ」

「そうか……」

「生きててほしかったよ」

「そうだろうな」

「生きてりゃ、憎み続けることができる」

樋口は言葉を失った。

「不思議なもんでな」

氏家は言った。「どんなに憎い父親でも、死なれたら、楽しかったことを思い出しちまうんだ」

樋口は、何を言っていいかわからなかった。

十一時過ぎに、ＭＣが出て、イベントが始まった。バンドが出演するらしい。照美たちのお目当てはこれだったようだ。いわゆるインディーズ系なのだろうか。

三人だけのグループだ。ドラマーもいなければギタリストもいない。白いシャツに黒いぴったりとしたズボン。三人とも同じ恰好をしている。まるでクラシックの演奏家のような恰好だ。三人とも男性だが、しっかりと化粧をしている。

二人の周囲には、何台ものキーボードが並び、一人の前には、コンピュータのキーボードとディスプレイがある。

いきなりの大音響で、樋口は驚いた。たしか、ウチコミというのだろう。規則的な早いビートが流れ、シンセサイザーの複雑な音が重なり合った。

コンピュータサウンドだ。樋口は、若い頃に聴いたＹＭＯをまた思い出していた。若い名もない連中が、今ではこれだけのサウンドを作り出すようになっているのかと、樋口は少しばかり驚いていた。

聴衆は、またパラパラを踊り出していた。曲によって振りが変わる。振り付けをする者がいて、それを皆で練習しているとしか思えない。

十二時近くに、照美たちが樋口のそばに寄ってきた。

「お父さん。あたしたち、そろそろ引き上げる」

「何だって？　夜通し、遊ぶんじゃないのか？」

「なんか、三人とも疲れちゃって……」

意気込んでやってきたが、結局最後までもたなかったということか。かわいいもんだ、と樋口は思った。ほっとしたのはもちろんだが、どこか拍子抜けという気がしないでもない。

おそらく、彼女たちは、電車があるうちに帰るか、最後まで付き合うかの選択を迫られたのだ。そして、前者を選んだというわけだ。

「それなら、父さんが付いてくることもなかった」

「あら、いいじゃない。いっしょに遊びに来れたんだから」

樋口は照美たちを連れて店を出た。氏家も一緒だった。

「じゃあ、娘たちを連れて帰ることにするよ」

樋口は氏家に言った。「今日は、助かった。礼を言うよ」

「別にあんたに礼を言われるようなことはしてない」

「とにかく、礼を言う」

「実はな……」

氏家は言った。「こういう親子がいることを、この眼で見ておきたかったんだ」

「私が困り果てている姿を見たかったんじゃないのか？」

「あんたを見ているとな、なんだか、俺も人の親になれそうな気がしてくるんだ」

氏家は、どこかで一杯やっていくと言って、神楽坂を登っていった。樋口は、照美たちを連れて、駅に向かった。

英次は、タエと二人で猛練習を始めた。タエは夜の仕事なので、練習時間は昼間に限られる。

安いスタジオを探して借りた。だが、スタジオ代もばかにならない。ときには、渋谷の児童会館の前や、桜丘のビルの前へ行って、ストリートダンサーたちと一緒になって練習をした。

練習の頻度が増し、さらに、その練習の密度はスクールとは比べものにならないほど濃かった。

タエのチェックは厳しかった。微妙なずれも見逃さず、何度も同じところをやり直しさせられる。

その厳しさは、スクールでは味わったことのないものだ。だが、英次は、それほど辛いとは感じなかった。今まで楽をしていた分、連日の筋肉痛に悩まされた。だが、タエと踊る喜びのほうが大きい。

丈太郎が言っていたのは、こういうことだったのか。

英次は実感した。どんなに厳しい練習でも、ダンスが好きならついていける。そう信じることが大切なのだ。

タエと英次は、オールドスクールのロッキングをやることにした。ロッキングはテンポが早めの曲に合わせて踊ることが多いが、タエは、わざとゆっくりめのリズム&ブルースを選び、しっかりとテクニックを見せる方針を立てた。

振りは覚えやすいが、その分ごまかしがきかない。最近、ロッキングをやるグループは、受けを狙うために、ブレイクダンスなどを織り交ぜることが多い。

だが、タエは純粋にロッキングだけで勝負したいという。それだけ、基本的なテクニックに注目される。

ユニットを組んでフォーメーションをやる場合、入れ替わりで一人ずつダンスを披露していくのが一般的なやり方だ。その間、残りのメンバーはバックに回る。

だが、タエは、二人でしばしば合わせていく方法を選択した。それが、ロッキングには合っているという。ロッキングは、もしかしたら、最も日本人に合ったファンクかもしれないとタエは言った。

ポーズをぴたりと決める瞬間が、歌舞伎や、武道の型に共通するのだとタエは言う。ファンクは、アフリカ系アメリカ人のダンスだ。その土俵で勝負する限り、彼らには勝てない。日本人が、彼らに勝る表現を手に入れなければならない。その突破口は、武道などの型の決めかもしれない。

タエはそう力説する。

それを取り入れるのに、一番適しているのがおそらくロッキングだろうとタエは言うのだ。今はそういう話を聞いてもあまりよく理解できない。タエについていくのがやっとなのだ。だが、いつかは実感できる日が来るだろう。それまで、英次にできるのは、ひたすら汗を流すことだ。

武道の型が役に立つのなら、空手なんかも習ってみようかと思う。なんでも、空手を取り入れたダンスを踊るグループも出てきているらしい。

小学校時代に柔道を習っていたので、よけいに武道の世界に嫌悪感のようなものがあった。礼に始まり礼に終わるなどと言って、やたらに見せかけの礼儀にうるさい。それが煩わしかった。

しかし、ダンスのために役立つのなら、やってみようという気にもなる。

タエの動きの切れはさすがだった。力の入れどころと抜きどころがちゃんとわかっている。英次はまだそこまでいっていない。どうしても、すべてに力を入れすぎる。力を抜くことがなかなかできない。だから、ロックのポーズも決まらない。

英次は、ひたすら汗を流した。

筋肉痛に苦しみ、丈太郎にスプレーを借りに行ったりもした。ひどい筋肉痛になると、寝ているときにスプレーをしたところが、燃え上がるように熱くなる。歯を食いしばってそれに耐えていると、翌日にはずいぶんとよくなっている。

また、丈太郎は充分にストレッチをやることが大切だと教えてくれた。筋肉痛が残っていても、ストレッチをやることで、その日また動けるようになる。

そのうちに、筋肉痛が軽くなってきた。体が慣れてきたのだ。体が軽くなったのが実感できる。

いくら食べても腹が減る状態になった。タエがよく食べるのを見て、いつも感心していたが、今になってみると、それがよくわかる。今までは、家族と顔を合わせるのが嫌で、一人で何かを食べていたが、そんなことは言っていられなくなってきた。夕食時になると、たまらなくなって下に降りていくしかなくなった。

とにかく、今は汗をかくしかない。ダンスがうまくなりたい。タエに追いつきたい。そして、ニューヨークに行って、本格的に勉強するためにも、今は余計なことを考えずに、スクールと、タエとの練習でひたすら汗をかいた。汗は、頭の中にたまった澱《おり》のようなものを洗い流してくれるような気がする。

発表会まで、あと一週間しかない。

やれるだけのことをやるだけだ。英次は筋肉痛に耐え、また、タエとの練習場に向かった。

30

捜査本部が解散してから、二週間ほど経ったある日、樋口が警視庁の玄関を出ると、後ろから声をかけられた。

見ると、天童と島崎が連れだって近づいてくる。

「ヒグっちゃん。時間あるか？」

天童が言った。飲みに行こうと誘っているのだ。あれ以来、島崎とも話をしていない。

樋口は言った。

「お付き合いします」

三人は、いつかのように平河町の大衆酒場に向かった。

ビールとつまみを注文し、まずビールで乾杯するというセレモニーを終えると、島崎は樋口に言った。

「いろいろと世話になったな」

「いえ」

樋口は言った。「私は、自分の仕事をしただけです」

島崎はにやりと笑った。

「私はね、あんたのそういうところが、鼻についていたんだが……。どうやら誤解していたようだ」

天童が言った。

「ヒグっちゃんはね、何も教えてくれないんだ。あんたが、拳銃を持ち出したときは、何かとんでもないことが起きたと思っていたんだが……」

樋口は言った。

「私が何も言わなくても、天童さんにはお見通しでしょう」

「そんなことはない。何があったんだ？」

島崎が言った。

「そいつは、秘密にする約束なんですよ」

天童は苦い顔をした。

「なんだ……。二人の秘密か？　面白くないな」

樋口は、島崎に尋ねた。

「その後、英次君はどうです？」

島崎が、複雑な表情をした。

「どうにも理解できないんだが。あんなことがあった後だから、腹を立てて、いっそう手に負えなくなると思っていたんだが……。最近は、夕飯をいっしょに食うようになった。相変わらず、無口だがな」

「そうですか。一歩前進ですね」

天童は何も言わず、二人のやり取りを聞いている。

樋口には、何となく英次の態度が軟化した理由がわかるような気がした。二人きりで話をする機会を持てたこともよかっただろう。だが、何より、目の前で見栄も外聞もかなぐり捨てて、泣きわめいたのがよかったのだと思った。

あのとき、樋口はたしかに感動した。英次もおそらく、何らかの感慨を得たのに違いない。

「英次はな、ダンスをやっているらしい」

「ダンスですか？」

「ああ。ぶらぶらしていたと思ったら、今度はダンスだ……」

島崎は苦笑して見せたが、まんざらではないような様子だった。英次が何かやり始めたということがうれしいのだろう。

「そこで、ちょっと訊きたいことがあるんだがな……」

樋口は言った。

「私にですか？」

「あんた、娘さんが、深夜のイベントに行くとか言ってなかったか？」

「ええ。飯田橋にあるクラブだかディスコだかで……」

「それについていったという噂があるが、本当か？」

「ついていきました。もっとも、娘たちは、電車のあるうちに音を上げたんで、徹夜は免れましたがね……。それが、どうかしましたか？」

「様子を教えてくれないか。どんな感じなんだ？」

「どんなって……」

「いや、英次がダンスの発表会をやるっていうんだ。渋谷のクラブでやるというんだけどな。見たきゃ、来てもいいなんて言いやがるから……」

樋口は笑いを押し殺した。

「行きたいんですね？」

島崎は、ばつの悪そうな顔をした。

「まあ、息子がどんなことやってるのか、見ておくのも、父親の役割だと思ってな……」

樋口は、飯田橋のディスコに氏家が現れたときの気持ちを思い出していた。

「私も付き合いましょうか？」

島崎は、一瞬驚き、そしてほっとした顔をした。

「そうか……。いや、誰かいっしょだと心強いが……」

「私も、英次君のダンスを見てみたいんですよ」

「おい」

天童が言った。「何だか面白そうな話だな。俺も一緒に行っていいか？」

樋口は言った。

「中年男がぞろぞろと出かけるのも、面白いかもしれませんね」

島崎は、きわめて真面目な顔で言った。

「どんな、服を着ていけばいいんだ」

樋口は、こらえきれずについに笑い出した。


英次が出る発表会のイベントは、水曜日の夜十時から、渋谷円山町のホテル街近くにあるクラブで行われた。

さすがに天童はやってこなかった。樋口は島崎と二人で若者の列に並んでいた。出入り口でドリンクと年齢のチェックを受ける。

一階のフロアはバーになっており、脇にコインロッカーが並んでいた。螺旋《らせん》状の階段を下ると、ダンスフロアになっている。そこに、若者たちがすでに座り込んでいた。ステージ側が広く開いており、そこで出演者がダンスを披露するらしい。

十時を十五分ほど過ぎた頃、イベントは始まった。

次々とグループが登場してダンスを披露する。樋口と島崎は、背広姿で、バーカウンターにもたれていた。

照美と行った店とは、雰囲気がまったく違っていた。床や壁はコンクリートの打ちっ放しだし、お立ち台もない。客の服装も、かなり地味な気がした。たいていは、黒っぽいパンツかジーパンにTシャツという出で立ちだ。

流れてくる音楽も違う。照美たちが踊っていたユーロビートではない。どこかなつかしい、サウンドだ。樋口が若い頃にも流行っていたリズム＆ブルースだ。

樋口が意外に思ったのは、若者たちが、真剣にダンスを見つめていることだった。もっとくだけた雰囲気だと思っていたのだ。

そして、そのダンスそのものにも驚いた。さまざまなスタイルがあることがわかる。誰もが真剣に踊っていた。そして、その体の動きに圧倒された。

島崎も同感のようだ。彼は踊る若者を見ながら、あぜんとした顔で言った。

「よくあれだけ体が動くもんだな……」

ある男性のグループは、激しく飛び跳ね、床に転がり、背や頭を中心にして回転して見せた。たしか、ブレイクダンスとかいうのだったな、と樋口は思った。

そのアクロバティックな動きに思わず引き込まれる。

次々とグループが登場し、ついに英次たちの番がやってきた。

英次は、若い女性とペアで踊るようだ。二人とも、黒いTシャツの上にピンストライプのスーツをラフに着こなしている。

島崎が少しばかり身を乗り出すのに気づいた。

音楽が流れはじめる。比較的ゆったりとしたリズム＆ブルースだ。

英次は激しく足を踏み違えたり、横に蹴り出したりする。

右で踏みつけ、左を大きく滑らせる。その瞬間に二人の位置が変わったりする。変則的な動きにしか見えないのだが、二人の動きはぴたりと一致している。

たいしたものだと樋口は思った。

二人は、大きく体をうねらせ、次の瞬間に両方の拳を構えた威嚇的なポーズをぴたりと決める。

二人のタイミングが合っているので、見ていて気持ちがいい。

ダンスは、次第にエスカレートしていき、動きはさらに激しくなっていく。

最初、英次は少しばかり緊張しているように見えたのだが、その顔つきが変わってくる。目が輝き、いきいきとした表情になってきたのだ。

他のグループより、安定して見えるのは、音楽のテンポが比較的ゆっくりしているからだろうか？　いや、それだけではなさそうだ。おそらく、基本的なテクニックがしっかりしているせいだろう。

どんなに激しく動いても、二人の動きはぴたりと一致している。

激しいが抑制された動きだと、樋口は感じた。二人が速いステップを、一糸の乱れもなくやってのけたときには、拍手と歓声が湧いた。

やがて、女性が姿勢を低くして、その後ろに英次が立ち、同時に威嚇するようなポーズをぴたりと決めて、ダンスは終わった。

一瞬の静けさ。そのあと、喝采が起きた。樋口も手を叩いていた。横を見ると、島崎も、英次を見つめて手を叩いていた。

「英次はな」

島崎が言った。「ニューヨークへ行って、ダンスの勉強がしたいんだそうだ」

樋口はうなずいた。

「なかなか、厳しい世界なんでしょうね」

「よくわからない。だが、今はやりたいことができる世の中だ」

「挑戦するのは勉強です。ただ、問題は、今の若者は挫折に弱いということですね。挫折すると、その時点で自分を見失ってしまうようです」

「英次は、小学校時代に挫折を経験している。だから、多少は強いと思う。まあ、これも親ばかかもしれんが……」

「長男は柔道、次男はダンス。楽しみが増えましたね」

「いや」

島崎は、苦笑とも取れる笑いを浮かべた。「心配の種がまた増えた。親ってのは、いつどんなときでも、子供のことを心配するもんだよな」

樋口は、うなずいた。

イベントの翌日のことだ。島崎が深夜、リビングルームで酒を飲みながら、スポーツニュースを見ていると、台所で物音がした。

見に行くと、英次が冷蔵庫を漁っていた。

以前なら、無言でリビングルームに引き返すところだ。しかし、島崎は声をかけてみることにした。

「なんだ、こそこそと、びっくりするじゃないか」

英次は仏頂面で言った。

「腹減ってるんだよ。いくら食べても、足りねえ」

「おまえまで、兄貴みたいなことを言うようになったな」

「練習すると、腹減るんだ」

「ダンスの発表会、見に行ったんだぞ」

英次は、照れくさいのか眼を合わさない。

「知ってるよ。背広着たオヤジが二人いるんで、すぐにわかった」

「そんなに目立ってたか？」

英次は、肩をすくめて見せた。

「別にどうってことねえよ。レコード会社とかの連中もけっこう来るしよ」

英次は、会話を拒否していない。その場を去ろうとしないのだ。島崎は言っておきたいことがあった。だが、迷っていた。英次がどこまで心を開いているのかまだ未知数だ。これからも手探りを続けなければならない。

「父さんは、初めてああいうダンスを見た」

島崎は思い切って話しだした。

「それで、勘違いしていたことに気づいた。渋谷で、ダンスの練習をしている若者たちを見たときに、何か妙だと感じたんだ。その理由が昨日の発表会を見てわかった」

英次は、ちらりと上目で島崎を見た。むこうもこちらを探っているような感じだ。おたがいに、まだ距離を測り合っている段階だ。

英次は言った。

「何言ってんだか、わかんねえよ」

島崎も、よく整理ができていない。しかし、ここは、かっこうよく体裁を整えた言葉を使うより、思ったままの生の言葉のほうがいいと感じた。

「みんな一所懸命だということだ。真面目に取り組んでいる。父さんは、驚いたんだ。みんなすごい運動能力だ。そして、スタミナもすごい。あれは、よほどの練習を積んでいなければできないことだと思った。それで、渋谷の若者たちの姿も理解できた。しっかり練習しないと、人前では踊れない。そういうことなんだな？」

英次は、戸惑った後に、かすかにうなずいた。

「兄貴はよ、勝つための練習すんだろ？　俺は、見せるための練習するんだ」

島崎は、英次がこたえたことがうれしかった。うなずいて言った。

「どちらも、たいへんだということがよくわかった」

英次はまた肩をすくめた。
「ま、これからのほうがたいへんだけどよ……」
英次は、台所を出て、階段のほうに歩き去った。
島崎は、その足音に確かな存在感を感じていた。
これからのほうがたいへんか……。
島崎はリビングに戻り、水割りをもう一杯作った。
そうだ。みんなたいへんなんだ。
そう心の中でつぶやきながら、なぜか満ち足りた気分で水割りを口に含んだ。

解説

山前　譲

二〇〇五年二月、ひとつのニュースがニューヨークから発信された。映画「サタデー・ナイト・フィーバー」で主役のトニーがダンスを披露したナイトクラブのステージが、オークションにかけられるというのだ。一九七七年に公開されたこの映画は全世界で大ヒットし、トニーを演じたジョン・トラボルタは一躍トップ・スターとなった。

ビー・ジーズをメインとする二枚組のサウンド・トラックLPは、全世界で四千万セットも売れたという。今でもサウンド・トラックの売り上げとしてはナンバー・ワンだ。「愛はきらめきの中に」「恋のナイト・フィーヴァー」「ステイン・アライヴ」といった挿入曲は、映画を観ていない人でも、きっとどこかで耳にしたことがあるに違いない。

この映画は日本にもディスコ・ブームをもたらす。土曜日にかぎらず、夜ともなれば踊りに繰り出すのが若者たちのトレンドとなった。さらに、ユーロ・ビートが鳴り響くクラブやヒップ・ホップでのブレイク・ダンスなど、若者たちの文化として、ダンスがとりわけ大きな意味をもつようになったのが、一九七〇年代末以降である。

今野敏氏の「ビート」にも、ダンスに熱中するひとりの若者が登場する。島崎英次、十七歳だ。警察官の父親は、早くから英次や兄の丈太郎に柔道を習わせた。だが、体が小さいこともあって、英次は強くなれなかった。挫折した英次は、自分の部屋に引きこもるようになる。いや、家にいるよりは、街のざわめきのなかに身を置きたかった。仲間とたわいもないことで戯れているのが楽しかった。家ではもう居場所がなかったからである。

その英次が、タエという女の子の練習風景を見たことで、ダンスに興味を持つ。週一度、ダンス・スクールに通い、渋谷で仲間たちと練習するようになる。親にも内緒でつづけているそのダンスに、ようやく手応えを感じはじめたとき、ある殺人事件が起った……。

じつはその頃、英次の父親の島崎洋平は、窮地に追い込まれていた。警視庁捜査二課の警部補である島崎は、銀行の粉飾決算の捜査に携わっていたが、情報が長男の丈太郎から銀行側に漏れてしまう。就職のこともあって、大学柔道部の先輩である銀行マンの富岡に、知っていることを話してしまったのだ。弱みを握られた島崎は、家宅捜査の日取りまで教えてしまう。案の定、押収した資料からは決定的な証拠は見つからなかった。その富岡が、自宅マンションで殺される。島崎はほっとするが、ある目撃情報を知って驚く。富岡が若者と言い争っていたというのだ。その若者は……。

大学生でデビューした今野氏の作家歴はすでに二十五年以上になるが、作風はじつに幅広い。「蓬萊」や「半夏生」といった、臨海署や神南署を舞台とする安積班のシリーズでは、多様化した犯罪がチームワークによって解決されていた。警視庁科学特捜班が難事件に立ち向かう「ＳＴ」シリーズでは、特殊能力をもつ個性的な五人組が登場している。警視庁捜査一課強行班係の樋口警部補は、「リオ」や「朱夏」で、刑事らしからぬキャラクターを印象づけていた。

アクションたっぷりの国際諜報小説があれば、超能力者の活躍もあり、伝奇小説で歴史の闇を暴き、格闘技小説で人間の肉体の限界を描き（作者自身、空手塾を主宰している）、「慎治」ではオタクの心理に迫っていく。「とせい」はなんと極道たちが出版社の再建に乗り出すという破天荒な物語だった。

今野敏をキーワードにコンピレーションＣＤを作ったならば、ロック、ソウル、ジャズ、ゴスペル、サンバ、パンク、ブルース、はては歌謡曲や演歌まで、エンタテインメントのあらゆるジャンルが収録されるに違いない。それでいて、一枚のＣＤとしての統一性もあるのだ。

二〇〇〇年十月に幻冬舎より書下し刊行されたこの「ビート」はどうだろうか。ここでは、登場人物それぞれに託したテーマによるコラボレーションが、ひとつの魅力的な作品世界を作り上げている。現代の日本社会をさまざまな角度から切り取り、それを再構成して、いま我々が漠然と抱いている危機感を明確にしていくのだ。

島崎警部補らが捜査していたのは、銀行の不正経理である。バブル経済崩壊後の日本経済が抱え込んだ問題のひとつが、そこに集約されている。刑事の丹念な捜査が突き止めた真実とは？　経済の危機がもたらした歪みが、人々の心に、そして行動に投影されている。

その島崎が捜査よりも大きく心を痛めているのは、親子の関係だ。人間社会のもっとも基本的な構成単位である家族の崩壊が、いまさまざまな形で問題になっているのは言うまでもない。世代の断絶はもちろん今にはじまったことではないが、その断絶の溝がいっそう深まっているのが現代である。厳格な父親とドロップアウトしそうな息子。はたして親子の絆は、それほどもろいものなのか。英次がひとつの答えを出している。

英次のような若者たちも、不安を抱えているに違いない。いったい自分は何を目的に生きているのか。爆弾を抱えたような日本社会の先行きと同様に、若い世代も何かしらの爆弾を抱え、いまにも導火線に火がつきそうな危うい行動をとる。たしかに、極限を超えてしまったような事件が現実に起っている。だが、ただそれを事実としてだけ受け止めていては問題は解決しない。

犯罪を捜査する刑事たちのキャラクターは、組織の在り方を問いかける。殺人事件の捜査には、あの樋口警部補が加わっていた。警察の組織に厳然として存在する上下関係に反感を覚える彼と、体育会系の島崎との対比から、旧態依然の組織が抱える問題が浮き彫りにされていく。その樋口でさえも、家族間のコミュニケーションに不安を覚えているのだ。

銀行員殺害事件の謎解きに、こうしたテーマがクロスしていく。ともすれば暗く澱んだものになりがちなテーマの物語を、じつにリズミカルに読ませていくのが、英次の刻むビートである。ダンスというと、なにかというと派手な衣装で踊っているシーンが注目されがちだ。英次の父親も、ディスコは享楽のためだけにあるとか、ダンスをやっている連中にまともな人物などいないと、最初は思い込んでいる。

「サタデー・ナイト・フィーバー」のトニーだって、最初は女にもてたいためにダンスをしていたのだろう。しかし、ただ外見的に見栄えがするからといって、ちょっと上手く踊れるからといって、ステージの中央で踊れるわけではないのだ。トニーはまさに血のにじむような練習をつづけていた。ダンスの道を究《きわ》めようと己に厳しくしていた。

英次もまた、厳しい練習で肉体にリズムを覚えさせていく。流れる汗と痛む筋肉。自分の肉体を苛めつつ、しだいにリズムと一体化していく英次。その姿に、いつしか引き込まれてしまう。それはまた、物語と読者の一体化でもある。

今野敏氏の「ビート」は、まさにビートの利いたミステリーだ。銀行員の死にさまざまな意思が集約されている。読者の世代それぞれで、心に響いてくるリズムは違うかもしれない。共感を覚える登場人物は違うかもしれない。だが、世代にかかわらず、物語の根幹できっちり刻まれているビートが、読者を虜にしていくはずだ。数ある今野作品のなかでもとりわけ読者の心に強く響く作品だと、確信している。

——文芸評論家

＊二〇〇五年三月刊文庫『ビート』より転載

解説

関口苑生

　キャリアの長短を問わず、どんな作家であれ自分にとって思い出の作品、記念すべき一作……といったような大切に思う作品はあるものだ。たとえばデビュー作は誰にとっても忘れがたいものであろうし、初めて重版がかかった作品、何かしらの賞を受賞した作品などもそうであるかもしれない。

　今野敏にとってのそれは、これまでも各種インタビューや講演、あるいはエッセイなどで自ら繰り返し語っているからご存知の方も多いかと思うが、本作『ビート』（二〇〇〇年）である。

　曰く「これを書いたから今の自分がある」「ビートこそがターニング・ポイントとなった

作品だった」「ビート以後の作品は明らかにワンランク質の高い仕上がりになっている。これがあったからこそ、次に『隠蔽捜査』へ繋がったと断言してもいい」……等々、本作については本当に数多くの言葉を残している。では、一体どうしてそれほどまでに、この作品に思い入れがあるのか。

彼の自伝エッセイ『流行作家は伊達じゃない』（ハルキ文庫）の中にこんな一節がある。

「小説家はいろいろなものを学び、持てる技術のすべてを駆使して、自分の中にある何かを表現する。そこでようやく読者に自分の気持ちを伝える第一歩を踏み出していく。そういう意味では、小説家は職人であるべきだと思う」

特に読者を愉しませることが第一義とされるエンターテインメントの世界では、もてなすためのテクニック、抽斗《ひきだし》をいくつも用意し、あらゆる要求に応えていくことが必須となる。そのためには何が必要なのか、どういった方法が必要なのか、作家はそれぞれに悩み抜いたあげくに、自分なりの手法を構築していかざるを得ないのであった。だからこそ職人にならざるを得ないし、これを書いていかないと、自分の小説は成立しないというものが生まれてくるのである。

「ごくごく大雑把に言い切ってしまうと、小説というのは、物事がどうしてそういうことになったのかを描いていくものだろうと思う。なぜそういう風に、あるいはまたどんな具合に事態が動いていくのかを書くわけだ。しかし、そのどういう風にという根本の仕組みを説明するとくどくなってしまう。そのときに仕組みの全体を説明するのではなくて、その仕組みが動いていくところに接している人間たちの気持ちを描くほうが、はるかに説得力は生まれてくると思うのだ」（前掲書）

そうした小説の本質や書き方がわかってきたのが、この『ビート』を書いてからだというのだ。

たとえば、今でこそ彼は小説のプロットをさほど定めずに書き出しているというが、以前はがちがちに決め込んでおかないと不安なタイプだったという。ノベルスでも構成をきっちりと作り上げ、Ａ４用紙で二枚ぐらいびっしりと結末までしっかり考え抜いて書いていたそうなのだ。今はとりあえず書き始めて、ミステリーにしても犯人のことまで想定していないことが多く、というよりも後半五十枚で誰でも犯人に仕立てあげられる――そんな自信があるというから驚く。しかし『ビート』の頃までは違った。この作品もきっちりと練りに練って書き上げ、自分では絶対の自信を持って世に送り出したのだった。冗談ではなく、これが売れなかったら作家を辞めてもいいとまで思っていたという。それほどの自信作であったのだ。

ところが結果は、彼の思い通りにはいかなかった。売り上げはさっぱりだったし、年末の各種ミステリー・アンケートランキングに引っ掛かりもしなかった。あれほど力を入れて書いたのに、と強いショックを受けたのは言うまでもない。『ビート』は警察小説の形を借りた家族小説でもあり、親子の関係はもちろんだが、それ以外の登場人物たちの関係もびっしりと密度濃く描いてある。テーマにしても、家族問題、警察組織、若者の意識、ダンス……とあれやこれやいろんなものを詰め込んで詰め込んで「どうだこの野郎」とばかりに、どんと投げた球速百六十キロ級の重厚な作品だ。そのとき彼は、もうこんなに疲れることは二度としたくないなあという思いがよぎったという。それでいて売れなかったのだから、余計に疲れたことだろう。だが、その代わりに得たものがあったのだ。

一度そうした――もう二度とこんな疲れる思いはしたくないという思いを抱えると、次からは悪い意味ではなく、こんな箇所やこうした描写はいらないなといったことがわかってきたというのである。自分が見えていないものは書かなくてもいいのだ、そのほうが読者は想像をめぐらせてくれることもわかった。むしろかえってそのほうが受け入れられることもだ。要するに力を抜くことを覚えたのである。その具体例が『隠蔽捜査』であった。『ビート』であれだけ力を込めて書いたのに売れないのなら、もういいやと思って――失礼ながらリラックスして書いたのが『隠蔽捜査』だったのだ。下手な譬《たと》えで申し訳ないが、がちがちに力を入れてバットを振ってもボールは飛ばないし、投げても棒球になるというようなものだろうか。今野の専門領域の空手では、練習でへとへとに疲れてもう腕が上がらないと思っても、そこから頑張って、あと一本、あと一本と突きの練習をしていくと、不思議なことにいつしか余計な力が抜けて、理想的な突きになり、集中力も高まっていき、本当によく効く一本になる。その結果は改めてここで書くまでもないだろう。

力を抜く、それが『ビート』を書いて悟ったことだった。さらには、この作品によって警察小説の〝可能性〟ということにも踏み込んでいったのだった。

彼がよく口にすることで、警察小説は素晴らしい「器」だというものがある。警察小説というのは、本格的な謎解きを中心としたミステリーはもちろんだが、力点の置き方によってはいかようにもその姿、相貌を変えてみせることができる奇跡的な小説なのだった。力点の置き方とは、たとえばアクション場面を中心に物語を描けば当然活劇小説になろうし、時代の流行や世相、人々の暮らしぶりなどをつぶさに描写していくと、これはこれで捕物帖以来の古き良き伝統を踏襲した、良質の風俗小説となり得るだろうということだ。また事件関係者との交流を細やかに描けば、時代ものにも負けない人情小説となる可能性があるし、新人警官が事件の捜査や先輩たちの教えを通して経験を自分のものにし、人間としての幅が出てくる過程を描けば立派な成長小説となる。刑事といえどもひとりの人間であり、家庭に帰れば夫であり、父であるわけで、そんな日々の姿と仕事とのギャップを描いていけば真摯な家族小説になっていくのは当然だし、ほかにも組織小説、情報小説、恋愛小説と描きようによって本当にいくつもの貌《かお》が出てくるのである。

この場合何よりの強みは、刑事や警察官はそれらの物語の中に、さほどの違和感がなく溶け込んでいけることだ。設定として無理がないのである。と同時に事件や犯罪を挟んで、人間感情の裏表が否応なくあぶり出されていき、それをまたさまざまに——ストレートの直球勝負でも、とことんひねった形でも自由自在に描写できる幅広さもある。さらには部署によって仕事の内容がこれほど違ってくる職種も珍しく、階級による上下関係の差も著しく大きい。要するに、こんなにも面白みがあるというか、可能性が広がっている小説のジャンルもそうはないのである。しかもその中で警察官という、言ってみれば社会の中では特別な枠組みに所属する人間たちの実態、実情もちらりと垣間見えてくるのだった。

今野敏は、こうした警察官を主人公とした物語の可能性を早くから信じて、このジャンルに挑んできた作家であったが、それを実践してみせた一作がこの『ビート』であった。

そしてもうひとつ。本作『ビート』とその後の作品との間には決定的な違いがある。本作は《警視庁強行犯係・樋口顕》シリーズのひとつではあるが、厳密にはスピンオフ的な一作で、主人公は複数いる。そのことを如実に示しているのが、この作品が三人称多視点であるということだ。これは欧米の作品——今野が好きでいつかは書きたいと思っていた警察小説ではごく普通のことで、別に珍しくも何ともないのだが、それが売れなかったことで日本語の作品はちょっと違うのではないかと思ったのだそうだ。まあそのことは――日本語との関連性はともかくとしても、これ以後の作品が一人称一視点となったことは確かだ。

こんな風に拾っていくと、やはり『ビート』は今野敏にとってターニング・ポイントとなったのは間違いない、貴重な作品なのであったと思うのだがいかがだろう。

物語は警視庁捜査二課の島崎洋平警部補が、それまで長い間地道に捜査を進めてきた日和銀行本店への家宅捜索を前にして、いたたまれない気分で震えている場面から始まる。とある事情で、彼はこの日家宅捜索があることを日和銀行に漏らしていたのである。

――まあ大筋は山前譲氏の解説にもあるのでこれ以上は控えておくが、ここでは自分の息子の不祥事を親がどう責任をとるか、また息子にもどうとらせるかがひとつの大きなテーマとなっている。これなども今思えば『隠蔽捜査』との類似点が見られて面白い。

今回の文庫新装版を機に、本作が改めて表舞台で語られ、やっぱり傑作だったとの評判をとらないものかと、ただいまそんなことを思っている。

――文芸評論家

この作品は二〇〇五年三月幻冬舎文庫に所収されたものです。

[新装版《しんそうばん》]ビート

警視庁《けいしちょう》強行犯係《きょうこうはんがかり》・樋口顕《ひぐちあきら》

今野敏《こんのびん》

令和6年9月5日　初版発行

発行人――石原正康
編集人――高部真人
発行所――株式会社幻冬舎
〒151-0051東京都渋谷区千駄ヶ谷4-9-7
電話　03(5411)6222(営業)
　　　03(5411)6211(編集)
公式HP　https://www.gentosha.co.jp/
印刷・製本―株式会社　光邦
装丁者――高橋雅之

幻冬舎文庫

ISBN978-4-344-43410-3　C0193　こ-7-8

この本に関するご意見・ご感想は、下記アンケートフォームからお寄せください。
https://www.gentosha.co.jp/e/